U0934355

刘心武文粹

第八棵馒头柳

刘心武——著

译林出版社

1988年护城河边

小小说《谁在喊》插图（油性笔）

总序

这套26卷的《刘心武文粹》，是应凤凰壹力文化发展有限公司之邀，从我历年来的作品中精选出来的。之前我虽然出版过《文集》《文存》，但这套《文粹》却并不是简单地从那两套书里截取出来的，当中收入了《文集》《文存》都来不及收入的最新作品，比如2015年1月才发表的短篇小说《土茉莉》。

《文粹》收入了我八部长篇小说中的七部。因为《飘窗》和《无尽的长廊》两部篇幅相对比较短，因此合并为一卷。其中有我的“三楼系列”即《钟鼓楼》《四牌楼》《栖凤楼》，我自己最满意的是《四牌楼》。《刘心武续〈红楼梦〉》这部特别的长篇小说，我把它放在关于《红楼梦》研究各卷的最后。我将历年来的中篇小说和短篇小说各选为四卷，再加上一卷儿童文学小说和两卷小小说，这十七卷小说展现出我“小说树”上的累累硕果。我的小说创作基本上还是写实主义的，但在上世纪八十年代，

改革开放，国门大开，原来不熟悉、不知道、没见识过的外国文学理论和作品蜂拥而入，现代主义、后现代主义引起文学创作的借鉴、变革之风，举凡荒诞、魔幻、变形、拼贴、意识流、时空交错、文本颠覆甚至文字游戏都成为一时之胜，我作为文学编辑，对种种文学实验都抱包容的态度，自己也尝试吸收一些现代主义、后现代主义的手法，写些实验性的作品，像小长篇《无尽的长廊》，中篇《戳破》，短篇《贼》《吉日》《袜子上的鲜花》《水锚》《最后金蛇》等，就是这种情势的产物，至于意识流、时空交错等手法，也常见于我那一时期的小说创作中，但总体而言，写实主义，始终还是我最钟情，写起来也最顺手的。短篇小说里，《班主任》固然敝帚自珍，自己最满意的，还是《我爱每一片绿叶》《白牙》等；中篇小说里，《如意》《立体交叉桥》《木变石戒指》《小墩子》《尘与汗》《站冰》等是比较耐读的吧。我的中篇小说里有“北海三部曲”《九龙壁》《五龙亭》《仙人承露盘》，是探索性心理的，其中《仙人承露盘》探索了女同心理；另外有“红楼三钗”系列《秦可卿之死》《贾元春之死》《妙玉之死》。短篇小说里则有“我与明星”系列《歌星和我》《画星和我》《笑星和我》《影星和我》，这展示出我在题材上的多方面尝试。但我写得最多的还是普通人的生活，特别是底层市民、农民工的生存境况和他们的内心世界，

长篇小说里不消说了，像中篇小说《泼妇鸡丁》，短篇小说《护城河边的灰姑娘》，还有小小说中大量的篇什，都是如此。我希望《文粹》中从自己“小说树”上摘取的果实排列起来，能够形成一幅当代的“清明上河图”。

我的写作是“种四棵树”。除了“小说树”，还有“散文随笔树”“《红楼梦》研究树”和“建筑评论树”。《文粹》的第17卷至21卷是“《红楼梦》研究树”的成果。虽然这些文章此前都出过书，但是这次在收进《文粹》时又经过一番修订，吸收了若干善意批评者的合理意见，尽量使自己的立论更加严谨。第22卷《从〈金瓶梅〉说开去》是新编的，其中收入了我研究《金瓶梅》的若干成果，可供参考。这也是我的一本文史类随笔。第23卷收入我两部自己珍爱的散文作品《献给命运的紫罗兰》《私人照相簿》。第24卷《命中相遇》收入的散文，记录的是我生命中难以忘怀的岁月、事件和人物。第25卷《心里难过》则收入的是与自己生命成长相关的散文，其作为卷名的一篇曾经人录为配乐朗诵放到网上，广为流传，也获得不少点赞，我也很高兴自己的文字不仅能以纸制品流传，也能数码化后云存在，从而拥有更多的受众。

第26卷则把我此前由中国建筑工业出版社出版的《我眼中的建筑与环境》，以及由中国建材工业出版社出版的《材质之美》合并在一起，还搜集了那以后散发的

建筑评论。我的建筑评论从建筑美学、城市规划、对具体建筑的评论……一直延伸到建筑材料、施工，以至家居装修装饰等领域，展示出我“建筑评论树”上果实满枝，蔚成大观。

购买这套《文粹》的人士，不仅可以阅读到我“四棵树”上的文字，还可以看到我历年来的画作，以水彩画为主，也有别的品种。春风催花，夏阳暖果，不以秋叶飘落为悲，不以冬雪压枝为苦，在生命四季的轮回中，我感觉自己创造的风帆还在鼓胀，《文粹》只是总结而非终结，祝福自己在命运之河中继续航行，感谢所有善待我的人士！

2015 年 4 月 23 日　温榆斋

目录

CONTENTS

目录

目录

目录 CONTENTS

第八棵馒头柳

丈夫是搞地质的，出差是家常便饭，总是背袋一背就走了，她从来不送。丈夫下楼出门也从不回头张望。

这回丈夫又走了。门在丈夫背后撞上时，她正站在饭桌边收拾碗盘，一副若无其事的表情。但门撞上以后，她却撂下手里的东西，去往阳台。她站在阳台上朝下望。阳台下面是马路。马路边上栽着一排馒头柳。馒头柳的树冠又大又绿，从楼上俯瞰下去并不像馒头而像帐篷。她习惯地朝阳台下往东数第八棵馒头柳那里望去。她等待着，她知道，再过五六分钟，丈夫的身影将在那馒头柳下出现。他们这幢楼的楼门开在没有阳台的一面，从楼门出去绕出楼区前往地铁入口，必从第八棵馒头柳那儿经过，然后便被一座治安岗亭遮住视线。每次她总是欣慰地在预计的时间里预计的位置望见丈夫宽厚的背影，特别是那只经丈夫设计由她改制的帆布旅行背包，她总默默地对着那脊背那背包送去她的祝福。但她从未向丈夫吐露过这隐秘的一幕，连儿子也全然未曾察觉过。

这天她习惯性地去往阳台一站，却忽然不习惯起来，因为丈夫的背影迟迟没有出现。他必得去乘坐地铁直往北京站，不可能改往别的方向；怎么第八棵馒头柳下不见他的踪影？惶急中她痛切地意识到，这往常短暂而稳拿的一瞥于她有多么重要！

她忍不住跑往楼下。楼门口空空荡荡。她不知不觉地来到第八棵馒头柳下，朝四面张望着。难道他钻到地底下或飞到天上去了？真不可思议。她差一点儿跑进治安岗亭去报失。回到楼上家中时儿子来跟她说什么她没听见，却听见了街上急救车呜哇呜哇的由远及近又由近及远的声响，她无端地朝儿子发了火，

心里堵着一块鹅卵石。

接连好几天她都无精打采。她一忽儿暗自取笑自己，一忽儿又从逻辑推理上断定情况的不正常。终于，有天晚上她接到了他从很远的地方打来的电话，她情不自禁地说："你哪儿去了你？你急死我了！"丈夫莫名其妙，于是她便向他倾诉了一切，她怎样每次分别时都表面上若无其事，而每次却都要跑到阳台上去望他的背影，在那第八棵馒头柳下……电话那边沉默了一会儿，然后是丈夫深受感动的声音："傻女子！那天我刚一出门就遇上了咱们楼老王，他们单位的车正好接他去火车站，我就蹭了他的油，你真是死心眼儿……不过，我知道那棵馒头柳，对，第八棵馒头柳，你知道吗？每次我出差回去，你别看我进门的时候没事人儿似的，其实，我一走到那棵馒头柳下，就忍不住抬头望咱们家的阳台，咱们家的窗户，有时一站好几分钟，特别是晚上，那一窗灯火，让我心里头好爱你们！……"

撂下电话，她才发现儿子站在面前。儿子正问她："妈，您干吗抹眼泪儿？"

她是哪国人

我认识她好久了，50年代的时候，她去商店买东西，售货员对她格外热情，因为都判定她是苏联来的专家，或专家夫人。她那洋人的特征，确实非常突出——金发、碧眼、高鼻、白肤……她戴耳环、项链、手镯，抹唇膏、洒香水，不管天气多冷，哪怕是三九寒冬，她身上虽裹着毛皮大衣，下面露出的一双腿，在当时中国人的眼里，简直是光着；但人们都自觉地向她奉献友情——“苏联的今天，就是我们的明天”嘛，“苏联是老大哥”，那么，她该是当之无愧的“苏联老大姐”；结果有一回一个热情的售货员就当面叫了她“老大姐”，事后她向我提及此事，耸起眉毛问我：“难道我老了吗？”

她当然免不了要老，而且渐渐地她也不戴耳环和手镯，只戴项链，香水也不洒了，只抹一点儿淡淡的唇膏，并且她不再“光腿”，但她还是免不了尴尬——她在街上常常被小孩们尾随，拍着巴掌对她欢呼：“阿尔巴尼亚！阿尔巴尼亚！”结果有一天一位小学老师就上前招呼她，热情地邀请她去他们学校“给孩子们讲一讲欧洲社会主义明灯的繁荣景象”，她不免微笑着问：“同志，您也不调查一下，就邀请我吗？”那老师乐乐呵呵地说：“您答应了，我们自然会开介绍信去您那单位的啦……”她便正色道：“我不是阿尔巴尼亚人！”那老师并不失望，仍旧笑嘻嘻地说：“那您一定是罗马尼亚外宾啦！我还能怀疑您是帝、修、反吗？您要是帝、修、反，那怎么能让您住在这条街，天天看见您从这儿过呢？”……

60年代后期，她尽量避免出门，不得不出门时，便扎上头巾，把头发全塞在头巾里面，戴上大口罩（那时戴口罩上街不稀奇），戴上平光镜（那时一

般人戴墨镜会被认为不正经），项链自然绝不敢戴，口红不消说早已不抹，衣装是“全盘中化”，我就经常看见她穿着军绿棉大衣在商店买东西，因为她中国话说得非常地道，那时候售货员也懒得抬眼看人（虽然商店墙上有斗大的“为人民服务”字样），因此倒也很少露馅。

1972年以后，她又渐渐故态复萌，有一回我和她在一家饭馆吃饭，她的头发已然黄白夹杂，眼珠也不那么蓝而发灰，她也仍不敢戴项链什么的，只是她穿了一件色彩鲜艳的大花点子的连衣裙，于是就有一位邻桌的食客主动移到我们这桌，非常热情地招呼她，并且望着我说（是让我翻译的意思）：“我们中国人民反对的只是一小撮最反动的反华分子……我们愿同美国人民友好……我欢迎您到中国来……”他还没说完，我们已经忍不住笑出声来……

80年代以后，她头发全成银白，但居然青春焕发，面部化好妆以后，光彩照人，而且抓紧减肥，腰肢袅娜，耳饰、项链、手镯、领针、胸花……一应俱全，衣着净是昂贵的时装，冬天恢复了“光腿”，脚下永无平庸之鞋；她是我的亲戚，我们自然也还见面小聚，有一回我就问她：“现在人家把您看成哪国人呢？”她呵呵地笑着说：“哎呀呀，我现在的国籍太多了！最经常的是美国，其次是法国，有时候是加拿大，有时是澳大利亚，最近还有足球迷一定要我承认是德国人，有的还缠着我，非要我给一个叫施拉普纳的人带话……哈哈哈哈……”

前几天有个相当有身份的人来找我，对我恳切地说：“听说您一位伯母是美国人，您看能不能……”我没等他说完就赶紧解释说：“她不是美国人……”他也不等我解释完便生怕我拒绝地说：“英国、法国、德国、意大利、加拿大、澳大利亚……就是新西兰、荷兰、比利时、瑞典、丹麦、挪威……哪国都行，只要您通过她给我们拉来了投资，我们的提成能达到百分之三十……要不，百分之三十五！这也是支援……”我不禁生起气来，郑重地向他们宣布：“我伯母跟我伯父马上要庆祝金婚了，伯母在中国定居都半个世纪了，而且她四十年前就入了中国籍了，她是一个地地道道的中国人呀！……”

来人先是目瞪口呆，后来就以疑惑的目光审视着我，他还是不信，或者他

认为不管我伯母入没入中国籍那她的实质还是一个洋人，他斜睨着我，不满地说：“……提成百分之三十五还不干？……也太那个了吧……”

唉！轮到我哑口无言。

长沙发

这栋居民楼里，家家起居室里全有长沙发，而且一定正对着电视机。

6 楼 3 单元里住着程阿姨。程阿姨家的起居室好大，离墙摆放着意大利古典式布艺组合沙发，其中那个长沙发坐上四个人一点不会觉得挤。但是那个长沙发上总是只坐着程阿姨一个人。程阿姨最喜欢的作家是冰心，最喜欢的作品是冰心晚年写的一篇小说《空巢》。程阿姨住的那个装修得非常典雅的单元就是一个空巢。老伴去世好几年了。儿子儿媳妇孙子孙女定居美国。因为对猫狗身上的细毛先天过敏，所以也没养它们，唯一的宠物是一只茶盘大的乌龟，叫寿寿，可是寿寿爬到长沙发底下已经一个多月没再爬出来了，程阿姨唤不出它，也无力把它掏腾出来，只好只当它也跟儿孙一样漂洋定居去了。程阿姨最快乐的时光，是斜卧在长沙发上，接听儿子一家打过来的越洋电话，每到那时，她就觉得长沙发真的太好了，仿佛化成了一只船，能把她的魂儿渡到大洋那边去。程阿姨也曾两次去美国探亲，但是到了那里大部分时间也很寂寞，儿子儿媳妇周一到周五一大早就开车去公司上班，回来时总是天已墨黑；孙子孙女都上寄宿学校，也是只有周末才回来；星期六儿子儿媳妇和孙子孙女总要睡到中午才起床，下午全家出动驱车半小时到一个里面比足球场还大的超市里去为下一周采购日用品，真正能跟放松的家人交流一下的时间，也就是星期天，多半去开车能当日返回的地方旅游。在美国，因为不会开车，周一到周五程阿姨就只能困在家里，打开电视，英语又听不懂，到户外走走，又不敢走远，往往连个邻居的影子也见不着。还是回到北京自己家里觉得踏实些，起码打开电视你能知道荧屏上在说些什么，再臭的节目也比美国电视觉着亲切。

不愁吃穿，没后顾之忧，楼里羡慕程阿姨的人不少。但是程阿姨坐在长沙发上，靠着既柔软又有弹性的大腰枕，看电视没兴致，读书报也常常无端地停下来发愣。这天，她坐在长沙发上，望望身子两边的空当，用手摩挲摩挲那带凸花的高级布面，忽然忍不住了，于是起身出屋，进电梯，开电梯的姑娘又新换了，问她："老奶奶，您下去到绿地转转？"她笑笑："叫我阿姨吧。我要上14楼。"到了14楼，她按1407单元的门铃。门开了，这回叫得正确："程阿姨！"

1407那个单元面积比程阿姨住的小一半，常住的人却是老少三辈。程阿姨前些时在乘电梯时跟这家人遇上，听他们叽叽喳喳地笑闹，内容大体是争电视频道的事儿，年轻的要看世界杯转播，老太太却只想看中央台11频道的"戏迷乐"，当妈的埋怨总看不上一出什么连续剧。如今同楼也不兴串门儿，程阿姨的出现令一家人惊讶。程阿姨道出心曲：欢迎他们家的人分流一部分去她家看电视，看哪个频道都行；她还招待茶水小点心。"不是为你们做好事，是盼着你们为我做好事呢！"人家也没听懂她的意思，招待她茶水零食，请她坐到长沙发旁的单人沙发上。程阿姨冷眼观察，这家的组合沙发是最便宜的那种，当中的长沙发倒也挺宽，看样子还能临时变成一张床，她去时沙发上已经坐了姥姥、妈妈、儿子、爸爸四位，她便再次发出邀请，说："你们一个电视，这么多人挤着看，何必不疏散疏散呢？我那儿的大背投，环绕立体声，闲着也是闲着……"那家主妇就笑着说："我们新添了这个二十九英寸的，原来那个二十一英寸的挪里屋了，孩子又把他那电脑增添了接收电视节目的功能，倒是不用跟以往那么抢频道了，也很疏散了好些天，可是，哎，怎么说呢？你问他吧——"被指到的上高中的儿子就笑着说："合久必分，分久必合嘛！我现在觉得，家里人挤在一个长沙发上，哪怕看的是我不大喜欢的节目，也还是挺滋润的！我以后离开家，第一个要怀念的，恐怕就是这个让家里人挤得暖烘烘的长沙发啦！"

程阿姨回到自己那个宽敞幽雅的大单元，发出一声欢呼："寿寿！"她把寿寿托到长沙发上，坐到一处，低头蔼然地问它："寿寿乖乖，咱们挨在一起，随便看个节目，好吗？"

请遵医嘱

爱人感冒了，忙到家里装小药的抽屉里去为她找药，不对症的药薅出一大堆，偏找不出想找的药，好不容易终于从抽屉底儿上觅出了一板感冒灵，可是怎么也找不出原来的包装盒，无从判断它是否过期，于是决定赶紧上街去给她买药。都穿好外衣了，忽然想起来应该给汪大夫打个电话。汪大夫是我们原来的邻居。

拨通了电话，我说："汪大夫吗？您好！……"

那接电话的原来并非汪大夫，但声音乍一听，还真有点像。他问我："您哪位？"

我忙报家门，解释说："我们原是邻居……爱人又感冒了，我这就要给她买药去，可是现在感冒药也真多，光是电视上打广告的，就不下五六种……汪大夫一贯提醒我们，服药要遵医嘱……他自己就经常给我们必要的叮嘱……自从我们搬走以后，本该有病没病常问候……真不好意思……您是他的——？"

那边回答我说："啊，对不起，汪大夫退休以后就搬走啦，有俩月了吧……这电话他过户给了我们……"听那口气，本来大概接下来想跟我说："以后就别往这儿拨电话啦！"但临时把那话咽了回去，嗫嚅地说："……啊，是呀是呀，服药可得遵医嘱啊！……可惜我们都不是大夫……祝您爱人早日痊愈吧……"我忙道谢不止。

爱人在床上咳嗽起来，我急匆匆下楼，直奔最近的一家药房。

那药房离我家大约一站多路，我也不坐公共汽车，健步如飞地朝药房迈进。那药房前些时不仅重新装修了门面，搞得金碧辉煌的，远望去仿佛一家金银首

饰店，而且，里头的厅堂也大改其观，迎面的柜台尽摆些个高级营养品，还有种种大大小小电子、机械的治疗仪和健身器，一个月前我在它装修后头一回跨进去，是为了买一管青霉素眼药水，进门的瞬间竟以为自己走错了地方……

离药房还有几十米远，便有人迎面堵住了我，硬往我手里塞一种传单，我摆手，表示不需要——记得前些天也是在这一带地方，有推销员硬把什么购楼房赠花园的传单塞给我，我瞥了一眼，便顺手往停在商场前面的小轿车上放——我是想把它塞到前窗的划水器下，我觉得那样的车主也许需要这样的传单——结果发现一大溜小轿车前窗的划水器下，早都压着不止一张类似的传单……

我绕开那散传单的人，一边说："劳驾，别挡我路，我要去药房买药……"

散传单的是个外地口音的小媳妇，她竟一扭身又挡住我的路，满脸热情地说："对呀对呀，给您给您，您买这个药吧！买这个药吧！……"

她硬往我手里塞传单，我硬是不接，正色道："药能乱买吗？吃药是要遵医嘱的！"

见我板起了脸斥责，她也就放弃了我，赶紧去往别的路人手里塞那不知是什么灵丹妙药的传单了。

我疾步走到离药房十来米的地方，忽然一个衣着整齐的中年男子逼近我身前，仿佛跟我挺熟识，关怀地说："……哎呀，您这病来得挺快是吧？……"我迟疑地刹住脚步，跟他说"我可没病！……我也不认识您呀！"他马上亲切地说："家里人病了吧？您来买药吧？不是我咒您，您身上的确潜伏着病毒呢……您全家都应该服药啊！发了病的要去病，还没发的要预防……其实都不是什么大病，是一种新型的感冒……你们只要服了这种新药，十二小时内保证又活蹦乱跳起来！……"他边说边往我手里塞传单，这回我竟接过了一张，并且瞥了几眼……但我很快便把那传单揉成了一团，厌恶地说："药怎么能这样推销？这可不是一般的商品！你们……为了拿一点推销费，就这么乱来，这可不行！吃药要遵医嘱，懂吗？……"我绕过他往药房里去，他却贴在我身边，蔼然地说："您说得对极啦！服药请遵医嘱！店堂里有大夫啊，当场接受咨询，当场给您听诊、号脉，当场给您指导，给您嘱咐，您跟我来……"

在我们一同进入药房厅堂后，我忍不住跟他争吵了起来，我高声说："这

算怎么一回事儿？治病的药还有强买强卖的么？……”又朝柜台里的售货员说：“你们经理呢？……不能因为有的人付了你们一些钱，你们就允许他们这么样地推销药啊！……”柜台里有个女售货员脆蹦地回应我说：“经理不在！”而身边那一直纠缠我的中年人也立刻回应我说：“我们向您介绍的，是一种最新型的有治疗作用的健康营养品，是绝对没有副作用，有病祛病，没病强身的——是呀，咱们遵医嘱，您无妨过去听听——”说着便把我往一位摆摊的穿白大褂、戴白帽的人那儿引，并且招唤着那人：“赵大夫！……”

那赵大夫却扭身，把背对着我们……柜台里的那位女售货员又脆蹦地跟我说：“您听听介绍能有什么坏处呀？信不过，您买别的药不就结啦！”

……那被唤作赵大夫的男士终于跟我打了照面，他下垂着眼皮，脸皮泛红……我一时张开嘴再也合不上——他分明是我们原来的邻居汪大夫呀！

长袖·短袖

三伏天妻子出差，去的是全国温度最高的城市，他下班回家的路上接到妻子电话，敦促他把家里那棵枯萎无救的小叶榕处理掉，他一边开车一边烦躁地说："这也值得现在来电话！前头路口有警察，没要紧事，晚上再说！"关掉手机，他打个哈欠。

他们是一对都会白领，这个族群的生存状态，有人概括为"一套房子一辆车，一个孩子一条狗，睡昨天的觉，花明天的钱"，他们的生活却缺了第二句的内容，对于双方父母盼抱孙辈的期望，持"那是我们自己的事，请勿干涉"的态度，四位老人眼下最怕听到别人提及"丁克家庭"这新概念。

回到家里，起居室窗边的那高及天花板的枯树，确实触目惊心地大破相。头年从花卉市场选中，是人家用卡车送来，一直搬运到指定位置放妥的，曾构成他家一大亮点。两口子总轮流地出差，要么忘了浇水，要么浇水过猛，等到某一天他们同时注视那小叶榕时，不由得一起"哇噻"大叫。

晚上临睡前两口子又通电话，妻子大发牢骚，说要不是舍不得这份工资待遇，她早就会微笑着跟总经理说句"您是个超级混蛋，真的，超级！"炒了他鱿鱼便优雅地转身回家，"沙发上一靠，榕树旁，灯光下，听盘莫扎特，读几行阿赫玛托娃"。他就说："榕树枯啦，我一个人可搬不到垃圾桶那儿。"妻子就说："那你可以找那第二垃圾桶呀！"

"第二垃圾桶"是他们小两口的私密称谓，也都知道这样说实在不厚道，更严重地说是不人道。那指的是他们那个楼盘院内收废品的点。楼盘物业管理颇为严格，不准许小贩及收废品的随便进入楼区，但那个点却是被物业批准的，

据说条件是每年给物业四千元的管理费。那个设点收废品的是个男人，楼盘里的多数业主欢迎此人的存在，因为处理家中废品方便许多，或自己拿去卖给他，或把他找去让他收走。

第二天是星期六，那白领睡够懒觉，去“第二垃圾桶”那里，跟那收废品的说，要他帮忙把那盆枯树处理掉，那人就跟他去了，进门前问他要不要换鞋，他想了想说不用换啦，就指挥那人搬树，那人弯腰持盆，把那树横向前，没碰着任何东西，迤迤逦逦把树搬到了楼外垃圾桶边，他问：“给你几块钱合适？”那人笑：“帮这点忙，算得了什么？你还有什么要我出力气的，尽管说，帮人搬东西我不要钱！”他这才头一回正视了那收废品的，看上去是个同辈人，很可能同龄，艳阳下，穿着件长袖白衬衫。“怎么，你没短袖的吗？”他不经意地问。那人脸上的笑容更灿烂：“净有业主这么问，有好几位好心的都说要送短袖衣服给我，我心领，可我一夏只穿长袖的，穿惯了，我这人一热就出汗……”他纳闷：“爱出汗，那就更该穿短袖呀！”那人用长袖子揩揩脸上的汗，告诉他：“长袖子擦汗，省去了买毛巾啊！”他听了发愣。

妻子出差回来，他把处理枯树的经过说了，从此他们口中再没有“第二垃圾桶”的“戏语”。一个星期天他们还把家里所有该处理掉的瓶罐纸盒之类的给那人送去了一大堆，他们不收钱，那人却笑说：“是呀，你们不在乎这点钱，可我不想白要东西，为的是高高兴兴过日子！”那以后他们路过那收废品点，总禁不住要瞥一眼，对那人“长袖成癖”已经见怪不怪，但“他为什么总那么快活？”曾成为他们餐后讨论的题目之一。

那晚妻子开车从飞机场接他回家。天已黑，一轮明月高挂天际。两个人都很疲惫。“咱们都该找心理医生。”“是的，我看都患了职业厌烦症。”他们有房有车有高工资有带薪休假已经游过了新马泰正酝酿欧洲游，但他们仍然不快活。他们路过楼盘外的村子，对面来了辆三轮车，车上捆扎着高高的一堆废品，是那长袖男人，忽然那三轮车停住了，村边岔道上飞跑出一对小姑娘来，汽车也就停住了，汽车里的两口子清楚地看到，明朗的月光下，两个小姑娘大声地叫着“爸爸”，那长袖爸爸背对汽车，也听不见他的声音，但他的肢体语言却万分明显地书写着快乐幸福的字样……

“看见了吗？那一对姑娘的短袖裙衫？”不用妻子提醒，他脑子里已经在想：那高耸的短袖样式，跟菲律宾总统阿罗约的礼服一模一样啊……

这个圆月之夜以后，也许，这对白领双方的父母，有可能不再怕听到“丁克”二字。

花脸猫

楼里人有意见不过话，时兴在一楼电梯边贴张条子。这不又贴上了一张，行文亚赛《北京晚报》的《古城纵横》:“深夜何来哐当声，阳台铁门宜轻关——本人原有失眠症，自搬进本楼后不想更难安眠，不知上下谁家有人入夜后还常出入阳台，阳台门总发出哐当巨响，间隔又并无规律，令人神经绷得紧如丝弦，不堪其苦。恳请夜入阳台者为他人着想，将铁门轻开轻放。先致谢忱。本楼一居民。”

等电梯的都看，都不吱声。嘴里不吱声，心里有反应。

这家的主妇今儿个满脑门子心事。家里人纷纷问她:“愁什么呢？谁把您得罪啦？”她说是因为看了那条子。“那跟咱们家有什么关系呀？”“咱们谁大老晚的上阳台犯疯去呀？”“怎见得那主儿就住咱们脑袋顶上脚巴丫底下呀？”主妇抱起家里的花脸猫，跟那猫脸贴着脸，摩擦着。“喵呜——”花脸猫娇滴滴地叫着。全家望着那情景儿，开头都不吱声，几分钟后，热烈地劝解起来:“咱们这猫闹得不算厉害呀！”“咱们阳台不是包起来了吗？两层玻璃窗，谁家还听得见呀？”“那条子上没提猫叫嘛！”主妇只是更心疼地把猫搂在胸前，一手摩挲着，不吭声。

星期天下午，开电梯的姑娘看见那主妇搂着个不断变形的旅行包，笑嘻嘻地问:“装的什么活玩意儿呀？猛不丁一看，就像你这包儿成精了，要伸出胳膊踹出腿似的！”说完仰脖咯咯咯地笑了个够。主妇却满脸潘虹式的悲剧表情，又想把旅行包搂得更紧又怕搂紧了对花脸猫不利，两只手哆嗦得好厉害。

傍晚时分，正是电梯上座率最高的时候，那主妇回来了。她手里的旅行包

不再乱动，咧开的拉链中露出猫头。那猫脸儿圆圆的，脸上又有白毛，又有黑毛和黄毛，两只眼睛瞳孔大得惊人，泛着绿光。

挤进电梯，一位花白头发的瘦高个男同志正好站在她身边，伸出一根手指轻轻刮着花脸猫的鼻子，问："怎么这样老实呀？"她告诉他："刚到犬猫诊所段大夫那儿动完手术，麻药劲儿还没过去呢。"

"骟啦？多可惜呀，多不人道呀——"听他说"人道"，挤在一块儿的人好几个都笑了。主妇老老实实地说："可要不骟，它闹起来多吵人呀！有那爱失眠的，不更睡不着了吗？"瘦高个儿依旧蔼然可亲，仿佛不经意地说："以往住平房院，猫儿叫声听惯了，倒不碍着睡觉，只是搬进楼后，那阳台铁门夜里头哐当响，怎么也适应不了……"

电梯停在了主妇住的那一层，她忘了下。开电梯的姑娘提醒她，她才歉然一笑地走出了电梯。电梯门合拢了，她把旅行包搁到地上，将四条腿儿还瘫软着的花脸猫抱起来，把自己的脸和花脸猫的脸紧紧地贴在一起。

“黑话”连篇

勤杂工老姜来找王馆长报告：“……听着不对劲呀！那些个字眼儿，单拿住都能对付着听懂，连成串儿，可就成了‘威虎厅’里的‘切口’啦！……他们是伙子什么人呀？……”

王馆长不以为然：“能是什么人呢？咱们这号地方，你说的那号人也不会来！”

老姜很伤心，他可是好心好意，其实那小会议室里是些什么人在开会，是白道的黑道的红道的还是黄道的，跟他一个灌开水抹桌椅扫地倒垃圾的有什么关系！可是他毕竟是“旧社会过来的人”，当年沾过黑道、红道的边儿，他懂，那些个爷们聚一块儿，不怕声大气粗，因为他们口里头呐出的字眼儿，外人听了只是发蒙，他们一伙的听着，却是榫儿对锁，那意思稳稳的扭动不了，那叫“黑话”呀，另是一路人的行业用语呢！

老姜把自个儿的发现，又跟锅炉房的彭师傅说了，彭师傅问：“以前光听说有黑道，怎么你又凑出那么多的色儿来！什么叫红道、黄道呢？”老姜赌咒发誓地说：“我敢瞎编排吗？原先旧社会，真有呢！红道就是专帮黑道收拾人的，‘白刀子进，红刀子出’，敢玩命儿；黄道就是专给人起卦算命，还有就是在赌局里作弊使坏……如今有的旧社会的坏东西，它又冒出来了不是？有个文明词儿，怎么形容的来着？”彭师傅提醒：“沉渣的泛起。”老姜拍着大腿说：“可不是吗！你说说看，这叫什么事儿！咱们这儿，甭管怎么说，文化馆不是？他们开黑会，找这儿来了！你说有多吓人！”彭师傅就问他为什么不报告馆长，姜师傅一跺脚说：“咳，别提了，他眼皮儿揉不进咱！我可不是去跟他说了吗？

他没事儿人一样……那个麻痹劲儿啊！”

彭师傅就跟老姜去那小会议室门外，立着，耸起耳朵听。

小会议室里，稀稀落落坐着十来个人，迎面的几个，已经够奇形怪状的了，本是大老爷们，却有留着两尺长头发，还在脖子后扎个大马尾巴的；又有那本是光秃得赛灯泡，却偏围一条血红绸巾在脖子上的；还有胖得一篓油，却非穿那箍得一疙瘩一疙瘩的油乱桄荡的瘦T恤的……

“……连血带肉地切割……肌理泫然……在心尖上刺破……犹如无头蛙双腿的抽搐……挟带热腥血气……”

“……充满元生命密码的玄奥……戛然划破……绝望的张力……浸着血色的清晨……在失落的心灵废墟……捡拾世纪末拼贴画魑魅的骨骸……”

……

老姜与彭师傅面面相觑。

“哎呀，怕是‘白刀子进，红刀子出’那一道的呢！”

这回是彭师傅与老姜一起找馆长。

“我们虽说是……干粗活的……可您说过……都得有主人翁精神……谁也不愿意咱馆里出事不是？……那些人，声气确实挺邪乎呢！”

馆长老王说：“我查了，是小刘经手租出去的……这个小刘，又找不着他了……这些人还没交费呢……总这么赊欠，咱们馆可经不住啊……还有赖账的呢……成，我去听听，是什么道的在开什么色儿的会？必要的话，咱们给公安部门报案！……光天化日的，我就不信那个邪！”

老王就往那小会议室去，路过餐厅，朝门里粗粗一望，倒不乏食客身影，卡拉OK歌厅里传出走调走得厉害的《恰似你的温柔》……路过阅览室，那可是免费的，却只见一些个空桌子空椅子……到了二楼小会议室，老王坐到门边的空椅子上，旁听，老姜和彭师傅站在门外，俨然保镖的架势。

那些奇形怪状的人却根本没注意到老王的到来，仍然很专注地继续着他们的话语。

“……在六维空间里，悲悯地搜寻潜情绪中的游丝……不幸被维克根思坦言中……只好在扭曲的形态网络里挣扎……”

“……纯粹意识的杂交优势……蒙昧的清醒……黄昏的朝霞……卡林内斯库所说的现代性的五副面孔……为什么一定要皈依拉康?!……不如从霍米巴巴那里汲取灵感!”

……

老王疲惫地走出门来，老姜和彭师傅都期待地望着他。

老王忍不住打了个哈欠，对他们说:“没事儿!……彭师傅你还是快回锅炉房吧……老姜，麻烦你……取三瓶矿泉水，再拿些个方便杯来，都算在我个人账上……”

两人都愣愣地，老姜尤其不解，一双老眉抖得厉害。

老王便告诉他们说:“是一拨子搞文艺理论的……他们那些个话语，确实邪兴，可他们都是些个好人，正经人，也是些个穷人……哎哎哎，让他们跟这儿过把子瘾吧!”

彭师傅和老姜离开了，老王还在门外小立一阵，他摇着头，轻轻地问自己:“他们……算是哪一道的啊?”

“上帝”结婚

进入这家商城，恍若到了西方强国的购物中心，起码犹如到了香港的SOGO百货公司，在这里，顾客确实是至尊至高的“上帝”。

在三层的男仕世界一隅，有家大名赫赫的专营店。一位男士携一位女士飘然而进，售货小姐立即趋前笑面相迎。

男士的嘴唇几乎贴在女士被发卷掩住的耳朵上，吐蜜般地说：“还是先去六楼给你买金链子吧……”虽是“悄悄”式，却也清晰地触及了售货小姐的耳膜。

女士粘在他身上，扭成一根天津大麻花，嘴里哼哼唧唧，眉毛都飞往额头，那形体语言遣词造句都很明快，就是：甭，甭，你先挑西服嘛，我偏要你先挑嘛……

男士就挑，他两眼只瞄准那标价卡，一边拨弄自选架上的套装一边问：“有再贵点的吗？……”

售货小姐脸上的芙蓉开得更艳了，她知道这回来的不是“业余上帝”，属“业余”的是“过把瘾就走”，这回的“上帝”算是“买你没商量”。

“上帝”很豪爽地挑了一套，还没进试衣间，就哗啦一声打开了密码箱，售货小姐一瞥之间，满眼成摞的大票子烫眼，忙笑说：“您先试衣，如果满意，请到收款台交款……”

“上帝”把密码箱递给随行女士，女士娇喘吁吁地用双手提着那沉甸甸的黑玩意儿，嗔了一声：“你可快点儿呵……”身子便又成了一根天津大麻花。

“上帝”快得出奇地走出了试衣间，他把那身价值几千元的穿在了身上，把自己原来的西服叠在了一起，容光焕发地问：“可以吗？”

“天津大麻花”哼哼唧唧地扭动，表示“好好好好嘛……”

售货小姐点头，把开好的票据递给“上帝”，又把不远的收款台指给他，再用本是装新西服的漂亮提袋装起了男士脱下的西服。

男士去收款台交款，女士随去，售货小姐立正，双手叠放腹前，望着他们。

男士女士交完款，回来，男士把款清单递给售货小姐，小姐目验无误，笑眯眯将那装旧西服的提袋递给男士。

女士挽着男士的臂膊，粘在他身上，已走出几步，又回过身来对售货小姐，眉毛飞上额头地说：“拜拜……”

售货小姐已说过致谢的套话，又再对他们来了个日本式鞠躬。

后来那男士又和那女士去了六楼金饰部，男士给女士选定了一条水波纹样式的金链，开了票以后，男士怕女士一块儿等着收款台点钞累得慌，就先把她送到同一楼层的休息角，给她点了一客八喜冰激凌，自己再去为她效劳……女士吃完冰激凌，男士也就回来了，手里是一个小小的银制首饰匣……后来他把一条金光闪闪的项链亲自帮她锁到了她脖颈上，她的脖颈扭了几扭，仿佛一截细点儿的天津麻花……

大约过了一个多小时，那男士忽然又出现在三楼的那家专营店，他对售货小姐说：“真对不起，我要退掉这套西服……”他已又穿上了原来的西服，他把提袋递给售货小姐。

售货小姐脸上的芙蓉几乎凋谢了一半，但意识到面前毕竟是个“上帝”，只好在风雨中坚持不再掉落花瓣，她一再柔声细语地说：这可是大名牌呀……您穿着很气派的呀……她不是也很欣赏的吗……

但“上帝”坚持要退，他的理由不大好反驳：是的，在这里他穿上很满意，可是一走出商城，阳光一照，那颜色给他和她的感觉就全变了，实在抱歉，他不想要一套“经不住阳光推敲”的西服……

只好让“上帝”退掉，当然，售货小姐检查了那套只穿了两三个小时的西服，没发现污迹、皱褶或异味，确是“完璧归赵”。

可是到商城打烊前，售货小姐忍不住又把那套西服细细地搜检了一遍，她有所发现：在衣兜里多出了一张纸条……

……那售货小姐到六楼金饰部，问那里的售货小姐：“你们这儿也有人退货吗？”

“上帝”都走了，小姐们也就不再操“安琪儿”腔，那小姐甩着粗嗓门说：“我们这儿就是‘上帝’他祖奶奶，也概不退换！不过今儿个有俩‘上帝’结婚，挑了条金链子，都开了票，等到下班，他们也没来取……也许是钱没带够，明儿再来吧！”

三楼专营店的那小姐就说：“哼，那‘上帝’，明儿个他才不会来你这儿呢！可我‘方’他准得来我那儿……”

是的，八成那结婚的“上帝”——不是一对儿，而是那位新郎——第二天准会来专营店找她，因为，她从那退回的西服里发现的纸条，是一张照相部的婚纱照取相单！

“围脖太太”

那是四年前，某宿舍大院的传达室来了个妇人，中年以上，却也不算怎么老，值班的老太太问她找谁，她笑呵呵地说：“就找您啊！”

她是个“见面熟”，当时传达室里很清静，她很快跟值班的退休老太太找到了共同话题，一边聊，一边拿出毛线，织围脖；虽言谈极欢，值班的老太太还是不得不终于问她：“你来这儿，究竟有什么事啊？”她一听，停下编织直笑：“你看，我倒差点儿给忘了……”她就有一搭没一搭地说：“您这院里，有那想安厨房抽排油烟机，可还没安上的吧？……跟您说吧，那个排风扇管不了什么事儿，要想不挨油烟熏，还是得安抽排油烟机才行啊！……”

临走，她给传达室的老太太留下十块钱的“统计劳务费”。从那天傍晚，传达室里就出现了一张“本院安装抽排油烟机住户一览表”，老太太宣传说：“人家代买、代装、代试，试妥了，您满意，再收钱；您不满意，人家拆了拿走，分文不取；装的时候，您免递烟茶；抽排油烟机按商场价，不多收；安装费是多一点——五十块，可给您省了多大的事啊！”

一周以后，织围脖的妇人又来了，坐在传达室里且织那花围脖，倒是值班的老太太主动取出那张统计表，向她汇报，登记状况不太理想，不少住户心里有疑虑，那时候抽排油烟机还比较新潮，厂家还不太多，不管上门安装，能这么便当地安上，能是真的吗？

织围脖的妇人乐呵呵的，有一搭没一搭地说：“那也是！”又让值班的老太太告诉她这传达室还有谁轮流值班，又说些闲话，临走拿出二十五块钱，说：“您是打头帮着统计的，十块钱给您；另外十五块，您代我交给那三位同志……你

们再给宣传宣传吧……到时候，你们四家，我们只收机器钱，不收安装费！”

再过一周，她又来坐着织围脖，这回的统计表上，愿安抽排油烟机的住户达到了二十三家，她点点头说：“行呀，值当来几趟啦……”于是约好时间，请代通知各家到时候留人。

安装那天，开来个小面包车，她从车里下来，还是坐在传达室织她的围脖，司机和一位老师傅，由已经熟识的传达室老太太领着，去给住户安装。一时还用不着的抽排油烟机，就暂留车上。她一边织围脖，一边和当天在传达室值班的一位老头闲聊。几个小时以后，好几家都安装完了，各家都满意，交的款都由传达室老太太帮她代收了，点过，不少，她顺手抻出两张，递给两位传达，两位都推让，她坚给，终于收下。

上到面包车上，她坐司机旁边，车一开，她也不怕颠簸，还是织围脖。后来她们到了一家个体饭馆，坐下后，她给了司机、老师傅各一百元，老师傅虽没开车，可安完了几家，再下楼从车里取抽排油烟机的事，是老师傅完成的。她点了菜，给司机和自己要了果茶，给老师傅要了啤酒。吃喝的时候没话。她先吃完，于是织围脖，等他们。后来，司机先开车把她送回家。

光那一天，她就赚了五百来块钱。她其实只不过是织了一天的围脖，车是司机他们单位的，老师傅是另一单位退休的，都是她邻居，知根底，属于最老实巴交的。司机他们单位没有停车场，所以每天下了班允许他把车开回家，停楼下。他们对跟着她干这个，一次得一百，还管一顿饭，挺知足，挺感谢。抽排油烟机她是一边织着围脖一边跟一家地点颇偏僻的商店，说好以极优惠的批发价批出来的，她是现取现用，要量递增，那家商店也很感谢她。

安上抽排油烟机的住户都满意，果然好，来安装果然不仅麻利，而且真的烟茶不扰。于是有那也想安的就跑传达室来问，管传达室的就互相埋怨：怎么也没让那织围脖的留张名片？有问那安装公司叫什么名儿的，就回答：你管叫什么名儿呢，服务好不就得啦！

但是没多久，她又露面了，还是坐在传达室里织围脖，原来她总是织着织着又拆了重织，花式也老变。后来，那个宿舍大院八成的住户都由她安排装上了抽排油烟机。

跟着她又向周围的宿舍大院发展，很快蚕食完所有那一地区，竟又向别的地区挺进；她依然是坐在传达室一类地方织围脖，有人叫她“围脖太太”，她就微笑；变化只是来安装时，除了原来的司机和老师傅，又添了两个外地的民工，当然那安装速度是越来越麻利了。

她织了不到四年围脖，已富逾百万。她没有执照，不称公司，并且她几乎没进入过任何安装抽排油烟机的人家，没有人对她进行过追究、投诉，相反，很多人认为她给自己家里带来了很大方便，如果真让厂家来上门安装，服务反不一定有“围脖太太”周到麻利；她也搞“售后服务”，一般安装三个月左右，她总会再来织一回围脖，让委托统计者再统计哪家安的有问题，机器有问题的，还真给换。

当然，细想起来，她逃税；不过，她是以“帮忙”的形式做这些事的，税务部门不知道她的存在，更没人向税务部门告发；还有，她指使那司机“公车私用”，不过，她后来给那司机买“议价油”的钱，司机说，单位的人，特别是大小头头常让他用这车办私事，既然反正不能“无私”，跟“围脖太太”合作有何不可？他这人特缺“公关”能力，自己揽不了这么多活嘛！再说，业余时间给人安安抽排油烟机，不沾群众一烟一茶，老听见人家说“谢谢”，还真有点“学雷锋，做好事”的感觉呢！当然，更可心的是，一月能从“围脖太太”那儿领个一两千的现钱，有时候还另给，也不叫“奖金”，连签字都不用……

四年里她究竟织了几条围脖？据说只有一条，她织了拆、拆了织，那围脖上不断变化的花纹，其实就是她的备忘录和账单，怪不得她赚了那么多钱，从来没用过笔记本、笔和计算器什么的。

ZC相册

小伙子假期跟几位“驴友”结伴下江南，一路上超快活。在苏州，逛完寒山寺，发现寺外过河还有个枫桥景区，就进去再寻个大快活。

发现那枫桥前方岸边，有个古人铜像，卧坐着，轻闭眼，搁在膝盖上的右手，被摸得变了颜色。见有的游人争着去摸铜像那只手，他和“驴友”岂甘落后，也纷纷去摸那手。想必摸了吉利。一路上，他们见到景点若干处所，塔形香炉呀，放生池呀，总有人往里头抛“钢镚儿”，也都跟着抛；凡见别人去摸的，他们必摸。在道观里，他们随口念出阿弥陀佛；在佛市里，他们议论“万圣节”的南瓜扮怪。

一路照相。反正各自都有数码相机，相机电池耗尽，来不及回旅店充电，就权且用手机拍摄。在镜头前，他们的Pose一个比一个夸张，一个比一个搞怪。

那时一个旅游团过去，铜像那里游人不多了，他们可以尽兴拍照。小伙子一跃而上，跃到基座上那古人铜像的怀抱里，歪倚着，咧嘴笑，一只手还打出V形手势，那边几个闪光，把他拍了下来。跳下铜像，笑作一团。

这时踱过来一位老先生，跟他们打招呼，重点瞄上了他，望着他说：“小伙子，高兴啊！”他就知道那老头会批评他不该跳上铜像，立马主动说：“好啦好啦，不再上去就是啦！”老先生却笑吟吟地，开始跟他们聊天：“喜欢这铜像啊？知道他是谁吗？”“知道啦，古人啊，唐朝的，写诗的啦！”有个“驴友”就哼了几句歌星毛宁唱红的《涛声依旧》。小伙子高声说：“我们都知道，他叫李白！”老先生笑了：“李白的诗当然写得好，可是，这铜像塑的却不是李白。

塑的这位唐朝诗人叫张继。为什么在这里塑他？你们刚才哼的歌，是把他当年写的那首诗，抻面条似的变化出来的。其实他写的只有四句，非常凝练。喏，那边的诗碑上，就有他的那首《枫桥夜泊》。”小伙子说：“知道知道。能背能背。”他和几位“驴友”就试着背，结结巴巴，只有“夜半钟声到客船”一句全对。“这铜像塑得真不错。”老先生引领他们围绕那铜像，从几个侧面指点他们欣赏。小伙子心里爱听，面子上挂不住，插话说：“我们是自由行。我最烦导游絮絮叨叨。游人有权利按自己喜欢的方式来游览啦！”可是有几位“驴友”表示愿意听老先生讲下去。老先生蔼然可亲的话语最后还是征服了小伙子。老先生说：“你们应该在这里拍照。那个旅游团的成员，有的站在铜像一侧，摸着他右手拍照，大体还说得通。诗人用手拿笔写诗，摸着他手，沾点诗味儿……可是，还有更多的方式来拍照留念。比如——”老先生拿出自己的数码相机，对小伙子说：“我给你拍张试试。拍好拍坏我都会当你面删除的。不过，要是我拍出的这个画面你喜欢，那我就用你的相机，给你拍下来。”老先生建议小伙子站到铜像右侧，望着诗人，启发他跟诗人进行超时空的心灵对话：“您为什么认为江枫和渔火是在‘对愁眠’？那寒山寺的夜半种声，为什么让您那么忧郁？人生除了享受快乐，难道咀嚼忧郁也是一种精神生活吗？”不知不觉地，照片拍下来了，拿给小伙子看，众“驴友”也围上去看，小伙子不想说什么，只是心里有丝丝缕缕异样的情愫旋动起来，那是他之前生命不曾有过的体验。老先生把他那相机里的试照删了。“驴友”们纷纷按照老先生建议的路数用各自相机拍了照片。到最后，小伙子才把自己的相机递给老先生，说：“您给我拍吧。”老先生拍完，在跟他们道别前又柔和地说：“到这种名胜古迹里参观游览，谁也不可能把其中的历史、文化积淀一次性汲取完，但总归还是多少能让心灵悟到一点什么为好。另外，提个小意见。你们之前照相，总喜欢摆出个V形手势，V是英文Victory的简写，表示胜利。可是，参观这样的地方，包括欣赏自然风光，并不是打仗、竞技，为什么非摆V形手势呢？我还注意到，你们原来几个人合影的时候，有的人是手背朝外打出V来，哎呀，在英国、澳大利亚、新西兰，那可是侮辱人的手势，形同骂人啊！年轻人，别生我气啊！萍水相逢，咱们今后可是要相忘于江湖了哇……”

小伙子旅游回京，这次在遇见老先生以前拍的若干照片，全删除了，但打印出了那张倚在铜像怀里摆V形手势的，又从以往相册里拣出了一些，合并到一个相册里，本来想用油性笔在扉页上写“知耻相册”四个字，想了想觉得这个隐私还是更稳妥地保存起来为好，最后就写成了“ZC相册”，他想，自己有了时时翻看这个相册的勇气，标志着自己在走向成熟吧。

安灯泡的人

夜里九点半，她走进厨房，打算给自己煮些馄饨当夜宵。从冰箱里取出馄饨，把盛好水的小锅坐到火眼上，忽然，厨房天花板上的电灯泡憋了。她取来一个新灯泡，搬来一把餐椅，为了稳妥，再把一只小凳放在餐椅旁边，但厨房显得非常晦暗，她先踩小凳，再登上餐椅，小心翼翼地足用了好几分钟；她使劲伸臂，指尖才勉强够到那只憋了的灯泡，于是明白，靠她自己，是无论如何也不可能卸、安灯泡，解决厨房照明问题的。

她到灯光明亮的厅里，去给物业打电话，值班的告诉她：电工都下班回家了，他记录下了她的要求，明天 9 点电工一上班，就会来帮助她，她说，其实很简单，只不过她个子矮，希望值班的能来一下，举手之劳嘛，但对方的回答却很复杂，一是这不在他值班的职责分内，二是干电工活需要持电工本，他没有本不能去干，三是他是值管大事的，倘若恰在他为这么件小事离开的时候有业主报告火情匪情……她没听完就挂断了电话。

她给同层隔壁的邻居小安和小香两口子打电话。他们对她十分友善。半年前老伴突发心梗歪倒在书桌上，她往老伴嘴里舌下塞硝酸甘油，怎么也塞不进去，而老伴似乎已经没了呼吸，急得她冲出家门，猛敲小安小香他们家的防盗门，大喊“救命”，小安小香闻讯冲进她家，一个抓起电话打 120，一个去把她老伴放平地下，按胸，口对口呼吸……直到老伴的后事料理完毕，小安小香看她平静下来，他们才又恢复到见面打招呼、隔墙各自过的状态。尽管她很久没有再麻烦过小安小香了，但这次打去电话求助来安厨房灯泡，觉得必无问题，谁知那边接电话很慢，拿起电话传过来小安一声显得很粗糙的“喂”，而

且更传来小香的叫骂声:“又是你的哪个心肝?你怕不接误了你们的好事儿对不对?……”她就本能地挂上电话,愣在那里。

人们各自生活。多数是在一个共同的屋顶底下,叫作“家”的地方。而“家”的核心呢,是两口子。她想到了鹅毛笔,这自然是个绰号,当年是个很优雅很浪漫的绰号,鹅毛笔堪称她大学时同舍的闺中密友,经历过那么多年的云烟世事,她们现在仍保持着相当密切的联系。老伴去世一个月后,鹅毛笔来她家,环顾一番后说:“你哭不出来,别人不理解,我能不懂吗?你们早就貌合神离,他这么干脆利落地去了,对你反而是个解脱。”其实她和老伴谁也没有外遇,也说不上有什么矛盾,六十岁以后,他们的生活里甚至连拌嘴的浪花也鲜有,在她来说,内心里是嫌老伴太无情趣,尤其是退休以后,生活的主要内容,就是坐在书案前,修订补充他那本四十几年前出版过的学术专著,二十年前到美国留学,后来在那边嫁人定居的女儿,半年前回国奔丧,把父亲那部一再修订补充却难以再版的书稿带去做纪念,三个月前来电话跟她坦率地说:“确实过时了,其意义只存在于私人纪念中。”夜深人静时,她也曾在失眠时苦苦思索:婚姻的意义究竟是什么?丈夫也者,对于妻子,意义何在?

胡思乱想了有多久,她也不知道,只是觉得饿,想吃热馄饨,想起厨房没有光明,堵心,她给鹅毛笔打去电话,鹅毛笔一听是她就笑,说必是想起我鹅毛笔的长处,想利用一下,对不?她也笑,说正是,我是墨水瓶的个子,够不着那灯泡,你鹅毛笔正好发挥特长,你浪漫一下,打个车过来,咱俩一起消夜……电话里鹅毛笔的笑声有搓麻将的声响伴奏,那边问看没看《色·戒》?能辜负好不容易凑齐的“三缺一”吗?建议她打车过去,那边的消夜是从24小时营业的名馆子叫的外卖,比冷藏馄饨强太多了……

她失落地朝厨房移动,路过没开灯的书房,忽然,她恍惚觉得他还在里面伏案,许多细琐的往事倏地丛聚心头,啊,他,老伴,如果在,他就是那安灯泡的人啊……他会默默地修理马桶,为她从橱柜最高处取放物品,给她把似乎永不再启动的按摩器恢复功能……那次她大意地闻铃开门,门外是两个可疑的陌生男子,老伴适时地站到了她的身后,那两个人显然是因为这家

有男人便舍难取易，第二天全社区都知道了那桩血案——作案者就是那两个人，时间就在离开她家约半小时后，地点在旁边那栋楼，受害者是一位孤身妇女……

婚姻的意义一定还很深奥，丈夫的价值一定还很繁多，但是，当她拐进黑魆魆的厨房时，她锥心镂骨地意识到，她生命中需要一个随时能帮她安灯泡的人……跌坐在那把餐椅上，她痛哭失声。

把免费进行到底

“免费！免费！”那叫喊声使他不由得停住脚步，接过了一张传单。啊，是免费培训。那正是他所想学习的科目。虽然快近不惑之年，上有老，下有小，负担已经很重，他还是一直怀有加码充电之心。回到家，把传单拿给爱人看，爱人不相信：“真能免费？”但传单上印着一行行斩钉截铁的句子，绝不含糊，就是免费。

于是星期六一早他就骑车去那里。骑了一个多小时，才在郊区一个镇子里，曲里拐弯地，好不容易找见，原来是借的一个废弃仓库办的班。还有几个人跟他一样，按传单上的地址找到了那里。接待的人让他们登完记，就发给他们教材，要他们交三十元。“不是免费吗？”一位瘦高个先问，回答是：“免学费，但是教材你们总得自己买呀。”一位矮个子女士一边翻着那教材一边问：“吆，就这么薄一本，印得也糙，值三十吗？”回答是：“这是我们专门请人翻译，自己印的！给您没翻译的原本儿，您看得懂吗？我们总得给翻译的人一点辛苦钱吧？这三十元也就是个工本费啊！”于是有人就交钱领教材，他想了想，也就交钱、拿书。

问哪天开始上课？说下周六下午两点上第一课。来之前自己先看教材预习，授课老师都是从大学里请来的，人家完全是当作公益事业，无私奉献，希望不要迟到，也希望带动别的人一起来学习。这么好的事儿，怎能不快乐开怀？骑车回家时，哼了一路的歌。

去上第一课。学员有四五十口子。教室虽然破旧，居然每个课桌上都事先摆放好了电脑。传单上写了是电脑教学嘛，真不是吹牛。可是所有的电脑都没

插电，暂时不能用。还是上回那个瘦高个带头问："怎么光摆着不能使啊？"回答的口气蔼然可亲："我的好师傅，没法子啊，人家白借给我们地方，可不白让我们用电啊。"也还是那位矮个子女士接着问："电费能有多少？我们学员均摊嘛！不能开机我们怎么用它学习呢？"回答得更是耐心细致："也想过均摊电费，可毕竟难以计算啊！再说我们既然宣布免费，那就要把免费进行到底嘛！我们了解了一番，诸位都是属于低收入阶层人士，一般都难以置备电脑，尤其是新电脑，价值不菲，难以购买；可是没有电脑帮助，这科目是很难学好的，因此，我们打算把这些二手电脑提供给诸位，你们可以把它们运回家里使用。在这里，我们教给大家电脑的基本使用方法，以及如何利用电脑学习科目知识，大家回家以后，可以利用电脑复习，当然电脑还能给您提供更多方面的便利和乐趣……"有人高声问："电脑免费吗？"回答很干脆："当然免费！"有人问："那么，我就这么把它运回家里了？"回答时略带笑声："看您急的！等上完这一课么，您登记一下，交五百元押金，就可以抱走了；等您用完了，送回来，我们会把押金返还给您。"教室里声音杂沓起来，议论纷纷："这旧的电脑，能用吗？""五百块，太便宜了吧？便宜没好货啊！""人家免费给你使，还要人家供应你最先进的产品吗？""拿回家根本不能用呢？""人家说了嘛，完全不能用，你就再拿回来换嘛！""也好，我孩子老叨唠，同学家里都给置备了电脑，就我们家没有，这下岂不解决了问题？我们父子还能互相辅导……""我得在这儿先试,能用再交押金。""你是他们的'托儿'吧？我看这哪里是免费培训，分明是推销破旧电脑！""就真是好电脑，五百块我也交不起呀！""人家不是说了吗，今天你能交多少钱留下多少钱，下次再把钱补齐也行；还有就是今天不方便运走的，人家会统一派面包车给送到你家里去……""真遇上天大的好事了！""谁知道呢？我心里头总还是不踏实……"

来了个讲课的，大家安静下来。不大像是大学里的教授或者讲师，可也确实能说出一套一套的，这头一课主要是讲这科目有多么时兴，学会了能跳槽到哪些地方，能挣到多少钱……最后还是落实到使用电脑学习的必要性、迫切性、灵便性上，并允诺他和其他义务教师会逐家去帮助学员熟悉使用那二手电脑。

下课后是乱纷纷的局面。真有掏出五百块把电脑用小三轮车和自行车驮走

的。有位学员掏空口袋只有三十块，暂交那么多，也驮走了电脑。有不交钱不拿电脑的，但人数不多。他犹豫了一阵，把身上所有的一百二十六块钱交了，说定第二天在家等面包车把电脑送来，他表示那时可以把剩下的押金补齐。

第二天从早晨等到傍晚，没有什么面包车到他家来送电脑。天快黑时往那免费培训班办公室打电话，一直是占线的忙音。家里人全都埋怨他。晚饭也没吃好。但天黑净时却忽然来了个人，汗津津的，说是来道歉，解释说，因为要送的家数太多，住处又东南西北哪儿全有，所以面包车今天赶不到这儿来了，明晚一准送到；但是他带来了一套电脑软件，是必须安装的，其中包括与那本教材配套的学习软件，一共只收成本费五十元，也就是说性质也还是免费。他还在琢磨，爱人先心软了，让座让茶，当即交了五十元，收下那套免费软件。

再一天晚上，电脑真送来了。插上电，显示器还真出像。他补上了三百七十四块押金。

但是烦恼与疑惑接踵而来。三天以后电脑便罢了工。请来懂行的人查看，说是这哪儿是二手电脑，恐怕三手以外，根本是报废的，从电子垃圾堆里捞出来的；那些所谓软件，更是胡闹，全是破烂不堪的东西；那本教材是早几年的盗版书，不少内容已经过时。这么说，全是让免费给弄晕了，上了个大当！

愤怒地去那地方找那些骗子算账，已是人去屋空。回到城里，又听见“免费！免费！”的叫喊声，再接过那传单，细看，地址变了，电话号码变了，科目变了，但“把免费进行到底”的宣传口气如出一辙。还是那几个人在行骗吗？他捏着那张传单，下决心去报案。

斑马线

拨打 110 才几分钟，民警已然来到。

冯小杰的母亲哭天抹泪。原来，她的心肝宝贝，也就是冯小杰，忽然失踪了！

民警一边安慰她，让她冷静，一边询问："他是怎么失踪的？"

"……我从厨房出来，往他那屋子一探头，他没了！……"

"他会不会是下楼玩去了？"

"我从来不许他下楼玩去！接他回来，我就安排他写作业……每天到这个时候，差不多五点半，他总是按我的嘱咐，老老实实地戴上耳机子，听儿童英语的教学带……"

"他多大？几年级了？"

"下月十周岁，四年级了……"

民警松了口气，心想都这么大的孩子了，现在离天黑也还早呢，只不过是暂时出了家门，没跟当妈的打招呼罢了，实在还作不出失踪不归的判断，便对冯小杰的母亲说："您别太着急，如果再过一个钟头，吃晚饭的时候，他还不回来，你再给我们来电话，咱们一起想办法找他……"

民警走后，冯小杰母亲越想越怕……从冯小杰上一年级起，不，打从冯小杰送幼儿园日托那天起，他们两口子便锲而不舍地坚持天天接送，风雨无阻，雷打不动，为了做到每天四次接送不空缺，她硬是放弃了福利较好的单位，把自己的工作换到了住家附近，爱人也曾为了坚持接送孩子上学、放学，多次迟到早退过，丧失全勤奖而在所不惜！这些天爱人出差在外，几乎每隔两三天便要晚上挂个长途回来，问小杰怎么样。又千叮咛万嘱咐："你可得跟他一起过

马路啊！千万不能大意！不怕一万，就怕万一！”可是，现在，“万一”竟活现在了眼前，小杰失踪了！这可怎么了得啊！……要不要给电台、电视台挂电话，让他们给广播，给上荧屏！只要能找回心头肉，什么代价她都愿意付出！

民警临走时，建议她找找小杰的同学，打听打听，说是也许孩子们之间，倒能互知去向。她平时从不跟楼里的邻居来往，包括小杰同班同学华明他们家的人，她除了见面淡淡打个招呼，再无交流。不过她记得小杰把华明家的电话号码抄在了自己家电话机旁的小本子上，于是她寻出了那号码，试着拨了一个，华明母亲接的电话，挺客气，先是说小杰不在她家，后来叫过华明，让华明跟她通话，她便问华明：“你知道小杰到哪儿去了吗？”华明说不知道。她又问：“今天你们班上有什么特别的情况吗？”华明想了想说：“没什么呀……唔，就是，就是，刚放学的时候，我们俩吵架来着……”她一听心上飘火苗儿，问：“什么？你跟小杰吵架？”华明委屈地说：“他先跟我吵的……他说秦老师说的那个人，是我，我说我才不是呢，我说秦老师说的是他！……”她再追问，问不出名堂，于是重重地搁下电话，立刻往学校跑去。

冯小杰他们的学校就在附近，只隔了一条马路。她一径跑到校长室，校长恰巧正与秦老师等在一起商量工作，她跨进门，未曾开口，先又急又气地哭了起来……

终于听明白了她的述说后，秦老师，一位年轻的女老师，坦诚地说：“也许，真是我惹出来的事！是这么回事，今天，放学前的班会上，我跟班上的同学们说，你们都已经十岁，上到四年级了，有的事，你们应该学着自己做了，比如说，过马路。现在马路上有时候很乱，有的司机开车不怎么遵守交通规则，有的人骑自行车也很不规矩，所以过马路一定要注意安全！不过，我发现，我们有的同学，他似乎就从来没有独立地横穿过马路，从小，总是爸爸妈妈，或者家里别的大人，天天一回不漏地上学送，放学接，手牵手地过马路，这么着送来接去的，什么时候算完呢？会不会弄得，有那么个人，他从来都没一个人过过马路，结果有一天，他不得不独自过了，却只是站在马路边打战，怎么着也过不去了，或者，更糟糕，他头一回独自过马路，竟出了事故！……”

秦老师没说完，冯小杰母亲脸已煞白，而校长已然作出决定：“走！我们

一起去！附近马路的人行横道，咱们分头去找！”

果然很快找到。在附近一个十字路口的斑马线上，冯小杰正认认真真地在先望左后望右地过马路……他过完一个方向，站定在另一个方向的斑马线前方，注视着对面的行人指示灯，当那指示灯亮出绿色信号，他才又迈上斑马线，并且又认真地先左顾，再右盼……

半秒钟

我想你们一定认识我的小表弟，因为当他登上国际大赛的冠军领奖台，让颁奖者把金牌挂到他脖颈上时，你们都从电视荧屏上看到了他的大特写，是的是的，不是我吹牛，那确实是我的小表弟；对于他，我当然知道得比你们多得多，你们知道他比赛时的雄姿，知道他获得了什么称号，甚至知道他一共得到了多少奖金，可你们知道他小时候最调皮的表现是什么吗？对了，好像有记者在一个什么报纸的周末版上提到过——可我不是从报上知道的，我当年亲眼瞧见过！还有，他在获得国际大赛冠军以后，到昨天为止，一共收到了多少封青春女性的求爱信？你们如何知道？我可是门儿清！小表弟他根本就看不过来，他全权交付给我，说我看了也许能从中发现出某些写作素材——那是一点也不错的，那些表示仰慕的信里，使用得最多的一个词儿，便是“阳刚”，这个词儿搁在我小表弟身上那是再贴切也没有了，难得一个运动员不仅成绩这么突出，形象也这么近于完美，当然啦，还有那决赛中令人难以忘怀的关键的一秒钟——严格地说，不是一秒，仅是半秒，大家都从电视转播中看到了，想必记忆犹新，当时他的对手那表情，简直惨不忍睹，那半秒钟一过，在那么多的镜头面前，沮丧的眼泪立马就流了出来，光冲这一点，你说他的境界和我小表弟差得有多远？你们当然都还记得我小表弟当时的表现，多潇洒，多帅！

昨天姑妈家为小表弟举行了一个“派对”，去的都是最亲近的人，带有浓厚的家族色彩，除了欢庆他的胜利，也同时提前给他过生日——你们都知道到他生日那天，他已经又在国外参加大赛了——不消说大家都是那么样地快活，小表弟不仅快活，而且极其放松，他说，太好了，这回没有教练，没有领导，

也没有队友——别误会，小表弟对他们充满热爱，他只是觉得不能总和他们在一起——更好的是没有记者，没有人向他提出问题，没有人非得让他说点什么；那天的聚会整个儿像是一阙舒缓而优雅的小夜曲。

大家直欢聚到零点以后才散——如今北京的出租车什么时候都有，所以人们不再为赶公共电汽车的末班车而慌张——那是名副其实的尽欢而散。

我最后一个告别，这时，小表弟忽然说："我跟你一起走！"

不仅姑妈姑爹和表妹吃了一惊，我也觉得奇怪。

表弟对姑妈他们说："我还想跟表哥聊聊！"

姑妈就说："你们聊呀！到你屋里聊去！你们聊到大天亮也行呀！"

姑爹也说："是呀！我们这儿反正住得下，你表嫂正出差上海，你表哥不回去连假都用不着请，你又何必非去他那儿！"

表妹嘟囔说："哥你是缺心眼儿吧？你去，他留，哪一个方案合理呀？学点运筹学吧！"

我也说："是呀，我一点儿也不困，我就不走啦，我们到你屋聊个痛快吧！"

没想到小表弟很固执地说："我想去表哥那儿嘛！我想活动活动！"

就依了他。

和小表弟到了我家，我们在我书房里坐下，我等着小表弟开聊，他却似乎又没什么话说，我很纳闷。

"嘿，你怎么啦？"我问他，"你要跟我聊什么呀？"

"你这单元，隔音吗？"他突然问了这么一个问题。

"别的位置不敢说，这书房就是我现在引吭高歌，相信上下左右的邻居也都完全听不见——你问这个干什么啊！"我简直摸不着头脑。

"那太好了！"表弟的表情，使我吃了一惊。

"你究竟怎么一回事儿？"我有点着急了。

"其实，也没什么……"表弟望着我，仿佛下了好大决心，把鲠在喉咙里的鱼刺终于吐出来似的对我说："我只是想哭，想痛痛快快地大哭一场……我也不知道怎么搞的，那关键的半秒钟里，我好像不仅把我以前的日子压缩在一起，飞快地又过了一遍，而且，就好像把以后的日子，也预支了好多，压缩着

过了一遍似的……心里头淤着一团什么东西，坠得慌……我知道，没什么，放开了哭哭，就会好的……可我从那半秒钟过去，到现在，总没哭成，开头，是我自己不打算哭,后来,我想哭,可我能当着谁哭呢？在哪儿哭呢？就是当着你，我也不是那么情愿的……可今天正好你这儿没别的人，而且，想来想去，你能理解我，不会误解我……”

我一下子理解了小表弟。我意识到，这痛哭一场，对于他来说，是神圣的，必要的，有益的……我便对他说：“你一个人在这里，愿意怎么哭就怎么哭吧！我下楼去，找个小酒馆喝我的酒去！”

我真的就把他一个人留在我书房里了，自己下楼去了。

我到天亮才回到我家，小表弟在我床上安睡着，是一种最优美也最卫生的姿势——就像我们在母亲的子宫里憩息一样。一缕朝阳从窗外射进，落到他身上，他那双闭着的眼睛无论睫毛还是周围的皮肤上都没有丝毫泪水的痕迹，他整个儿焕发出一种类似新胀圆的苹果那样的气息。我默默地站在床前良久，我心中有数，由于有了那深夜里无人看见听见的一场大哭，小表弟在即将来临的那场国际大赛中，夺魁的可能性，是更加接近于笃定了！

1993.7.4

北风怒号的夜晚

小院里那棵高大的古槐在北风中舞着全部枝丫，仿佛一只巨大的挣扎着的章鱼；风声像推大石磨般地从远而近，仿佛要碾碎大地上最后一股热气。

小东屋里，小两口听着窗外西北风的怒号，望着才三个月的小宝宝那通红发涨的小脸，急得乱了五脏六腑，一贯甜甜蜜蜜的他俩，惶恐中竟不由得争吵起来。

她把宝宝搂在怀中，埋怨他连鱼竿都买了两杆，却一直不知道给孩子买支体温表，现在烧得怕有四十度了！他伸手摸摸孩子脑门，烫得吓人，他催她快动身去儿童医院看急诊，她却害怕这么大风天往外跑反给孩子添症候。他说去找公用电话叫急救车。她说最好能请个大夫出诊。他说她想入非非。她说叫急救车不吉利，该去找“出租”。他埋怨她怎给孩子捂那么严实。她责怪他下班以后瞎抱着孩子逗弄，也不知道裹好棉毯。他说先灌点退烧药试试，她哭着嚷：“大人吃的，能拿来瞎喂吗？”……

小两口的吵闹声惊动了隔壁的霍大妈，霍大妈敲门来问究竟。霍大妈望了望、摸了摸，安慰他们说：“不碍事。看他没哭没闹，就知道症候不大。大人吃的药，掰一半再掰一半喂给他，到天亮兴许就退烧了——那时候要还不放心再往医院送，不就方便了吗？”

霍大妈说的也是。这深巷小院离医院很远，出租车又哪儿容易叫到。小爸爸掰药片时霍大妈又说：“公用电话也得到巷子外头修车铺去打——可人家值班的准睡下了；叫急救车嘛我看也犯不上——这小人儿要真坏事了，他就会抽起筋来……”小妈妈本来正点着头，宝宝突然咧开嘴哭了起来，腿脚蹬了几下，

这下她可心肝全碎了，她哆哆嗦嗦地说：“这是不是抽筋啦？哎哟这可怎么办啦？”

当爸爸的披上大衣就往外头跑，心里咚咚敲着大鼓——他擂着设有公用电话的修车铺的大门，也真跟擂大鼓一样，嚎叫的北风把那敲门声传遍了整条小巷……

终于打了电话，来了出租车，到了医院，看了急诊。大夫一点也不着急。试表只有三十八度，是很平常的消化不良引起的发热。不用打针。给的药也平常。大夫的建议也很简单——以后不要在牛奶里加太多的辅助成分。

回到家时天已大亮。一夜北风吼累了，干冷，可不再那么烦人。谢过霍大妈，小两口望着安睡在小床上的宝宝，心里头都在回味前半夜的滋味。活了这么久，头一回体会到爹妈把自己拉扯大有多么不易。还有什么好说的！随便吃几口早点，赶紧去买体温表和婴儿常备小药……

蹦跳的井盖

老罗从四川农村到北京打工整三年了，遇上的好事坏事怪事趣事不少，现在先讲一桩。

老罗在北京护城河边的绿化队当临时工。这天是星期日，老罗休息。绿化队管吃管住，但住的是简易屋，吃的是缺油少肉的大锅饭，所以这个星期日，他洗漱完毕就跑出来，沿着护城河溜达，心里头盘算着，到哪儿去打次牙祭——最好又能喝啤酒又能吃上肉而花销在十元之内。

走到一片绿地边上——那片绿地树木较多，是老罗平日工作的责任段之一，他对那里的每一株乔木、每一丛灌木，甚至每一根绿草都非常熟悉；当然老罗这天没兴趣再迈进去，可是，他在一瞥之间，发现那绿地里面有些个异常。当时那片绿地的那一角没什么人影，可是却嘭嘭嘭地仿佛有人在敲铁栅栏门；绿地里没有铁栅栏门呀！顺着声音定睛细观，只见掩映在几棵树木下的一个窨井盖，正在蹦蹦跳跳！好奇怪呀！

老罗走了过去。那窨井，是个自来水井，平时是用来引水浇灌绿地的，遇到有火警时，也便起到消防栓的作用。老罗对那窨井真是太熟悉了，彼此跟老朋友一样。老罗五十五岁了，在旧社会度过童年，受了更老辈人的影响，多少有些个迷信，所以他走到那窨井前，心里冒出个想法：井底下是不是有鬼呀？要不，是那连在出水口上的，盘成一大盘的胶皮管成精啦？井盖还在嘭嘭嘭地蹦跳，而且似乎因为他的走近，蹦跳得更厉害了。这鬼怪妖精，大白天的，闹腾得这么厉害，邪乎！

老罗弯下腰，细望那蹦跳的井盖，对它底下的那鬼怪妖精说："我平生没

做过亏心事，我可不怕你！你究竟想干什么？你要不再这么胡闹，我说不定还愿意帮帮你！”这话一出，那井盖居然就不再蹦跳了。老罗绕着井盖转了一圈，心里纳闷，也实在好奇，于是铆足劲头，把那已然有点错位的井盖猛地往边上一拉。啊呀，可真见鬼了——窨井里伸出一个活人头来，那人头因为不断地往上撞击井盖，头顶上肿起好大个包，还流出了血！既然是个大活人，怎么会在这窨井里呢？再一细看，呀，那人嘴里给塞上了东西，怪不得他发不出喊声来啊！而且，那人的手脚都被绳子捆住了！井盖蹦跳，是他呼救的方式啊！老话说：“救人一命，胜造七级浮屠。”新话说：“救死扶伤，实行革命的人道主义。”老罗赶忙先把塞在那人嘴里的东西取出来——是臭烘烘的袜子！再把那人拖上地面，给他松了绑。那人瘫坐在地上，一阵大喘气，又一阵深呼吸；老罗看他光着脚，从窨井里帮他捡出鞋，让他穿上；那人穿上了鞋，才连说了几个“谢谢”。老罗问他：“遭抢了吧？这护城河边僻静，常有坏人活动——可抢完人把人这么塞到窨井里，以前倒还没听说过……要报案吧？走，我带你去，派出所不远……”那人听到这些话，站了起来，注意地张望四周，摆摆手。老罗奇怪了：“你就算了不成？”那人跟他一抱拳，又说了声“谢谢”，扭身就要离开，老罗拉住他胳臂，意思是还是应该去报案，那人却以为老罗是跟他要报酬；那人摇摇胳臂，摆脱了老罗，望着老罗的脸说：“是呀是呀，该给你点……”说着就从脏兮兮的西服口袋里，掏出两张钞票来，递给老罗；老罗一瞥，是两张百元新票呢！老罗没接，心里想，我救人可不是为了挣钱；不过，如果一起报完案，再陪他上趟医院，交个朋友，到小饭馆里，由他请客，喝上两盅，点个鱼香肉丝什么的，再有一钵酸辣汤，配上两碗白米饭，那倒可以大大方方地接受……那人呢，看老罗不接，以为是嫌少，于是又从口袋里摸出了几张新钞票，一起塞到老罗手里，老罗推让，就在推让之间，老罗和那人眼对眼，忽然双方心里都冒出了一个念头：咦，这人，好像什么时候见过的啊……几秒钟过去，两人差不多同时想了起来——啊，是他啊……那人想起来以后，扭身便走，走了没几步便跑……老罗先是愣住，后来便弯腰捡起捆过那人的绳子，追了上去……

那人在前头跑，老罗在后头追，他们俩跑出了僻静地段，有的过路、散步

的人注意到他们的异常状态，都朝他们张望，但无从判断他们是怎么回事。老罗本想喊：“抓住他！抓坏人啊！”可心里又没十分的把握，只打算先把他追上再说。那人看上去比老罗年轻，大约四十来岁，可毕竟被关在窨井里好久，气力不济，眼看老罗就要追上他了，突然，那人停住脚步，转过身，指着老罗大喊：“强盗！”又朝周围的人大叫：“抓住他！他把我头打破了，还想抢我的钱！”这时有几个男子汉跑近他们，其中一个从后面紧紧搂住了老罗，老罗忙说：“我不跑。快把我们送到派出所去！”围观的人渐多，大都很同情那头顶流血的人，有的还建议他先去医院。正乱着，恰巧有治安警察的巡逻车过来，有人招呼，警车停下；见警车一停，那头顶出血的家伙转身便想跑开，这时老罗喊了起来：“别让他跑！他要是好人，为什么见了警察就跑？！”那家伙撒开腿猛跑，这时就有人拦他了，警察很快也就截住了他。

到了公安局，真相大白。

原来，几天以前，老罗领下三百五十块工资，去护城河边的银行存钱，快走拢银行时，河边树荫下冒出三个人来，跟他亲亲热热地打招呼，把他引到河边，要他用手里的“旧票子”，买他们手里的“新票子”，一百块“旧票”，可以换他们三百块“新票”……其中的一个“票贩子”，就是今天那让井盖蹦跳的家伙……当时老罗拒绝他们，只是觉得凡是没流汗水就能白来的财，会让他晚上睡不好觉；直到进了银行，才悟出，那三个人是在卖假钞。

那三个卖假钞的人，做成了上万的“生意”后，分赃不均，发生内讧，其中两个把真钞全拿走了，并且合伙把那第三个捆起来，塞进了那绿地的窨井，本以为他会闷死在那里头……

后来，那两个贩假钞的坏蛋也落网了，公安部门正在进一步追查假钞的来源。

老罗还干着老活计。如今每当他走拢那口窨井时，总要对那井盖说：“你可别又蹦蹦跳跳啊！”

冰箱里的黑泥糕

川妹子嫁给了北京小伙，热恋期间，她画过一幅水彩画：古老粗壮的大槐树下，露出虽然残破却极富韵味的老式院门，院门外有两三位老人坐在小马扎上，摇着大蒲扇乘凉。婚后小两口住楼房，这画一直挂在了他们单元的门厅里。不过，川妹子对胡同旧院的生活情趣，究竟所知还浅。

这天是公公的七十大寿。丈夫因公出差，只是从远方用手机打来问候电话。川妹子一个人提了个生日蛋糕去祝寿。进院到屋，公公遛弯儿去了，只有婆婆在小厨房里弄寿面，打过招呼，她就管自进到堂屋，拉开冰箱门，正想把买来的蛋糕搁进去，却发现那里头已然有了个大匣子，便大声问："妈，谁先买来个蛋糕？"婆婆耳有点背，回答她："啊，丹皋？来过来过……"她把那匣子先拿出来，打开一看，吃惊不小！哪儿是蛋糕，竟是一匣子黑泥！丹皋是胡同里失过足的小伙，这坏小子，怎么跑这儿来恶作剧！愣了一下，她就把自己带来的蛋糕放进冰箱，然后踮着脚尖，拿着那匣黑泥糕，趁婆婆在厨房里只露着背，把那东西扔到院门外不远的垃圾站去了。转回身时还在琢磨着怎么跟二老交代，总得先圆个谎，且不能让没来得及开匣验糕的寿星老堵心。

谁知她这下可闯出了个大祸！寿星老堵着心回来，手里正捧着被她扔掉的那匣"黑泥糕"——原来，那是公公好不容易经营了半年多的心肝宝贝！

当然，误会很快也就消除。丹皋是来过，送的是两个葫芦。婆婆怪自己耳背，没招呼好媳妇。媳妇忙着道歉。寿星老且没心思吃寿面蛋糕，他像对待玻璃器皿一般，小心翼翼地检查他的那匣宝贝。原来，退休后他的乐趣之一，就是"饭蝈蝈"。"饭"在这里作动词用，是繁殖的意思。川妹子后来查了许多种

词典，包括北京方言词典，都没找到公公嘴里发出的那个“饭”音该拿哪个字来表达，她一度认为应该写成“繁”，可是公公坚持说老北京就是说“饭蝈蝈”，还有“饭蛐蛐”、“饭油葫芦”、“饭金钟”，都是一类的乐子。

早在头年秋末，公公与几位同好者就乘公交车去西山，采集了一些即将甩籽的母蝈蝈，回来放在几经筛配的泥土里，让母蝈蝈在那“黑泥糕”里甩籽，为让土里的籽提前成熟，老北京积累了一整套的方法，其中一个环节就是让那含籽的“黑泥糕”微微受冻，以前没冰箱时，冬日要洒清水，放在院里一定时辰……然后则又要以较高温度持续烘焙，小蝈蝈出土后，每七天要蜕一次皮，并且自己将蜕皮吃净，如是七次，到春节前后方能成为成虫，于是，在雪花纷飞的冬日，胡同院落里也能听到蝈蝈的鸣唱了……

蝈蝈最后一次蜕皮时，小两口跟老爷子一起，守着装在大玻璃罩里的“黑泥糕”，看那斜放在其中的竹棍上的蝈蝈，怎么缓缓地破皮而出，敢情蝈蝈那两根长长的须子，是从腹部抖抖擞擞弹伸出来……蝈蝈吞掉了自己最后一片蜕皮，趴伏在“黑泥糕”上，鲜绿娇嫩，好可爱！

老爷子给蝈蝈准备嫩菜叶和面包虫，婆婆过来笑问媳妇：“你不觉得这是胡闹吗？”川妹子认认真真地回答：“妈，这正经是胡同文化呢！老北京人，不管有多少烦恼，都总能自己找乐……”老太太却又听岔了：“什么？找药，你感冒啦？”另外三个都笑软了身子……

美人风筝

川妹子浣蓉是我远亲，叫我舅公。这个星期天她兴冲冲来找我，说是她公公和一些离退休的《红楼梦》爱好者，正制作一批风筝，完全按照《红楼梦》第七十回所写，要制作出大蝴蝶、软翅子大凤凰、大金鱼、大螃蟹、大红蝙蝠、七连串大雁、玲珑喜字等各色风筝，完成后到天坛祈年殿和皇穹宇之间的高台神道上去放飞，约我到时去观赏。我听了非常高兴，只盼着那“红楼风筝会”早日举行。

可是过了好些天，竟再无消息。我呼了浣蓉好多次，有天晚上总算呼到了她，用手机给我回电话时，她正跟一些个朋友在三里屯“泡吧”，我抱怨她吊起了我的胃口，却又把我“凉拌”起来，还忍不住说：“你们年轻的一代到头来还是喜欢洋文化、新潮流……”她咯咯笑着说：“哪儿呀，我们正讨论北京胡同文化哩，分歧可大啦！……”第二天她办件什么事，路过我们那条街，到我家打一头，叽叽呱呱地跟我说起他们“泡吧”时的争论：“有的说，胡同旧院有什么好？光是普遍没有卫生间这一条，就该都拆了盖楼……我当然不同意，我说，那是技术层面的问题，我关心的，是文化层面的延续和发展……老北京胡同四合院里的普通市民，有一套特殊的跟自然亲近，跟邻里和谐，把庸常平凡变得多彩有趣，把艰辛人生雕刻得精致玲珑的办法，在当前这种以竞争为轴心，浮躁波动的社会生活里，实在应该从老北京悠闲温馨的文化传统里，提炼出一些可以拿来制衡的精华……”我截断她说：“你且别形而上个没完，我想立刻知道，你公公他们的那些风筝究竟制作完了没有？什么时候到天坛举行放飞盛会？”她这才答应尽快去婆家一趟，了解进展详情。

没过几天，浣蓉来电话告诉我，她公公这些天眉头不展，因为他自告奋勇承担了制作美人风筝的任务，结果别人的那些风筝差不多都制成了，唯独他制作出的美人风筝徒有其表，试放时总是没到两丈高就栽下来……《红楼梦》里写到，贾宝玉放美人风筝升不起来，说“若不是个美人，我一顿脚踩个稀烂”，倒是林黛玉懂行，告诉他是顶线不好，要另外打换……不过浣蓉的公公在那一再失败的过程中，也增进了不少知识，比如，最早叫作风筝的物事，是一种能在气流中鸣响的乐器，我们现在所说的风筝，正确的名称该是纸鸢；一般纸鸢有两根顶线就能飞升，美人风筝非得三根顶线才成，可三根线之间的均衡关系，很难把握……

后来有一天，浣蓉来把我领到一所胡同大院里，那是她公公朋友温教授的家，温教授屋前的院落较空阔，那拨子按《红楼梦》描写制作风筝的老伙伴们都聚齐了，把各自扎出的风筝展示在院子里，形成一个风筝大展。我问那美人风筝是否能升空了？浣蓉公公只是摇头，却又笑嘻嘻地说：“快了！”……我被请进了温教授书房，原来，大家正围在电脑桌旁，看歇顶长须的温教授在电脑上制作美人风筝的三维动画呢……

不是梧桐

川妹子浣蓉的公公曾老跟我成了朋友。那天他来电话，让我得便去看“梧桐”，去的路上心想，梧桐有什么好看？这些年南树北栽的情况在北京越来越多，雪松、梧桐的成活率似乎最高，我们居民楼下小花园里就有这两种树，何必孳孳汲汲地跑老远胡同里去赏梧桐？

在胡同当中的一块“鼓肚儿”空地上，曾老正等着我呢。原来，他是故意在电话里含糊其词，敢情他让我去看的不是树，而是一种俗称发音为“梧桐”的鸟儿。也不是他养了那鸟儿，而是胡同里比我大两岁的老徐，训练出了两只“梧桐”，能不断地表演叼弹的把戏。精瘦的老徐腰板挺得直直的，他把两根棍儿构成的，底端有三足爪的丁字形架子戳在地上，那两只“梧桐”胸部虽有拴绳的小扣儿，此刻却并不套住，任由它们在横棍上立着，我仔细观看，那鸟体态比麻雀略大，毛色灰黑并不鲜艳，也没凤头什么的特别引人瞩目之处，只是短喙粗大，呈蜡黄色，啊，这鸟的学名，该是蜡嘴雀吧？曾在谈老北京风俗的书上，看到过关于“梧桐叼弹”的描写，生造出了两个字——把“吾”字和“同”字右边加上鸟旁，构成一种鸟名，但是我遍查《辞源》《辞海》甚至《北京土语辞典》，没这么两个字，所以现在坚持只以“梧桐”注音——过去是听说过“梧桐叼弹”，却并没有真眼见过，所以老徐要起那把戏时，我真是兴趣盎然。

老徐先用左手把一只豌豆大的白塑料珠子用力抛向空中，被他示意的那只“梧桐”便如箭蹿空，这倒并不怎么令人惊讶，但他紧接着又把一直拿在右手里的一根有烟袋锅般翘头的长棍猛地朝上一挥，从有活动盖门的“烟袋锅”里

甩出了一颗樱桃那般大的蓝塑料球，那球不仅被抛甩得极高，而且跟第一个小珠子所飞出的方向大相径庭，但蹿到空中的“梧桐”却极灵敏迅疾地转变方向腾跃而上，又把那“蓝樱桃”衔住，然后在空中划出一道弧线，倏地飞落老徐张开的左手掌上，乖乖地吐出一大一小两粒“弹丸”，老徐这时已把甩大丸的工具夹在了胳肢窝，便用右手从衣袋里掏出些麻籽喂那“梧桐”……在半拉钟头里，老徐和他的宝贝“梧桐”连续表演，乐此不疲，除了曾老和我等几位固定观众，也有不少进出胡同的熟人或生人驻足观赏，大都啧啧称奇。

老徐说，他今年从鸟市买进六只“梧桐”，训练成的只有这两只；完全不用笼养，在家里，就把它们用细绳拴住胸部的小扣环，由它们在那架子上栖息，当然要适当供应饮水和麻籽，在架子下面搁几张旧报纸，承接它们的排泄，勤换着点儿，也没什么秽气……问他为什么喜欢这玩意儿？他反问：“票友为什么喜欢唱戏？有人为什么喜欢冬泳？……”

忽然有辆奥拓车开进胡同，是浣蓉小两口来婆家了。曾老留我晚饭，我没推辞。在曾老家，我问浣蓉看没看过“梧桐叼弹”？谁知这位平日里以“北京胡同文化维护者”自居的女士，却眉毛鼻子全都皱起，说那蜡嘴鸟本该到南方过冬，却被一些唯利是图的人中途用网粘捕，跟许多种别的鸟儿一样，被拿到鸟市售卖，那徐大爷买来后，训练的办法无非是使其饥饿，逼得那鸟依他的法子叼弹，才喂点麻籽，结果使自由的生灵沦为了奴隶……我看曾老脸色难看，忙拿别的话岔开。回到自己家，细想那不是梧桐的“梧桐”所遭际到的命运，却一时真不知该称是福还是祸。

虬梅无价

“舅公，我带您看件新鲜东西去！”川妹子浣蓉来过电话没多一会儿，就开着他们小两口新买的奥拓车接我来了。在车上，她让我猜这回她要带我去看哪样“胡同文化”，我说了一大串：听刚“饭”出来的金钟在青花帽筒里打鸣？看老太太们的踢毽比赛？自制七尺长的大糖葫芦？泥塑兔儿爷跟面塑兔儿爷打擂台？……她笑说：“比那些个都更来劲儿！”

她没把车开进她公公那条胡同，却拐进了另一条有好几道弯儿的胡同，停在了一个杂院门口。把我往院里引时她告诉我，她公婆，还有温教授等好多人，都来看过啦……我问：“这位玩主也是个退了休的？”迎面出现个黑脸粪汉，她忙介绍，我心里疑惑，难道这位爷们也掌握着胡同文化？她却只顾跟那汉子欢谈，原来，他们竟已非常熟稔。

进到最里边，在只有六平方米左右的小院里，木架子上摆放着三个自制盆景，仔细看，呀，都是最难制作的蜡梅盆景！三盆蜡梅都有粗壮蟠凸的根本，上面的几根枝条都不多，但走向错落，与根本部分配合着，恰好写意出龙的动势；枝上着花不多，氤氲出淡淡的香气……

赞不绝口之余，跟那汉子聊起来，才知道他是跟已故去的爷爷学的手艺；他自称是“小三届”的——“老三届”一般人都知道，是指1966年“停课闹革命”时滞留在中学里的那六个年级的学生，后来多半去农村插队或去了生产建设兵团；“小三届”则指那以后进入中学的三届学生，他即其中之一，也没学到什么就算毕业了，他毕业后被分配到附近煤厂当了送煤工人，蹬着平板三轮，拉着蜂窝煤，跑遍了这一片的胡同院落；后来煤厂改成了煤气站，他就

一直在站里当换气罐的工人……这些年的工余爱好，就是培植盆景，前两三年就试着弄蜡梅盆景，总没成功，今年才算圆了梦，而且弄成了三盆。我问："这蜡梅怎么竟有檀香的气息啊？"他便滔滔不绝地跟我侃了起来："我就是在檀香木上接的根呀！哎，为寻这檀香木，我跟蛐蛐似的蜕了七层皮！……这蜡梅，有人把蜡字写成腊，虽说培植得法它确实能在腊月开花，可它叫这名儿，还是因为花瓣像蜜蜡似的……我这是最名贵的品种，叫磬口蜡梅；今年是龙年嘛，我就都给弄成虬龙的造型……这些天有张报上登了几行字的消息，配了张小照片，嗬，来这院里看新奇的络绎不绝，说是'我们能不能看看梅花？'其实，梅花跟苹果、梨、桃、李、杏什么的一样，属于蔷薇科的乔木，这蜡梅单算一科，而且是灌木，所以，您要是觉得好，回去跟别人提起，别说是看了梅花，得说是看了二强子培植的蜡梅……"我望着粗眉厚唇的二强子，只觉得他也像是一种花……

临告别时我问："您既有这手艺，怎么不……"话没说完浣蓉便截断我说："人家图的就是这么个乐子，不想把这个拿到市场去转换……您往这儿瞧——"我顺她所指，扭头看到二强子那住房门上贴着艳红的春联，上下联是："寒气与君霜里退，阳和为尔腊前来"——这好像是唐朝韩的诗句，亏他能知道——没看清横批，已经被送出了后院，我在心里说，唔，横批可以是：虬梅无价。

天上掉下个什不闲

胡同口那小学原是个祠堂，据说是明朝奸宦魏忠贤的生祠——就是人还并没死，谄媚的人就给他盖起祠堂供起牌位定时祭祀——那祠堂早经废弃多次转手拆建，算不得什么文物，最近小学要把里面最后一栋旧房拆了修筑新教室，拆房时出了件新鲜事，从那顶棚里，发现了一些不知是什么人在什么时候为什么搁进去的破旧杂物，其中有一个木架子，桁杆上穿了些孔，吊物的麻绳还在，所吊的物件里，仅剩一面破烂的小锣——怪不得曾有人说那屋子里常闹鬼，半夜会有锣响，现在可以推定是耗子跑过去时弄响的——那究竟是个什么物事呢？大家议论纷纷，莫衷一是。后来有文物局的人来鉴定，说那是清末民初，唱什不闲的艺人用的锣鼓架。

川妹子浣蓉的公公曾老，那晚上不开电视，拉开了关于什不闲的话匣子。正好我去串门，浣蓉小两口也在座。曾老说，他小的时候，北京的曲艺相当繁荣，庙会里不用说了，就是一般市集茶馆里，也多有演出，数来宝、评书、相声、双簧、大鼓书、琴书、单弦、子弟书……都拥有大量的欣赏者，只是什不闲那时已不多见，偶尔也遇上过，记得那举起放下都很轻便的桁架上，挂着铙、鼓、钲、锣各一，唱时并不用来伴奏，而是在唱完每一段后，拉动绳索，那四样打击乐器便有节奏地响动起来，造成一种特殊的氛围……他问老伴可还记得那久远的韵味，大他三岁的老伴这回却不耳背，自豪地说："像你呢，那么健忘！"清清喉咙，竟哼出了几句："天坛游去板车牵，岳庙归来草帽偏，买得丰台红芍药，铜瓶留供小堂前……"浣蓉听了使劲拍巴掌，连说："真该恢复这种曲艺……"丈夫就跟她说："徐大爷玩'梧桐叨弹'，你说那是'胡同

文化’的糟粕，残害了野生鸟类；其实这什不闲的唱词，大多从竹枝词变化而来，里头庸俗无聊乃至黄色的成分不少，我看过资料的！”小两口这边抬杠，老两口那边也争执上了，老曾非说老伴哼的那个腔不是什不闲，倒像是莲花落的调式……我望着他们，笑得心跟酥瓜似的。

究竟什不闲该怎么演唱？一时成了迷恋北京民俗文化群体议论的热点。这在只习惯于拿着遥控器泡电视的人们，或者只热衷于新潮的、港台的、西洋的时髦文化的人们看来，着实可笑。但浣蓉说得好：“有些文化确实会在时代潮流里衰落，但不应该任其消亡，好比现在绝大多数满族人都不会说满语读满文了，可是人类里一定要保持一定——哪怕很小——数量的不管是哪一族的人，把这种独特的文化承传下去！什不闲就是不能再广泛流布，也至少总得有人能大体准确地把它唱出来，若是今后某些关于老北京的影视里能给它留些痕迹，那就更好了！”

据说有人去请教了曲艺界的人士，结果怎么样我还不清楚。前两天正当一些兴趣者聚在温教授家时，忽然有个才十多岁的小学生，跑来毛遂自荐；说是他能演唱一套什不闲！这可能吗？那男娃娃就说，他祖爷爷，住隔壁胡同九十多年了，小时候从安徽凤阳，跟着母亲讨饭，辗转来到北京，后来就专唱什不闲，那腔调是从凤阳花鼓变化过来，加进京腔京韵，渐渐成型的。他祖爷爷后来在北京进了前门外撷英番菜馆当学徒，三十年前从一家国营西餐馆退的休，现在身体还硬朗，打小教他唱京剧，这些天听说了什不闲的事儿，竟能回忆起当年的一个三十二句的赞隆福寺庙会的段子，一句句地教会了他……

就在那天，一个稚气的嗓音里，传出了仿佛从天而降的什不闲音韵……

麻姑搔头

传说里有“麻姑搔背”，说神女麻姑的双手像鸟爪，若来搔背舒服得令人飘飘欲仙，我这里篡改一字，是因为最近有这么一段遭遇——

像我这样花甲上下的爷们，这些年理发成了个大问题，凡叫发廊或美发厅的地方，人家都不欢迎我们这号“省油灯”，我们自己也不大敢进；传统的小理发铺很难寻觅，找街边临时摆把椅子的理发师傅解决问题，也实在是太凑合。而我，头发虽说是日渐稀薄，脑袋瓜上却也有滋生繁茂的所在——鼻孔里的鼻毛时时往外探头探脑，耳朵呢，又是个油腻型的，里头动不动积淀下颇厚的分泌物，这两个问题，如今即使是去高档美发厅，人家也不给管。这天正烦躁呢，曾老来电话，听我为此诉苦，呵呵笑说：“你快来，我给你找个麻姑……”

一小时后，曾老带我到了他们隔壁胡同的一个大院，在东偏院月洞门里，小小两间房舍里，迎出来位面善的兄长，满口寒暄，浑身礼数，让进屋，沏茶递果，一派老北京的酽酽人情味儿，沁入我的肺腑。坐定后，才发现那外间屋临窗的地方，布置出了一个小小的理发区，只不过那椅子、镜台及相应的器物，全都跟民俗博物馆里搬来似的。曾老介绍，这才知道主人谢大爷六十多年前进珠市口一家理发馆学手艺，五十多年前自己独立开了一家小理发馆，四十多年前成了国营理发馆的高级技师，三十多年前离开了这个行业，十几年前从单位退休，退休后，有些熟人，以及熟人引荐来的生客，特特地来到他这里，为的是享受一回老式理发的“全活”——其中百分之百都是岁数在花甲以上的爷们。去之前，曾老就跟我说明，谢大爷绝非是在开个体理发馆，他是从不收费的，若是大家合得来，一年里去过若干次的，逢年节时提点礼物去，那他接受。

听了我的诉苦，谢大爷蔼然地说：“我倒能给您解烦。不过，当年我学的手艺里，好多项目，后来说是不科学、不卫生、有危险，都给取消了……”边说边从镜台上拿起些物件给我看：“这是全套的清耳家伙，挖勺有大、中、小三号，耳铲有两种，耳镊子上头也包了银，还有耳掸子……依我愚见，耳道清污，还是必要的；这是绞鼻毛的小镟子，对了，耳毛太长时候也得镟，那另有一号，可不能用混了！这小玩意儿您说是干什么的？这叫眼碌碡，能隔着眼皮给您按摩眼球，往年还有在眼白上去眼膩的碌碡，那个嘛，甭让同仁医院的大夫发话，我也说它不科学，废了这项目是对的……不过，用那剃刀的后础子按摩内眼角的睛明穴，怕还是有好处的吧？这个呢，是专为留长髯的爷们准备的物件，温教授前儿个来修完髯，对着这镜子照了好一阵，直说：这传统理发的家伙手艺，不该绝啊……”

谢大爷请我坐在椅子上，除了给我推、剪、刮、洗、吹、修头发，还给我镟去了多余鼻毛、彻底清除了耳道里的污物，并且让我仰卧椅上，以老北京人的一派殷勤善意，用他这么多年不减其功夫的双手，给我实施全头按摩，哎，那股子销魂酥魄的感受，实在是只能用“麻姑搔头”来形容！

“后主婆”

浣蓉给我来电话：“舅公，我这就接您看画展去！是后现代主义的最新佳作哩！”这倒真引出了我的好奇心。好一阵子了，浣蓉嘴里“后现代”个没完，虽说那多半是他们小辈之间对话里说的，我耳朵眼里灌多了，竟也记住了不少有关的“说头”，比如：“后现代理论”的大师叫杰姆逊，是个美国大学教授；“后现代主义”反映在建筑上，讲究“同一空间里不同时间的并置”，体现在绘画上，则讲究拼贴方式，突出装饰趣味……坐进她那奥拓车里以后，我宣布：“为的是活动活动筋骨，才上你的贼船……我可不乐意让‘后现代’弄个晕头转向！”她握着方向盘只是咯咯笑。

汽车拐进了她婆家住的胡同，我说：“还拉你公公去么？他怕更得晕菜！”车停稳后，她请我下车，我想坐在车上等她公公确实不恭，便跟她走进院里。

谁知到了她婆家那北房外头，她朝窗外一块支立着的大床板说：“您看！就是这一幅杰作！”

我正想嗔怪她胡闹，却不禁被那门板上粘贴出的一大片斑斓的色彩吸引住了。走近些细观，是用糨糊把许多不同质地、不同大小、不同色彩和花纹的旧布头拼凑起来的。浣蓉在我耳边煞有介事地讲解起来：“创作者没有事先设定的主题，甚至连形式也没事先想象，只是由着性子临场发挥，可是您瞧，这不同时代不同人穿用过的旧布头，岂不是活生生地体现出‘同一空间里不同时间的并置’么？岂不是极富于奇妙的装饰趣味么？……”我可是忽然明白过来了，指着大声说：“嗨，这不是早年间常能见着的，普通人家妇女为了纳鞋底，糊出来晾着等它快些干燥的布袼褙吗？”

"让您说着啦！"身后响起浣蓉公公曾老的声音，我忙转身致礼。原来是曾老想约我下围棋，托付浣蓉接我，浣蓉却搞了这么场把戏。进到屋里，才知浣蓉婆婆串门去了。曾老告诉我，老伴近来耳朵更背，记性更差，一家人都劝她别除了家务事就是看电视，该多参加些个活动找些个乐子才好；她自己也说："可别闹下个老年痴呆！"可她不识字，得不着读书看报的乐趣，又不喜欢扭秧歌，结果就想出了个自己动手做鞋的主意，大家反对，她说："知道你们心里怎么想：归了包齐还是干家务！可我只当是玩儿，谁还真指望我做出鞋来上脚是怎么的？你们别拦，我还真来劲了！"于是她没事儿时就兴致勃勃地"玩儿"起来，这不，院里晾着她熬糨糊糊起来的布袼褙，那是纳鞋底的原料；屋里，曾老把一个可以支在两腿之间的木板夹子拿给我看，说是烦邻居丹皋给做的——早年间那东西好多人家都有，把剪好糊好的"千层底"固定在那夹子上，用麻线、圆锥、扁针纳鞋底可以左右手倒换着进行，麻线能抽得更紧……曾老乐呵呵地说："她这头一双是给我做'老头乐'，又叫'棉花篓'，说是从清明做到寒露，怎么也能做好！"又拿出几张纸给我看，上头画着些传统的"云头"和"兽面拐子"图样，打算给纳到鞋帮子上；我和浣蓉看了齐赞漂亮，曾老说："人家还觉得不过瘾呢，这不，找东头魏大妈，求人家给画'拐子龙'图样呢，今年不是龙年么……"浣蓉说："这用'后现代主义'绘画纳底子的'老头乐'，真做得了您可别上脚，咱们送去参加'威尼斯双年展'，就给它标上一个'后主篓'的名儿……"咳，这叫什么主意！

春游“香雪海”

别看温教授又通洋文又懂电脑，西服革履的，头上还喜欢戴顶“法兰西帽”，可跟我们平头百姓交朋友，一点架子也没有。前些天他还召集我们一群老头老太太春游呢。去哪儿？去“香雪海”。你知道江南有赏梅胜地“香雪海”，难道我们是去那千里之外了吗？告诉你吧，我们连北京城圈儿都没出！我们去的是北京的“香雪海”。

温教授有个主张，就是要珍惜北京城圈里的“小风景”，有的小型的风景名胜，不但就在城圈里，而且干脆就在胡同里，比如智化寺，深藏在东城禄米仓胡同，里头的建筑基本是明代原物，文物价值极高，还传下来一种独特的佛教音乐。“香雪海”在哪里呢？在南城教子胡同东侧的西砖胡同里头，那里有座法源寺，是北京最古老的一所寺院，唐朝始建时叫悯忠寺；现在的规模面貌是清雍正年间灾后重建保留下来的。法源寺里的殿堂佛像以及佛教经籍文物之瑰丽珍贵自不必说，更难得的是花木茂盛，四季出奇；虬松巨柏、翠竹修篁，古藤银杏、文官果、龙爪槐……已令人觉得美不胜收，更堪称一绝的，则是那满院的丁香。丁香花木是北京常见的植物，有的胡同杂院里就都还栽种着，但一般都是“华北紫丁香”，品种比较单一；即使有白丁香，也不过是“华北紫丁香”的变种。法源寺的丁香品种却不但齐全，而且数量极其可观，其中以白丁香居多，而且据说有明朝郑和下西洋后从南洋马鲁古岛带回来的品种，叶片、花瓣与香气都属独一份儿。寺中春日丁香盛开时，一度达到满眼浸白、满寺飘香的程度，故获得“香雪海”的美谥。我们游览的那天，觉得丁香花穗不如想象中的那么如云似海，也不能确定哪些株是北京地区独一份儿的品种，但仍然

个个兴致勃勃，喜笑颜开。

后来大家在南横街一家小饭馆聚餐。围着大圆桌，个个仿佛都返老还童，抢着话茬儿议论起来。温教授说："随着社会生活的发展，有些事物会被淘汰，不好的，落后的，淘汰掉是应该的，可是有的美好的东西被淘汰，却仅仅是因为'含金量'不够高，'票房'不好……"曾老抢着举例："比如现在满大街卖的草莓，在棚里用化肥快速催熟，贼大，可是那味道比过去露地栽种的小个头草莓差老鼻子了！"谢大爷接下去说："小草莓赚不了大钱，给淘汰了，其他水果的情况也差不多，拿梨来说，原来北京除了出鸭儿梨，常见的还有红绡梨、鸭广梨、秋白梨……"他老伴抢着说："那倒偶尔的还能买到呀，苹果比梨惨，到处时兴日本红富士，它再好，代替不了别的苹果那些个特殊的味道呀！现在像沙果、香槟子……"有人立即补充："虎拉槟，林檎……都见不着了！""桃子里的十里香、大叶白、莺嘴桃、扁缸桃……葡萄里头的马奶白、兔儿粪、梭子葡萄……怎么也全给淘汰啦？"

那天回去后，我们一群老头老太太联名给有关部门写了信，希望能重视法源寺的丁香花，最好为每一株老丁香都建立档案，千万不要让那些独特的品种被稀里糊涂地断了后；还建议再补栽适当数量的丁香树，以恢复其"香雪海"的气派……

丹皋皮条

那天浣蓉、健豪小两口来我家，一进门我就觉着他们脸色不对劲儿，问是怎么回事儿，浣蓉说："嗨，别提啦，健豪今儿个大失绅士风度，跟丹皋翻岔起来啦！"丹皋是浣蓉婆家住的胡同里的一个小伙子，虽说曾经进过局子，这些年却口碑颇佳，而且他去年夏天下岗以后，健豪秋末就给他介绍到健身俱乐部当清洁工，按说他们的关系应该特磁，为个什么竟翻岔起来了呢？健豪说："我们那是文化冲突！"嗬，连冲突，也搭上文化的车了！

细了解，原来那天下午，丹皋在胡同小空场的大槐树底下，支起自制的杠木架子，光着个膀子，玩起了老北京一种技艺，叫皮条杠子，围了一群人看，其中少年娃娃居多。那丹皋用有韧性的皮条吊在杠架上，一会儿鹞子翻身，一会儿鸭子凫水，突然又麻花满拧，转瞬间蜻蜓倒竖，引出掌声喝彩，停下来他满脸得意。浣蓉、健豪恰好遇上，也都拍了巴掌。丹皋见了健豪格外亲热，谁知健豪一时兴起，指着丹皋身上的腱子肉说："你这块儿练得不够科学，瞧，胸大肌跟斜方肌虽说发达，这胸锁乳突肌，还有腹外斜肌，明显地跟它们没达到匀整和谐的关系……你为什么不近水楼台先得月，在俱乐部里按健美规则练练呢？"周围的少年娃娃有的当时眼里就减去了对丹皋的崇拜，窃窃私议起来，丹皋一时吃不进这些个话，脸红脖子粗地啐了一口，粗鲁地说："什嘛健美规则，去你个蛋的！"结果自然是不欢而散。

在曾老——就是健豪父亲——家里，健豪已经挨了父母一顿训。他爸告诉他，丹皋祖上，直到他爷爷那辈，家族里好多个人，都是在天桥和隆福寺庙会撂场子卖把式的，像有名的掼跤手和中幡手沈三，拉硬弓和打弹丸的牛茂生，

跟他家上辈都有姻亲关系，到他爸爸那辈虽说都谋了别的职业，业余也还能练上几手，他打小有那个熏陶，所以在练块儿上不喜欢洋办法，只迷恋祖传的土把式，这也算是老北京体育文化的一脉相传，就是如今春节庙会上应邀去做些表演，也还有很多人喜欢钦佩，怎么能不尊重人家，胡乱地加以讥评呢？健豪他妈听说得罪了丹皋更是气不打一处来，说："我看着他光膀子倒比看着你光膀子顺眼，你这几年花钱到那个什么俱乐部练呀练的，怎么我瞅着就跟天福号的酱肘子似的……要能把你吃了倒也罢了！"浣蓉完全站在二老一边，还添油加醋地说："能吃我也不待见！光练身子不练脑子，他也不想想，那俱乐部老板怎么能允许清洁工白使那些个器械？跟丹皋说那个话，就跟说'何不食肉糜'一样，可笑可恨！"

在我家里，我也是一边倒，对健豪说："你那个洋式的健美运动，可能自有其道理，比如说是要把雕塑自我的可能性发挥到极致什么的，可如今我从电视上看到的镜头，男的一个个走脱了正常人形，女的更没了一点女人味儿，可真不喜欢！既然你也知道，你那是一种体育文化，人家练皮条杠子也是一种体育文化，那就应该有个平起平坐的态度，不要主动去向人家挑衅！"

健豪倒把这些话都吞了下去。他笑着说："成，赶明儿我来个中西合璧……跟丹皋赔个不是以后，就拜他为师，也学上几招'丹皋皮条'！"

得儿蜜

我正倚在沙发上养神，浣蓉从厨房走出来说："好吔，老爷子一个人闷得儿蜜哩！"这小媳妇专爱学京片子口吻。不过她功夫欠深，我当即纠正她说："了得呀你！糟改起你舅公来了！你说'闷得儿蜜'是什么意思？"她眨巴着睫毛，望着我说："不就是'一个人偷着乐'的意思吗？"我拍下大腿说："满拧！'闷得儿蜜'是背地后吞没别人东西的意思！要说'得儿蜜'还差不多！"她从厅里取了个大玻璃罐，回到厨房去，帮她舅婆往里头装新买来的一袋子绵白糖，先是听见她笑着把"闷得儿蜜"和"得儿蜜"倒换着造成许多的句子，又一叠声地问舅婆对不对，大概是她又说错了一句，自己先尖笑起来，接着就是玻璃罐落地的一声闷响，我忙跑进去看，是她失手把刚装满糖的罐子给碰地下摔碎了。

浣蓉止笑不知所措。我老伴啧啧摇头说："哎呀呀，这要在三十年前，定量供应、凭证购买的时候，闹不好能把人心疼得背过气去！"浣蓉吐吐舌头说："怪我怪我，我先把它扫起倒了，再马上下楼买去。"我忽然灵机一动，伸出胳臂立起巴掌说："别倒！给德明送去！"

德明是浣蓉婆家所住的胡同里的一条汉子，职业是汽车修理工，五大三粗的汉子，养的宠物却恐怕是京城里最小的一类——蜜蜂。他家在胡同口住，是从往日的大宅院里隔出来的一角，连房子带天井式的小院子不足三十平方米，而且呈不规则的四角形，但他却极会充分利用自己拥有的空间，其中最得意的一笔，就是用厚实的木料把天井封了起来，但又在顶棚上安装了一个可以拉合的出入口，搭起梯子，登上那木顶棚，则在自家和别人的屋顶之间，形成了一

个小盆地式的空间，在那空间里他搭了个小棚子，可供自己起坐，夏天还可以睡在里面；又养了十来盆无花果、安石榴、令箭荷花什么的；此外，就是他的心肝宝贝——三箱蜜蜂。

德明养蜜蜂，不是为了割蜂蜜吃，而且，为了让他那些据说是印度种的蜜蜂渡过种种难关，尤其是为了让它们安然过冬，他没少喂它们白糖。初春，蜜蜂苏醒过来，蜂王重新产生一次，会出现些独特景象，他蹲在那“盆地”里，仿佛自己也成为其中一个角色；夏日，因为园林部门给街道和胡同里的树木喷药水，他的蜜蜂会死掉一片，这时他茶饭无心，非得余下的蜂群缓过劲来，又呈旺盛状态，这才又现笑容；秋末他套上个头罩割蜜，割下的蜜自己撇蜡，装进一些个干净的玻璃瓶子，其中起码一半，在入冬前他又会稀释了反馈给蜂群……他媳妇说他每年都认得几只取了外号的工蜂，工蜂耗完体力就自己找个地方安息，头年那只他取名“虎子”的工蜂，据说是落在马路牙子边的泄水篦子边了，他用大巴掌给托了回来，郑重地安葬在了无花果根下，他说他知道，“虎子”是专负责去下水道里采集无机盐的，任何一种蜂蜜都需要有这类的微量元素；他是专业性的《中国养蜂》杂志的长期订户，休息日常去西山卧佛寺，不是爱瞻仰卧佛，而是去那里的养蜂研究所拜访有关专家。

我登上过德明的那个“高原上的盆地”，看过他的蜂，并且知道他常到糖业公司仓库，去买那些搬运中洒落扫拢的处理废糖。我把将家中的废糖给德明送去的主意一说，浣蓉立刻拍了个巴掌：“哗，太好啦！德明养蜂，得儿蜜！”

琤琤入耳是何声？

天气热起来了，我漫无目的地在胡同古槐的浓荫下转悠。上班的还没下班，上学的也还没放学，知了也还没长大，胡同里人影稀疏，阒无声息。胡同深深深几许？柳絮成球沿脚飘。哎，北京的胡同啊，光是你这闹中得静的特色，就值得大都会的人们珍惜维护！

从横岔的小胡同里，踱出来一个熟悉的身影，咦，那不是一颊美髯的温教授吗？听说他最近忙于著书立说，闭门谢客，怎么这时候跟我一样闲散起来？我认出他的当口，他也认出了我。相互笑着招呼后，我见他手里拿着个带盖子的玻璃升，不禁问："您拿着这个，是要去——？"他睒睒眼，一脸老顽童相，让我猜。我猜是去打扎啤，他摇头。啊呀，从那容器推测，可就难了；再说，如今岂有拿家伙去零打酱油醋的？

我正偏头寻思，忽然，有种悠悠然的琤琤敲击声从胡同深处传送过来。那是什么声响呢？不像铃铛，绝非琴瑟，却又让人联想到古寺檐角的铁马，和高山流水边的鼓筝人……温教授用髯尖指指那边，笑眯眯地带我循声而去。

我细细品味那独特的声响。啊，记得那回跟温教教授一起议论北京的民俗，他随口背出了几首上世纪初的北京竹枝词，其中有这样的句子："磕嗑晶晶响盏并，清明出卖担头冰。""冰盏叮咚响满街，玫瑰香露浸酸梅。"难道，这胡同里会有敲冰盏卖冰核梅汤的么？

我们并肩朝前走，渐渐接近了那发出琤琤敲击声的地方，我看出，那是个打通自家屋的后墙，所开出的一家小店。这种以售卖小食品和小杂货，方便附近邻里的胡同小店，并不稀奇。它们还多半在天刚开始热的时候，就把装冷饮

的冰柜摆在售货口，还挂着些花花绿绿的冰糕招幌。但这家小店却有琤琤的冰盏声，在现在的北京城，恐怕是独一份儿了。

忽然从接近那小店的横胡同里，有些小学生蹦着颠连步跑了出来，有的，就跑到那冰柜前买雪糕。原来，那横胡同外头的街上，有所小学。

温教授停住脚步，指给我看："瞧，那店主，也就不惑之年吧，去年下岗以后，登记注册，打开自家后墙，开了这家小店。他爷爷原是在什刹海荷花市场摆摊卖自制酸梅汤的，传下来两只铜盏儿，不懂的人都以为那是喝酒用的，其实，那是当年卖冰核梅汤的响器，用来招揽顾客的……"我眯眼细看，点头道："现在连信远斋的酸梅汤也不流行了，他权把那铜碗儿用来推销西式冰激凌，也算得上别开生面。"温教授却说："他现在也卖酸梅汤呢，自制的，获得了有关部门检测批准。而且，不是信远斋那个流派，他爷爷传给他的，是西四牌楼隆景和那个流派的做法，讲究沸水文火煮乌梅，蔗糖冰糖两增甜……因为产量小，他不是我这样的'知音'，还不卖呢！等我打满这一升，你到我家，咱们念着竹枝词细品！"

小学生们散去，我再立足细观，只见那瘦高的店主把竖在冰柜边的一个月牙戟扶扶正，然后右手拇指和小指夹起下面铜盏，食指和中指挑动上面铜盏，又琤琤地敲动起来，脸上满溢着自得其乐的表情。温教授在我耳边说："那月牙戟，正是当年卖冰镇酸梅汤的典型招幌，据说跟'望梅止渴'那个成语的源头有关……"我心里好羡慕那店主：买卖好赖先不说，图个传统文化的享受——得大自在！

奥迪麦秸

浣蓉跑来跟我说：“舅公，有件事你一定要帮忙！”我说：“那要看是什么事。”浣蓉就拿出样东西给我看，一看我就喜欢——那是一座塔的模型，还没等浣蓉让我猜，我就说了出来：“这不是万寿山后山上的多宝塔吗？整个儿镶着七彩琉璃——呀，这用的是什么材料？远看我还以为真是用琉璃烧的小样呢……”凑近摸了摸，我判断：“是用木签子扎制的，亏他做工那么细致！”浣蓉说：“您再仔细看看！”我终于弄清楚：“是麦秸扎的！麦秸很娇嫩啊，又最难染色儿——这是谁制作的？你研究北京胡同文化，怎么又找到个用麦秸扎宝塔的主儿？他是哪位？”

浣蓉告诉我：“人称宝塔韩，其实他名叫韩塔宝。说来有趣，他出生在西四牌楼往南，路西砖塔胡同，那儿不是有个万松老人塔吗？那塔不高，也并不怎么好看，可是，就因为打小跟那底下长大，家里大人又给他名字取作塔宝，所以他养成了个见塔就喜欢的习惯。他退休以前，一直在菜市场当售货员。十年前退休回了家，他就在他家那小屋里，用麦秸扎上了宝塔模型。扎麦秸玩意儿，是他岳父教给他的，他岳父几十年前专在花儿市泡子河那边摆摊卖麦秸工艺品，他说岳父并没扎过宝塔，可是，传给了他给麦秸染色儿的诀窍。他岳父老早去世了，可他老伴也还记得些扎麦秸的窍门，在老伴辅助下，他琢磨出了一套扎宝塔的办法，如今北京凡有点名气的塔，他都扎出来了，大大小小，摆满了一面墙的多宝格……”

我恨不得立马去宝塔韩家，一睹那满墙的宝塔模型。

浣蓉开着她那小奥拓，带我去一饱眼福。我忘了她让我帮忙的话茬儿了，

我以为那不过是她为了增强我注意力的一种语言技巧。

进了那大杂院，拐了两个弯，只见一个门楣上挂着个麦秸扎出的匾，上头是五个连成一体的绿字“宝塔韩塔宝”，噫，有趣有趣。

宝塔韩矮胖色黑，其貌不扬，他的美，全通过一双巧手，体现在了那些扎出的古塔上。他家屋子虽小，那一面墙的多宝格上，却放射出璀璨的光芒，使参观者仿佛置身在宏阔的七宝楼台。我认出了广安门外天宁寺塔、八里庄慈寿寺塔，不知他是怎么掌握那比例的，缩制出的形态惟妙惟肖，叹为观止。这样的密檐式塔还比较好扎，更难得的是他还用麦秸扎出了覆钵式的妙应寺及北海琼岛的白塔。他把我不熟悉的那些塔一一介绍给我，说是为了准确地把那塔形扎出来，常常坐长途汽车，早出晚归，去实地反复考察、打腹稿。他那小屋的饭桌上，摆放着正扎制着还没完工的香山碧云寺金刚宝座塔。我正赞叹，他却叹出长气。浣蓉告诉我：“没麦秸料啦！原来，他自己骑自行车，往远郊跑一趟，就能带回一大捆好麦秸来。如今，他年纪大，腿脚也软了。再说，如今北京郊区划地开发，要跑很远才能见着麦田。我替他开着奥拓车去老远找了些来，又都不合格。所以，您得帮这个忙！”我一时懵了。爱莫能助啊！

浣蓉提醒我说：“前两天您不是说，那王市长要开车奔北京来招商吗？”对啊，王市长从前是我学生，他那个市又恰是产麦区，我打个电话给他，让他进京时捎捆上好的麦秸来，技术上应该没有问题，怕的只是他不理解，或者跟我端官架子……

王市长没辜负我的期望。那天我先接到的是宝塔韩从公用电话亭打来的电话：“哎呀，怎么谢您才好啊！喜从天降！王市长没去宾馆，先把奥迪车停我家门口！一捆奥迪麦秸啊！……”

仙蝶寻踪

我问浣蓉："这些天，你又在研究什么胡同文化？"她说："舅公，我正研究胡同里的野生动物呢！"老伴一旁听了呵呵笑："你说的是布老虎、糖耗子什么的，手工艺品吧？"我看浣蓉脸上的表情，就知道她并非是开玩笑。我对老伴说："你忘啦，咱们住胡同杂院的时候，纸糊的顶棚上，晚晌总有耗子跑，那不是野生的，是家养的？"老伴跟我抬杠说："每早还有麻雀在檐头叽叽喳喳呢，可咱们都管那叫家雀，对不对？"我笑了："你真行，无形中倒把胡同里的居民们，跟某些野生小动物之间那和谐的关系，给点了出来。我马上就想到乌鸦、喜鹊……还有知了，到夏天，树上要没有那知了的叫唤，心里头恐怕会空落落的。"老伴却还要跟我抬杠："嗬，连昆虫都算上了！快别提树上的那些个小动物，槐树上的'吊死鬼'，核桃树上的'羊拉子'……那些个东西你也跟它们讲和谐？"我心平气和地说："老胡同里头，细想起来，野生野长的东西还真不少。记得在深夜里，看见过刺猬在院里枣树底下觅食；还有黄鼠狼，在胡同垃圾桶边上一闪就没影了……有的，像蛇，蝎拉虎子——就是壁虎，还有蝎子、土鳖，很多人不喜欢，害怕，其实把它们灭绝了未必是好事……"浣蓉就问："舅公，舅婆，你们往年在胡同里见着过蝴蝶吗？"老伴说："那时胡同大院里，常飞来。不过，没见着《红楼梦》里，薛宝钗扑的那么大的，花色也都平常。"

老伴下楼参加健身活动去了，我跟浣蓉细侃蝴蝶的事。浣蓉说，去陶然亭寻找过"香冢"，没找到，问我知道不知道。很多年前，我倒见着过。记得那"香冢"还有块石碑，上头刻着一首短歌："浩浩愁，茫茫劫。短歌终，明月缺。

郁郁佳城，中有碧血。碧亦有时尽，血亦有时灭。此恨绵绵无断绝。是耶非也，化为蝴蝶。”我说：“那词句很颓废，也算不上美文。不过，往好了想象，也许是晚清戊戌变法失败以后，有人借题发挥，暗喻碧血丹心终能不朽的意思。短歌里的‘蝴蝶’，表示庄子‘人生如梦蝶’的意思，并不真是说蝴蝶啊！”浣蓉却说：“据我走访老人和查阅资料，那‘香冢’虽然很可能又确实如您所说，是纪念谭嗣同等烈士的，不过，又确实跟蝴蝶有关。以前北京胡同里经常出现一种蝴蝶，形态不算奇特，翅上黄黑相间，后翅缺口明显，它们的老巢在太常寺的大匾后头，所以被叫作‘太常仙蝶’。为什么说它们有仙气？它们专爱跟品质高尚的士大夫交往，有时会在窗外向屋里窥视，有时干脆飞进屋里，停在砚池边，翕动蝶翅看人写字画画；雅人燕集，它们会在头顶上酒杯间穿梭舞蹈……温教授给我抄了好多明末清初文人雅士吟‘太常仙蝶’的诗词，像龚自珍就写过不止一首，还在小序里说：‘蝶能识当代正人，不惟故实之流传而已。’我在菜市口烂漫胡同——其实当年叫烂面胡同——走访了一位九十三岁老人，他说，他父亲亲眼看见的，谭嗣同遇害后，有一群仙蝶到他血洒处盘旋，仿佛无限地悲愤……我想，‘太常仙蝶’的后代，现在也许还有吧！”

我说：“尽管这些年城市成了持续破土的大型工地，喧嚣中的发展对胡同四合院的生态破坏非常严重，可是，偶尔还是能在胡同院落里看到你说的那种翅上黄黑相间的蝴蝶。这些‘太常仙蝶’的后代，也许会为时代的进步感到欣慰，但也许又会为它们的生存空间越来越小而焦虑……”浣蓉说：“多咱所有的北京人都意识到，这座城市不但属于人，也属于黑老鸹、花喜鹊、雨燕、家雀、湖虾、泥鳅、知了、蜻蜓、蝴蝶……乃至于七星瓢虫，那我们的城市规划和建设，社会的公德与风气，就都会提升到一个新的境界啊！”

浣蓉决定用业余时间，从今夏开始记录在北京城区目击蝴蝶的地点、时辰，以及形态、花色，攒成一份资料。您愿意得便也做点记录么？就是不记录，心里存下一点对京城蝴蝶的关爱，也挺好，对不对？

“金丝楼”

我靠在躺椅上闭眼养神，耳朵里灌进来些浣蓉、健豪小两口唧唧哝哝的议论声，他们似乎在说些什么关于金丝猴的事儿，那金丝猴可是野生动物里的珍稀品种，理应人人懂得保护……我嗽了一声，他们以为是我嫌吵，止住议论，轻手轻脚出了屋。

晚上跟老伴对坐吃她拌的凉面，有一搭没一搭地说些闲话，她突然问我：“当年有‘牛吼一声坐中堂’的老话，那‘牛’是谁呀？”我说：“嗨，那是什么发了霉的老话了！那人不姓牛，是个满人，好像叫瑞麟，因为当过太常寺赞礼郎，嗓门特别大，所以得了个‘牛吼’的绰号……那是咱们爷爷一辈的人了，要不是后来咱们住进那条胡同，隔壁传说是他家的老宅，有邻居跟咱们提起过，谁还记得什么‘牛吼’‘羊叫’的！”老伴说：“我倒是记得，那宅院虽说改成了杂居的机关宿舍，可老格局还似模似样的，尽后头，有座挺气派的罩楼……”我说：“咱们多少年没去过啦？怕是早拆光啦！”老伴就说：“呀，浣蓉、健豪他们白跑一趟啦！”我说：“他们跑那儿干什么去？人家现在关心的是金丝猴！”老伴就笑，笑得我害怕——可别把面条呛到气管里去！

过了两天，浣蓉、健豪兴冲冲地跑来，进屋就让我看他们拍的一厚摞照片。敢情他们研究胡同文化，就建筑而言，不仅是研究大小四合院的平房廊榭，还辟了一个专题，单研究胡同里的楼房。浣蓉把他们拍的照片一张张递给我看，讲解说：“我们感兴趣的楼房，是胡同里至少在六十年前建成的，基本上没有钢筋混凝土的事儿，砖木结构的旧楼。居然还有不少那样的楼，没太走形，让我们给拍了下来。您瞧，这是当年最体面的四合院的后罩楼，因为楼后是别人

的宅子了，所以后墙连个透气的小窗户都没有，进深狭窄，如今的住户把廊子包起来，也扩大不了多少面积；据说当年那是用来当仓库的……再瞧这个，这家当年阔气，这两层小楼大概是小姐的绣楼，两面有窗，窗外花木茏葱，而且楼外有螺旋式石梯通往二楼，那石梯还用太湖石遮蔽起来，据说当年石头上攀满了蔷薇、茑萝……这些楼都只有两层，楼龄有一百来年了吧。您瞧这几个楼就很不一样了，虽说建筑材料还是砖木为主，造型上，则可称为中西合璧——这样的石片瓦坡顶，还有这样的拱形廊柱，透出了西洋味儿；可是这样的斗拱，还有这装饰部件上的吉祥图案，可又是十足中国味儿的……这样的楼三层居多，四层的我们只发现了一例……这几个是失败的例子，据说是日本侵华时期汉奸盖的，死板得像鞋盒子……舅公，我们打算把这些照片无偿地提供给有关部门的人士，也许，这对把保护胡同风貌与改造胡同民居使其适当地往高层发展协调起来，有参考价值呢！”我说：“还以为你们去找金丝猴了呢！”健豪听了抢着说：“是呀，舅婆说的那个，当年‘牛吼’家的，用金丝檀木做柱子，供他们祖上牌位的‘金丝楼’，我们找得好苦！哪儿还有影儿呀！如今那儿全拆平了，说要开发成‘欧陆风情’的什么‘花园’哩！”您说，这消息是让人惊喜还是感叹？

天棚将军

乍听曾老提起，他们胡同里有个“天棚将军”，我不由得说：“呀，怎么会是……猪八戒呀？”曾老摇着头说：“快别那么想！人家怕的就是产生你那样的联想！猪八戒在天上当的是天蓬元帅，这主儿不称元帅叫将军；再说，写出字来，不是‘莲蓬’的‘蓬’，是‘凉棚’的‘棚’……像你这样岁数往上的‘老北京’，该都记得胡同四合院里，夏天搭出来的凉棚吧？”我说：“当然有印象啦！过去有句话嘛，‘天棚石榴金鱼缸，老爷肥狗胖丫头’，把夏日北京胡同四合院的情调刻画得栩栩如生……”曾老指正说：“准确的说法，后半句该是‘先生肥狗胖丫头’，因为四合院的老爷太太少爷小姐都不必提起，先生指的是账房先生，跟肥狗丫头并列，以示其宅主的富足，以及劳资双方的和谐，跟前面提到的三样事物，共同构成一种封闭慵懒的氛围……且不必对这句话多加评析，现在咱们无妨都闭眼默忆一下，当年胡同四合院夏日天棚下的一派清凉……”

我闭眼默忆，胸臆里不仅出现了四合院垂花门里，齐着屋檐搭起，高出屋顶，覆盖住整个内院的，杉篙、竹竿、麻绳、芦席构成的硕大凉棚，还出现了当年四合院里住房窗户上糊的绿幽幽的冷布，可以卷起放落的东昌纸窗帘，以及阶沿下喜阴的玉簪棒，窗户里案儿上的文房四宝与冻石摆设……甚至还有堂屋绿瓦盆里，从冰窖里买来的，头年什刹海里采出的天然冰砖……那时没有空调，甚至没有电扇，可是在天棚的遮蔽下，四合院里却暑气尽消，一派清凉……那天棚上覆盖的芦席，都可以通过拉动麻绳很方便地卷起铺开，一般小雨不会漏水，雨后氤氲出森林般的气息，干燥得很迅速……

我把忆及的天棚美景跟曾老形容了一番，他笑道：“正是那么个情景儿。

旧时不仅夏日，其余季节，有时也需要请棚匠搭棚，像红白喜事，搭起的天棚底下可以摆宴席，还可以再搭个台子演堂会戏。节庆时，街上搭牌楼，也属于棚匠活计。有的商家讲究在门前搭棚，方便顾客，以广招徕；这种席棚，甚至二十多年前，在不少的副食店门前都还有，入秋底下往往码着冬储大白菜，还盖着棉被……清朝末年，光绪大婚前，宫里太和门遭了回禄，棚匠愣用搭天棚的材料再加上绫罗绸缎什么的，搭出了一个望去丝毫不差的太和门来；还有八国联军入侵北京时，正阳门被焚，后来慈禧、光绪两宫回銮，也是用那办法，竟搭出了偌大一座几可乱真的正阳门！你说天棚匠手有多巧！……”

接着曾老介绍起胡同里的天棚将军来，赢得这称号的老者已经年逾九十，据说直到七十来岁时，他还能不另用任何辅助工具，也不需要把杉篙、竹竿先插地固定，就凭一双手，不断地用麻绳捆扎，先低后高，攀上爬下，腰腿并用，循序渐进地，扎出一座大风也刮不倒的牌楼来！

晚饭后，曾老带我去天棚将军家求见，他家那平房外固定着空调的压缩机，屋里家用电器一应俱全，但只有他的子孙们在家，说是开着空调，他还总嫌屋里热，一个人往什刹海边遛弯儿去了……孙子把桌上一样东西指给我们看，那是用许多牙签扎成的一个天棚，我和曾老都惊呆了！

月光宝盒

这两天我和老伴都觉得天花板上有些个不对劲儿的响动，是楼上那户又在搞装修么？不是前两月刚“鸟枪换炮”了吗？我们俩正翘着下巴琢磨呢，门铃响，老伴忙去开门，恰是楼上的小聂来了，不知为什么，他手里还抱着个纸匣子。

小聂进门就道歉，又说明天一定采取措施，不再让他们上头的声响传送下来。原来，他们家新买了个跳舞毯，他那十二岁的儿子简直是跳疯了，他媳妇也爱跳，每天晚上不对着电视机跳上那么一阵，简直就干不了别的事。跳舞毯这玩意儿，我在附近商厦的电器部看见过，有顾客在那毯上试用，活蹦乱跳的，毯子所对着的电视机荧屏上一闪一闪的，给我的感觉，是用脚操纵的一种电子游艺，闹心。这东西在居民楼里，恐怕是只有住一层的适合买来玩儿，但现在小聂家买了，就在我们头顶上跳，我们也无可奈何。小聂说明天他就去买厚地毯，垫在那跳舞毯下面，那样噪音基本上可保证不再传递下来；但愿如此！

没想到小聂说完这些话，并不告辞；我请他坐，他便抱着那盒子，坐到我对面；老伴给他倒来茶，他道谢，也不喝茶，双手只是在盒子边上摩挲。我不禁问他：“你搂着的是什么宝贝？”他笑笑说：“确实，是宝贝！”

小聂把他那纸盒子搁到茶几上，且不打开，先跟我们倾诉道：“如今，我儿子这辈，论玩儿，可以说是彻底地电子化了。到游乐园里，坐‘过山车’，乘‘海盗船’……都是电子操纵；回到家里，也大都是带电子设备的玩具；这不，又玩上了电子跳舞毯……刚才，他跳着跳着，忽然想要换双鞋，结果就从床底下，薅出来这个鞋盒子，打开一看，里头不是鞋，嚷起来：‘怎么一堆破烂呀！’他妈一看，也撇嘴，娘儿俩差点给我扔了……亏我手快，抓起紧抱

在了怀里，才算抢救了下来！”

接着，小聂打开盒子盖，把那里头的东西一样样捡起，举给我们看。他告诉我们，他的童年，是在胡同杂院里度过的。他媳妇打小就住在机关大院的楼房里，跟他在童年的回忆上，共同语言不多。他小时候，晚上跟邻居小朋友在路灯底下玩弹玻璃球，不仅赢了里头带彩色螺旋花的玻璃球会欣喜若狂，就是赢了一个污涂的“麻坑”，也会手舞足蹈；冬天，会脱下带护耳的棉帽子，倒过来当盆儿，把玻璃球搁在里头，耳朵冻得红红的，跑回家去。还有“洋画儿”，其实是些土得掉渣儿的，粗纸糙印，单线平涂，长方形的，内容多半是《封神演义》《西游记》之类的，绝对中国民族传统内容的彩画；他是长大成人以后，才懂得那些彩画曾随洋牌子的香烟附送，所以有“洋画儿”之称。“洋画儿”可以从小摊上买，一买就买它几个大全张，然后自己细心地剪出每一个小张来，每小张上是一个人物。他关于中国儿部古典名著里的角色知识，就是从那些“洋画儿”上得来的。小朋友们玩“洋画儿”，可以像出扑克牌那样比大小，也可以把一摞“洋画儿”搁在石头上，用手在旁边使劲地一拍，凡从一摞上翻落下来的，就算赢进的。那时候一场游戏结束，发现自己手里的“洋画儿”失去了很多，真的很伤心；但在念念不忘那输掉的“洋画儿”时，也就更牢固地记住了那上面所画出的人物，及相关的故事。还有纸烟盒，可以叠成三角形，像拍“洋画儿”那么拍着玩。烟盒上有名胜古迹，有异国风光，有动物植物，就是只有三个九的“大重九”，也无形中给儿童一些关于吉祥的暗示，至少是增添着一些情趣。还有可以跟女孩子一起玩的：跳猴皮筋，拽沙包儿，抓（要发 chua 的音）羊拐，解九连环……他检视着纸盒里那些饱蓄着童年美好回忆的东西，喃喃地说：“落后么？不卫生么？……可是，我现在心理上不是很健康么，身体不是倍儿棒么……”

小聂把他那盒儿时的玩具匣寄存在了我处。月光泄进来，正照着那匣子，我对老伴说：“好呀，这月光宝盒，也是一种胡同文化的见证啊！”

并列第一

陈老师走进王校长办公室，一眼看见办公桌上摊放着的两篇作文，他们俩对望了一眼，王校长叹了口气，陈老师便知不妙。

王校长打个手势，陈老师在办公桌那边的椅子上坐下，两人又对望了一眼；陈老师干咳了一声，王校长也便知道不妙。

陈老师嘟噜着嘴，等王校长发话。

王校长硬硬头皮，和缓地说："两篇都看了……当然，你们评定卢晓花得第一，是很公道的……不过，尚赢赢的这篇，毕竟也还是入围，你们评为鼓励奖了嘛……"

陈老师拿眼一瞥王校长，王校长语塞起来："……尚，尚，……她这个，这个名字！……赢赢，总，总是想赢……当然，是家长，她父亲，尚老板……总想赢，赢……"

陈老师忍不住了，望着王校长说："想赢没什么不好！可得遵守'游戏规则'！他闺女的作文明明没有卢晓花写得好，怎么能让他闺女得第一？！"

陈老师语气这么粗重，王校长脸上有点搁不住，便说："作文这个事儿，只要没跑题，通顺，那就很难说谁的一定比谁的好……就阅读者而言，可以仁者见仁，智者见智，是不？"

陈老师的语气更激愤："您究竟算仁者，还是智者？您刚才不是还说，我们的评定是公道的吗？"

王校长无奈地望着桌对面的年轻人，用手指弹弹桌上的作文，皱眉说："这又不是正式考试，不过是一次作文比赛，谁得第一，就那么不得了吗？"

陈老师斩钉截铁地说："让学生们从小就懂得公平竞争的原则，这可是天大的事！"

王校长一时无话。他偏头朝窗外望去。夕阳西照下的校园，操场上已经没几个人；在操场一侧，生了锈的联合锻炼器械高耸着，仿佛恐龙的骨骸；虽然早已用缆绳拦起了这个已不能使用的器械，并多次将不得越栏进内玩耍作为一条纪律加以宣布，可是，仍时不时会有实在心痒手脚也痒的调皮学生，趁老师们一时眼光不到，便跑进去，或登悬梯，或攀爬绳，或荡秋千……瞧，现在便有两个放学这么久还未离校的男孩，又溜了进去，传达室的老李正激动地跑过去吼他们，那声音清晰地传了过来："……不要命啦！……"这声音让王校长心痛。搞不好，早晚要出事儿！可是，漫说教育局和学校自己没钱购置新的联合锻炼器械，说来惭愧：就连把这已经报废的拆掉，那份工钱一时也没个着落！唉！

陈老师也随王校长的眼光朝窗外望了一阵。王校长转回头，陈老师也转回头，两人又对望了一眼，陈老师发现王校长眼里湿润润的。

沉默。

良久，王校长近乎哀求地说："要么……并列第一，怎么样？……卢晓花还是放前头，她的姓氏笔画毕竟比尚赢赢少，对不？……"

陈老师本想说："绝不能拿原则做交易！"可是，没能说出口。他看到老校长身上半旧的廉价夹克衫，胸口处有个墨水点，显然多次洗过，却怎么也没能褪净……又望望窗外，那破旧的联合锻炼器械在夕阳余晖中仿佛张着血盆大口……于是，他便说："如果……那是真的……尚赢赢她爸，准给咱们学校赞助一架新的？"

王校长说："是真的……咱们学校实实在在是需要啊！……"

陈老师盯紧了问："就这么一个条件？作文比赛得第一？……会不会以后他又……"

王校长闭上眼睛，仿佛养神。不过，再睁眼时，眼睫毛有点儿粘连。王校长咬咬牙说："只让这一步吧！……下不为例！……责任，我来负！……"

陈老师痛苦万分地说："好吧，并列第一……至多并列，想独个第一，没

门儿！……而且，一时不好说，早晚我还得跟尚赢赢说……她该懂得，世界上不是什么东西都能拿钱买或者换的……”

王校长没能松口气，而是心弦绷得更紧了。

陈老师问：“如果那个尚老板，他听说是并列，不乐意，不赞助了，那怎么办？”

王校长呆呆地坐在那里，良久，忽然重重地以拳击桌……

不必改期

“为什么改期？”接电话的朋友惊异地问。

他耐心地解释：“我们对门单元的老太太今天去世了。你想，人家正悲痛的时候，咱们喜笑颜开的，合适吗？”

不是每一个接电话的朋友都能接受这个解释：“单元楼又不是平房院，各自过各自的，碍他们家什么事呢？”“死人的事是经常发生的。说不定过个把星期，楼里又死一位，你们难道还改期？”

更有大为狐疑的：“别是他们闹翻了吧？”

当然不是。确实不是。他和她都是一样心肠的人。他们相见恨晚。他觉得她同分手的那一位相比，最让他满意的就是她那双一听见别人不幸就立即湿润的眼睛。而她一听他说，因为对门有丧事，他们约双方朋友聚一聚，自助餐，小舞会的周末活动，推迟到半月后再举行，便立即自豪地想，这一回真幸运，遇上了这么个人——她在打电话给她的朋友通知改期时，特别地强调：“我们那位说了，关键不在人家在乎不在乎，关键在于我们心里头怎么过意得去！”

过了三天即周末。他和她从街上回来，在楼门口看见一个乡下人，正高高兴兴地把一些拆开踩平的纸盒板往自行车后座的挎篮里放，还没放完，楼里出来了三位年轻人，正是对面单元的领导，每位都将若干纸匣搂在胸前，显然是接茬儿卖废品来了。他和她便同他们打招呼。他们微笑着，轻松地帮乡下人拆着拍平着那些大大小小方方圆圆的纸盒，甚至还一边说笑着：“这是盛蛋糕的吧？有股子麦琪淋‘哈’了的味道！”“奶奶怎么把这个盒子也攒着？还是‘红卫’牌皮鞋哩！”他和她不禁面面相觑，这些孙子辈儿怎么毫无悲戚之态？

更令他们惊诧的，是傍晚时对门陆陆续续来了好些个客人，其中两位显然是头回来，揿错了门铃，找到他们这单元，后来，对门的一位年轻人竟来向他们借折叠椅。他忍不住问："你们家这是——？"年轻人神色自若地说："爸爸妈妈他们送奶奶骨灰到通县去了，跟爷爷的骨灰合葬。我们今儿个晚上请了些朋友来聚聚，吃自助餐，听音乐，还打算跳一会儿交谊舞——你们不来跳跳吗？"她眼里涌着热辣辣的液体，不由得高声质问："你们怎么可以这样呢？"

年轻人先是愣愣地望着他俩，后来诚恳地说："我们都爱奶奶。可奶奶八十六岁过去，是自然安乐死，她赶上了十多年安稳富足的日子，合眼的时候面带笑容。我们要高高兴兴地活下去，这是对奶奶最好的纪念！"

年轻人提着四把折叠椅走了，他和她坐在沙发上，各自托腮沉思。

不欢而散

一道夕阳斜照进窗，照到并排坐在沙发上的他和她。他正向她显示他的照相簿。

“你看，我这张秋景拍得如何？”

“取景好。彩扩还原效果不错。”

“嗬，你还挺内行。再看这张，抓拍的，这西瓜个体户神态哏不哏？”

“哈！真逗！你要有好机子，用望远镜头抓拍，那成功率更高！”

“是呀，傻瓜机在我手里能玩成这样，够棒的了！咱们……早晚能有高级机子，到时候……”

“你早晚能有。别扯上我。”

“别！……吃个美国杏仁吧，蓝钻石的，名牌！”

“嗯，挺香。你还有什么得意的？”

“早憋着给你看哩！看这本里头的，怎么样？”

“这几张不像是偷拍的啊。人家都乐意你给拍吗？”

“我跟她们说，拍得了将来给她们寄去，她们还真给我留下了地址。嘿，这对傻姐妹儿！”

“你照的照片儿给她们寄去了吗？我想，她们来一趟北京不容易，人家姐妹俩一定眼巴巴等着呢！”她说。

“还真给她们寄？我又没收费，我也不是那号风景点的拍照个体户！”

“哟，这不成了骗人家吗？”

“骗？哪有那么严重！偷拍、抓拍的相片，也都给那上头的人挨个送

去吗？”

“可这姐俩，你说好给她们寄去的……你还有地址吗？”

“早扔了。快吃这杏仁。喝咖啡，都凉了。”“瞧她们姐俩的表情，瞧那眼神，人家对你充满了信任，充满了期待……”

“别看她们了！往下看……我是想着将来用这一组照片给杂志投稿，总题目就叫‘一个模子两人’……”

“你干吗骗人家呢？”

“你这人！死心眼儿不是？我多余说收过她们地址，她们也许并不在乎这事儿，她们想照可以自己掏钱照，现在照相又不是什么难事儿！”

“她们一定等着这张相片，在她们那离北京非常遥远的家乡……”

“她们也许根本就没回去，根本就不在乎，早就完了——”

“可我在乎。”

沉默了一阵。

“咦，你怎么啦？别走呀，你听我解释……别说再见，你这人怎么这么各色……唉！”

夕阳发黄无力地照着他单蹦儿一个和一摞照相册。

不堪其扰

我夜间写作，上午睡觉，在谈自己创作的文章里，我讲到过这一点。当然，这一习惯不可能让所有欲同我联系的人都事先知道，所以也偶有上午找上门来的。好在我还坚持一个原则——这倒不是什么我个人的怪癖，至少北京的同行们大都如此——访客应事先来电话约好具体时间。因此，凡事先来过电话的，我或我家里人都会告诉他们上午不宜来访。凡约好在下午某时会面的，届时我一定在家恭候。

那天却有一位女士一早就跑来，说是在 X 学院旁听的，热爱文学云云，定要见我。爱人不忍劝退她，却忍心叫醒了我，我只好睡眼惺忪地去厅里见她。该女士三十来岁的样子，或者我把她看大了。总之并无妙龄的感觉，穿着打扮似颇新潮，或者当时我不及细察，总之亦无甚特点。问她何事，称她已知我将去 X 学院讲一次，要我趁便代她求情，求什么情？原来人家并未录取她，她现在是你不录取我我也来听课——我说你听了课不就行了吗？那结业证国家教委又不承认——她说不录取她就不能住进学院，现在她是住的旅店……我老老实实告诉她，我和该学院并无多大关系，与负责这方面事务的人更说不上话，但她既找到我，我也就答应有机会时帮她说说。她还谈兴甚浓，我却呵欠连天，不得已下了变相逐客令，她也就走了。

过几天我去 X 学院讲一课，她果然在座，而且我一讲完她就走上来招呼我，很熟稔的样子，我也就招呼她——实在我也不认识别的任何一个学员。后来系里负责人招待我，我就顺便为她求情，他忙对我说："哎呀，你可千万别管她的事！她是那种从小城市来，千方百计要在这里混成个模样的女人……"

我便埋怨："那你们为什么把我的地址告诉她呢？"他用别的话岔了过去，想是被她缠不过，就自己金蝉蜕壳，嫁祸于我了——但当时我也没太在意。

两三天后，在我接到的一叠信中，有一封是她写来的，说是替人家跟我约稿——但她所说的那个刊物，应是一个很小的外地某文化单位的类似内部简报那样的东西，再看她用的信封，又是北京一个我原来没听说过的 Y 学院的公用信封，自然看过就扔字纸篓了。

忽然有一天上午又门铃作响，爱人不在，我起床披衣去开门，是她。我便告诉她正休息，而且不接待未事先联系好的客人。问她有什么事，说是来取所约的稿，我说不拟写那个稿，请她不要再来了。

她却几天又来了，而且又是上午，我仍不让她进屋，扶着门很不客气地对她说："你怎么回事？"她说："我考电视台，我觉得我考得很好，可我让人家给挤了……"我心中掠过一丝同情，但对她如实地说："这类事我帮不了忙；你千方百计想打入北京文化圈，可我一点儿忙也帮不了，你以后千万别再来打扰我了，尤其不能上午来搅我的觉！"她却一笑，说："上午你肯定在呀！而且，你的那位又多半不在……"我气得把门重重地关上，我家单元门上虽有猫眼，但我们那个门廊的光线很暗，因此形同虚设，而爱人特别是上大学的儿子有时又忘带钥匙，听见门铃响坚决不开门我又做不到，因此她的骚扰，几乎难以排除，想到此，真烦透了！

也曾想去和开电梯的女同胞说说，让她们见了她别让她上来，可电梯班不断换人，可怎么让她们都清楚？更何况还会派生出一些议论，产生副作用。

有一天上午她又来了，爱人在家，开的门。自然说我正睡觉，只见电话约定的客人，于是她赶忙问我家电话号码，爱人无心，顺嘴就说了出来，她笑笑，礼貌地说再见，去电梯口了，这就栽下了新的祸根——从此她不断打来电话。

头一回来电话，我对她说："我们根本没什么关系，你不要给我打电话！"

她就来了封信，这回用的是一家什么很少有人知道的报社的信封，里面的信笺又是外省一个小城市的一家什么公司的，信是匿名的——但我能认出是她的字迹。信的字句不通，意思却很明白，富于挑逗性。我看完自然随手就扔了。实在我要做的事太多，不可能把哪怕是想一下的时间用在她身上。跟爱人说了，

她也有自己一大堆事，说了句："这人有病。"也就懒得理会。

她却又来电话，我拿起电话习惯地"喂"一声，她便在那边立即说："你好！"我一听是她，马上挂掉。谁知大约一小时后，她便来按门铃，原来她打电话，是要验证一下我可在家。还是爱人去开的门，还是没请她进来，问她什么事，说要见我，爱人告诉她，我不愿见她，她还不走。没办法爱人只好在她鼻子前关上门。

从此我家电话铃一响，就都有点紧张，但也不能不接。如果对方是个陌生女性，往往搞得爱人儿子和我都一时不知该不该立即挂掉——其实很多次都是重要的稿件往来的业务电话，挂掉不仅误事，还会得罪好人，我接电话时也不敢照例先"喂"一声，有一回我拿起电话不吱声，结果对方也不吱声，双方僵持了足有两分钟——你说那会是谁呢？

本来每天拆阅信件是一桩兴味盎然的事，自她掺进来以后，就时常要遇到她寄来的"耗子屎"——有一回她"命令"我某日某时去月坛；有一回里面是两张去西安的卧铺票的铺位号；还有从报纸上剪下来的不知何意的刊头画；后来又有公开的猥亵语言；最文明的是一首"诗"，其中的叠句是"明月几时圆"……

最要命的还是她坚持着雷打不动的"三部曲"：先是一封信，再是一个电话，然后是人来。这样的骚扰继续了两个月，我的对策也只能是：凡认准是她的信，当即撕掉——但有时也还是拆了，因为她不断换信封，大体上都是一些文化单位的公函封；凡听出是她的声音，立即挂断——有人建议我在电话里骂回去，她在信里说了，巴不得挨我骂，喜欢听我哪怕仅是"喂"一声，我能满足她吗？她来，自然坚拒门外——但这就必得总是爱人去开门，不胜其烦，而她有一回就公然对我爱人说："你们离了算了！"令人哭笑不得。可怎么办呢？问X学院，人家说本没录取过她，并无她的档案；她住在什么地方，不知道；她是不是真叫她自称的那个名字，也很难说；她大概确是来自那个外省的小城，可如果我给那个城市的某个机构写信，人家会管吗？她有到北京的自由呀；向我们驻地的派出所反映？她犯了什么法呢？干脆，我离家躲一阵？我又凭什么有家不能安居？想来想去，也就是她寄来的那些信，可以算是构成了对我的

性骚扰，但我据此和她打官司吗？那她太求之不得了，她那打进北京这个大码头，成为名人的愿望，也就实现了！儿子的建议对我最有诱惑力——找几个“哥儿们”，等她再来时，给她点颜色看看！可那样，犯法的就可能反而是我了！当然，她是有病，应该找心理医生，可那得她自己去找。

总之，我在明处，她在暗处，都怪X学院的人跟她泄露了我家地址，却不能为我提供关于她的准确信息。

她是想走捷径，达到她预想的目的。闯北京，这么个闯法，倒也亏她想得出！

当然，我和爱人也采取了某种办法，使得她起码到目前为止，没有再来她那一套。

我不想也无畿力嫁祸于人……但也真企盼她尽快找到一位跟原来老婆离婚跟她结婚的大名人，那时我们或许会在某一个“派对”上相遇，她或许会告诉我，X学院和电视台都在抢她，而她却可能要到国外去发展……嗯嗯，但愿我的好梦成真！

不可饶恕

最近一次美国奥斯卡电影大奖给了一部叫《不可饶恕》的西部片，又有人把它翻译成《杀无赦》，不过我这里要讲的不是这部美国电影，但，之所以讲到它，是因为我要讲的事和美国有关系，而且，讲到最后，那也真是“不可饶恕”。

话说那天楼底下噼噼啪啪鞭炮一个劲地响，我正写小说，烦透了，便嘟囔说：“北京怎么这么落后！人家深圳广州春节都禁放鞭炮了，这儿还这么震耳欲聋地扰民！”儿子却早凑到窗户那儿往下看，他可是开心透了，大声唤我：“嘿，爸！快来看呀！真棒！快呀！过一会儿可就看不见啦！”我自岿然不动，说：“有什么特别好看的！左不过是对面有人结婚，老一套的场面！”儿子就说：“老一套？！你那想法才老一套呢！人家租的凯迪拉克加长豪华车，嗬！真气派！”我就一愣，凯迪拉克加长豪华车？都说北京早有了，而且有钱就可以租来过瘾，可我的眼皮儿福浅，一直没在街上遇到过；听见儿子那么一嚷，我也有过去看看的冲动，不过到了我这个岁数，惰性总是占着上风，终于还是稳坐钓鱼台，没挪窝儿。

第二天在电梯里，邻居们有的就议论到头天的那桩婚事，对凯迪拉克啧啧赞叹，又有问开电梯小章的：“你妹妹他们租那车，花了多少钱呀？”原来结婚的是小章的妹妹妹夫；小章她家住在我们楼对面仅存的一片平房院里，那些破旧的瓦顶房正期待着拆除改造，但那里面的年轻人等不及拆迁，便在这个春天里男大当嫁、女大当婚了；小章说到妹妹的婚事，又为妹妹自豪，又为自己早些年的婚事比之不足而叹息，她为电梯里的人们报道说：“不

知道租那凯迪拉克花了多少，也是有人承包，还带拍录像什么的，一总花了八千八百八十八……”就有听见的人嘬牙花子，还有人问：“你妹妹嫁了个个体吧？”小章笑说：“个体大款能入赘到我们这么个破院里吗？”她告诉大家，妹妹妹夫都是国营工厂的工人，如今厂子很不景气，你说他们能有几个钱？可是人一辈子，能结几次婚？就算再开放的人，头婚也只有一次对不？所以花这么一笔钱是值得的……她说最值得的是请人拍了录像，一辈子里想看的时候随时能看，多带劲儿！我当时随口说了句：“一定好看，能借我看看多好！”有的邻居帮腔说：“是呀，你搞写作，你真该开开这个眼！”当时小章只是嘻嘻地笑，也没说什么。

谁想第二天我坐电梯，小章见了我，便把一盒录像带递给我说：“您拿去看吧！他们听说您想看，都愿意借——要是别人，他们也舍不得！”我接过，忙道谢。

回到家里，我就把那盘带子塞进了放像机，可没等我看，就来了电话，接完电话，又有人来访，送走了客人，又到了去外面赴朋友约会的时间……就这样忙忙匆匆，很晚才又回家，那时开电梯的已不是小章，所以我也没想起那盘录像带来，回到家，洗澡、吃饭、打电话、翻报纸……后来坐到电视机前，儿子早已歪在沙发上了，我看荧屏上好像不是正在播出的节目，便问：“你这是看的什么呀？《出生入死》吧？怎么你就爱看这种东西？你什么时候录的？”儿子懒洋洋地说：“刚录的，我再看看，音乐配得挺好……”我忽然心魂一悚：“你拿什么带子录的？”儿子说：“用你新买的‘大自然’录的呀！”我凑过去一检查，两眼立马发黑——他用的是小章借我的那盘带子！

确实也不能怪儿子，因为我回家后一直没给他打招呼，而且，我头两天确实刚买回来几盘“大自然”空白带，偏小章借我的那盘，也是崭新的“大自然”，包装完全一样，封套上并无特别的标志……

我意识到，我犯了死罪！我给人家抹去的，是永不可重演的人生中最宝贵的场面，那是用多少钱也补偿不了的！如果那是电视剧中的一场，纵是倾家荡产，我也愿赔偿损失，揖请他们重拍，可我难道让小章的妹妹妹夫重坐一次凯迪拉克吗？纵使他们重来一遍，连宾客都重新一个个再请来助兴，他们那天的

原始心情，岂是还能恢复的？……

我是不可饶恕的！

天哪！读者诸君，你们有什么不乞饶恕只求善后的良策？请快快有以教我！……

1993.7.4

彩票飞

那天的秋阳照到身上,有一种“老头儿乐”伸到衣领里头轻轻抓挠的感觉。

别提多来劲了！他跟她还真对脾味。“电脑红娘”赛过“人脑红娘”，没得说！在购物中心休息厅吃冰激凌的时候，她是怎么说的？“我原来最担心的是，你跟那千千万万的男人一样，最厌烦逛商店，尤其看不来我们女士在柜台前头挑来拣去下不了决心，让那售货员干受‘百拿不厌’的考验……没想到,你倒真跟我一样,挺喜欢到商场逛呀、挑呀的！”他当时便故意冲她一瞪眼(当然嘴角是上弯着，现出一个明显的微笑)，问:“怎么着，你是说我也有娘儿们气？”她就一甩头发，赶紧声明说:“没那个意思！说真的，你买那彩票的气派，我们女士十个里头九个都做不出来！”他听了这话，觉得比“八喜冰激凌”还甜，一直甜到心眼儿的最深处。

那彩票是在一个“五合一洗浴香波”的专柜买到的。他和她都并不缺少香波，尤其是她，在她家小小的卫生间里已经摆着至少三种香波了；他和她对那有着一个洋味儿十足的牌号的香波原来一无所知,对所谓“洗发、护发、去头屑、润肤、营养肌体”的“五合一”功能也并不怎么神往，但“凡购买本香波五瓶以上者赠淑女包一个并得彩票一张，彩票开奖日期铁定于下月 18 号，头奖金额捌万捌仟捌佰捌拾捌元！祝君实发，发发发发发！”他和她在柜台前被那彩印的广告吸住了，当她还在犹豫时，他已毫不迟疑地一晃肩膀掏出一整棵买下了那五瓶外观缤纷奇特的“五合一洗浴香波”，当他把那极可能“发发发发发”的彩票装在小小的淑女包中递到她手里时，她忽然觉得他简直太像那本她长期压在枕头底下的电影画报插页里的那个男星了——尽管他们长得一点儿也不相

似，可那内里的帅劲儿绝对一脉相通！……他和她逛完购物中心，他提着沉甸甸的手提袋，她手里捏着那只白来的淑女包，上到过街天桥，在过街天桥中段，他和她不由得倚栏下望，嗬，车水马龙，红尘滚滚，好一派都会风光！他们都意识到，自己也是这风光里的一部分，而且是亮闪闪甜滋滋的一部分……她下意识地打开那只小小的淑女包，不知怎么搞的那关合处的金属扣刺了一下她的手指，她痛得“唉哟”一声，并发现手指立即浸出了血来——忙将包打得更开，看究竟是怎么一回事，原来那金属扣没打磨好，有一处尖利的地方……就在这一刹那间包里那张彩票一下子抖落了出来，并随着小风那旋转的气流猛地上腾，随即便迅速飘向人行天桥下面……

他先是本能地一跳，去抓那彩票，没有抓到；接着，便绝无一隙间隔地跑下天桥，冲到人行道上，去张望和追逐那张飞动的彩票；有一阵，彩票在气流中飘飞在慢车道上空，他便杂技演员般地灵敏闪动身躯，使躲开他的自行车发出一片脆响的铃声；彩票忽然又飞到了快车道中，他大无畏地跃进快车道，在一辆迎面而来的小面包车急刹车前，终于抓住了那张很可能在实发的日子里发发发发的彩票，他不由得发出一声圆润的欢叫……

他以凯旋的姿态一步三跨地冲上人行天桥，手里紧捏着那张彩票；但是人行天桥上已不复存在她的身影；他走动着，用双眼急切地寻索，甚至呼唤，没有！她消失了……

踩　　莲

陈画家大吃一惊——他在当天的邮件里，发现了一样奇怪的东西，那会是谁寄给他的呢？也不附上一封信，他在灯下端详了半天，努力猜测：是寄来供他当资料的？是跟他开玩笑的？……

陈画家的邮件总是很多，除了国内、国际的一般信函，还有许多大小不一的牛皮纸口袋邮件，多半是赠阅他的杂志，此外他收到的EMS也就是特快专递邮件也挺不少，这天就有三件，在他住的这个榆香园里，经常接到EMS邮件的住户也就他一个，往往是，送EMS的邮递员把那邮件送达小区传达室，管给住户送邮件的小安便飞快地代他签收，随即把那快件跟他其他的一摞邮件还有几种报纸归拢一处，有时为慎重起见还用塑料绳捆扎起来，以免散落，如果没看见陈画家出园去，那就会及时地给他送上门去，倘若知道陈画家出去了，那就注意他何时归来，一旦陈画家出现在园门内，便马上迎上去，把一捆邮件递给他。陈画家对小安非常满意，几次向物业经理表扬小安认真负责、灵活麻利，他入住两年多，还从未发现丢失邮件的情况。

因为邮件多，陈画家习惯于每天晚饭后，拿把剪刀，坐在沙发上先把所有的封口剪开，一般信函连信封放在一边，那些牛皮纸口袋包括EMS里的杂志什么的抖出来放在另一边，包皮封套则扔在沙发一侧的藤编废纸篓里。做这件事的时候他总是开着电视，心不在焉，仿佛是在做一套松弛身心的体操。

这天陈画家从一个EMS蓝边大封套里抖落出了一双鞋垫，色彩很扎眼，细观发现是手绣的，绣的是莲花荷叶，还有鸳鸯戏水。他是很欣赏土得掉渣儿的民俗工艺品的，但这双鞋垫做工虽细，那花样图案却并不顺眼，大体而言，

是土得不够，那些莲花荷叶鸳鸯既未达到写实，又没体现出童稚的变形趣味，还很不得体地绣上了英文，大概是想绣“爱情”“幸运”两个单词，结果又拼错了。这样的东西没有收藏与参考的价值，于他而言当然更没有实用价值。他蹙眉伸唇，不得要领。什么人在跟他开玩笑呢？他觉得这个玩笑实在并不高明，便顺手把那双拙劣的鞋垫扔进沙发边的废纸篓里了。

陈画家很快就把那双鞋垫忘记了。他关掉电视，跷着二郎腿，看杂志上一位艺术评论家的文章，那位评论家很前卫，把人文关怀嘲笑了一通，主张“形式即一切”“只要装饰不要趣味”。他边看边抿嘴笑，心里想，倒真该把这双鞋垫给这位评论家寄去。

忽然单元门边墙上对讲机发出呼叫声，他过去接听，是小安的声音，问他是不是拆阅了所有的EMS邮件，有没有一个里面装着“踩莲”的？他先是莫名其妙，问：“什么莲？”小安重复地说：“踩莲，踩在脚下的踩，莲花的莲……”他恍然大悟：“啊，是那双鞋垫吧？”小安说：“对对对，劳驾您给看看那特快专递的封皮，是不是寄给张顺田的？是我粗心，以为一定是您的，就给了您了……”他说：“对，一定是你弄错了，你上来吧，我这就退给你。”他去沙发边废纸篓里捡出了那双鞋垫，又翻出了装它们的EMS封套，封套上果然写着收件人是张顺田。门铃响了，他开门，把那塞进鞋垫的封套递给小安，说：“你帮我解释一下，因为我邮件多，又没想到会混进别人的，所以一律不细看信皮就都剪了……”小安忙说：“都怪我，怪我……”小安临走前，他问：“这张顺田是谁呀？”小安说：“是春节后新来的保安，鼻子边上有个大痦子的那个。您进出的时候常见着他的。”他对小安说：“大痦子？没印象。”又说：“这东西上的图案该叫‘彩莲’，五彩缤纷的那个彩，怎么会是踩脚丫子的踩呢？你把彩字该怎么写也告诉张顺田吧。”小安感激地走了。

陈画家是榆香园里一个常在的生命，张顺田则是一个暂栖的生命。其实他们迎面相遇的概率很高，不仅张顺田在大门口值勤时会遇见进进出出的陈画家，因为包括张顺田在内的一部分保安的宿舍就在陈画家住的那栋楼的地下室里，有时他们也会在楼前擦肩而过，但陈画家对张顺田这样的生命存在基本上忽略不计，张顺田呢，虽然模模糊糊地知道那人是住在楼上的一个画家，但究

竟什么是画家，他也从未仔细去想过，在他的意识里，这样的人跟他老家那些过春节时能给人写春联的，以及能给谁家盖的新房的屋梁上画彩画的，那样的人物，大概是一样的，他哪里懂得，人家陈画家是画油画的，近来又热衷搞装置艺术，自有另一派他难以想象的天地。

张顺田所睡的那张上铺，垂直往上十多米，就是陈画家的画室。两个生命其实离得很近，但他们所思所想所喜所忧竟是那么样地不同。近来张顺田一直在想他的未婚妻。特别是躺在床上的时候，睁眼是她，闭眼也是她。张顺田外出打工，换过几处地方、很多工种，因为只有初中学历，又没什么技术，总挣不上高点的工资，因此也总没能成家。今年春节他回家去，像他这样的二十七岁的光棍小伙子，城里头不稀奇，山乡里可就惹人议论了，父母兄嫂姐姐姐夫乃至七姑八姨无不替他焦急，其实那时候他正处在又一次失业状态，好在手头有些从牙缝里挤出攒下的银子，在按习俗送礼等方面显得还算大气，就跟家里人说还在原来那个公司工作，也不细说干的是清洁工，家里人就很高兴，都忙着给他找对象，哪还能搜出几个年龄相当的闺女？有的都劝他接受小寡妇了。但终于由他二嫂给介绍了一个姑娘，是镇上一家杂货店的售货员，跟他同岁还大着月份，好好的一个姑娘怎么总没嫁出去？脸蛋确实差点，眼睛小，上牙床还有点暴，但身条从背后看还挺不错，也是她自己以往太挑，轮到跟张顺田见面，她不挑了，两人单独在一起，她自己说:“城里净是漂亮的，我可不好看。”张顺田就说:“城里的谁愿意跟我？要说模样，我也不行，你瞧鼻子边这个大痦子。”姑娘下死眼看了看那痦子，笑了，说:“只要心好，跟这痦子过一辈子也行。”张顺田就说:“干吗一辈子？城里有整容医院，只要攒够了钱，动手术去掉玩儿似的！”姑娘就说:“有钱就那么玩吗？钱该用在刀刃上。”这话他岂止是爱听，简直就感动得不行了。就这么很快定了亲，约定年底成亲，成亲后双双到城里来谋个发展。回到这大都会，张顺田就找到了榆香园的这份保安工作，管吃管住，每月500块的工资，发下工资，他别的方面能不花就不花，唯独舍得买IP电话卡，这就叫把钱用在刀刃上。他每周要跟未婚妻打去两次电话，每次总要聊个半个来钟头，这成了他生命中最大的快乐。于是有一天未婚妻告诉他，正在给他绣“踩莲”，那是他们老家那地方古老的习俗，未婚妻把绣有

莲花鸳鸯的鞋垫送给未婚夫，未婚夫接到后一定要马上放进鞋子里，随时地踩在脚心下，脚心通全身，踩莲的人该在心里结出斗大的莲蓬……前几天未婚妻则告诉他，“踩莲”绣完了，商店老板教给她，到县邮局去用特快专递寄给他，他掐指算来，这天怎么也该到了，就去问小安……

榆香园跟别处一样，很少发生什么惊心动魄的故事。每个生命都顺其自我逻辑外表平淡地延续着。又一天陈画家与张顺田在那楼下迎面相遇，各走各路，各怀各情。张顺田甜蜜地踩莲而前，陈画家则已经全然忘记了自己曾有“应该是五彩缤纷的那个彩”的训谕，他正要去参与一个命名为“虾梦”的行为艺术活动哩。

查无实据

那是1979年的时候，我第一次见到他；那时社会生活正发生着许多巨大的变化——比如为成千上万的1957年和1958年被错划为“右派”的人实行改正，在那进程中，两种被冤屈的人都很得同情，一种是当年根本没有什么言论、纯粹是被凑数凑成“右派”的，一种是虽有言论文章但经历史验证那言论文章不仅无大错，甚而还是香花的——后者不仅被同情，还备受尊敬。

记得在那时候的一次座谈会上——那时候有许多以解放思想为题的座谈会——他抢着发言，情绪激昂，言辞锋利，很有点举座皆惊的效果，使得与会者纷纷互相打听：这是哪位？当时没什么人认识他，甚至那个座谈会的主持者也不知他是谁；他来自外地，没人说得清是谁通知他去参加那个会的，但那种会好像谁愿参加，走进会议室坐下，也就参加了。记得他在那次会上主要是讲他个人的遭遇：他当年也无辜地被划为了“右派”，下放劳动多年；而最令人气愤的是，如今他要求改正，他那个单位却不给改，因为如今在他的档案里，根本就找不到当年划他为“右派”的材料了！“他们就如此草菅人命啊！”我至今还记得他在会上的控诉声。他因此为人注意，“这就是那个白白顶着‘右派’名儿下放改造了多年的人，如今居然又找不出划他‘右派’的材料来！”他一出现在公众场合，就有人指点着他，向别人介绍。

我那时当着杂志的编辑，觉得他的遭际颇离奇，就提出向他约稿，请他写写自身经历，也是一种对极“左”的控诉吧；但一位老编辑是当过人事干部的，他对我说，反右时搞得扩大化了，那是事实，但定为“右派”，那是一定有档案的，并且那档案都是用防燃纸做的，那时“以阶级斗争为纲”，别的

事可以马虎，右派档案岂有马虎的？至于下放劳动，改造思想，那时就不是右派，也一样要轮到的……我从那老编辑的话音里听出来，他对该人当年究竟划右没有，是持怀疑态度的。

后来我又在座谈会上遇见某君，他的发言，更激烈也更引人关注，他动辄称“我们五七战士”，连一些档案齐备的改正了的1957年受害者也对他的这种说法反感，我在会议休息时过去和他交谈，问他何以要发明这么个词儿，他说：“我们是一群最早站出来和教条主义斗争的战士呀！”我就说：“上次听你发言，好像你说你是稀里糊涂给定成右派的，原来你是确有言论的呀！”他说：“是呀，我当时也发表了批判官僚主义的小说，只不过没《组织部的年轻人》那篇叫得响就是了！”我问他发在哪年的什么刊物上，他立刻告诉了我。

直到如今我也没去查过那刊物的合订本，我估计谁也没去查过，但此公就在80年代初因“五七战士”和“早就也组织部来了个年轻人”而调进了北京一个文化单位。

可是过了三年，情况有了一些变化，被改正似乎不再成为一种潜在的光荣，而且，又出现了关于人道主义的争论，记得有一天他主动来我们的编辑部，当时恰好就我一个人在，他仿佛并不认识我，只问我们主编在哪儿；我就说：“嘿，‘五七战士’，你有什么事，先跟我说吧！”他这才表示认出我来，但一脸正色道：“那是什么称呼？不可以的！”我问他究竟什么事，主编不在，我可转告，他说他要写一篇批人道主义的论文，问我们可不可以安排头条。我说一定转告主编，并及时通知他。

但后来我转告了主编，主编没吱声，后来也不见我们刊物头条有他的文章；我也没在意。

再后来我离开了那个编辑部，自己搞创作。又过了几时，有一回偶然看到一本香港杂志，那杂志的观点，是反对批判人道主义的——这当然不稀奇，稀奇的是那里面说，有的大陆文化人，写好了支持人道主义的文章，却找不到地方发表，所举的例子，便是某君，而且那记者报道此事，显然并非道听途说，而是亲自采访所闻——该杂志刊出了某君接受采访时拍的照片。

我对某君，从此绝对的不感冒。

某君这些年来，是越混越好，报上不大有他本人的文章，但时有他的消息，准确地说，也不是关于他的消息，而是关于别人的消息里有他的名字出现，无论如何，他应列入当代英雄的行列。

近两年又听说，他实际是台湾籍人士，原来那个籍贯，是因为多年存在极“左”，为避祸，不得不造了假；他说他哥哥姐姐都在台湾，具体在台湾哪儿，失散多年，不清楚，但他已在有关的对台宣传杂志上，登了寻亲启事，期待着在不远的将来，与台湾的兄姊抱头痛哭地重逢；始终没听说他这一神圣的愿望得以实现，但可以在报刊上乃至荧屏上频频看到他亮相，都是与台湾有关的事儿，诸如两岸的这个联谊活动呀，那个研讨会呀，等等，等等，有人说由于他的这一特殊身份，他那名片上的头衔，就更加印不下了。

某君一而再、再而三地因档案上没有、查无实据的因素而走红，无论如何，还算是奇人异事吧，对其人我不以为然，对其事我却觉得颇可玩味，爰为记。

1993.7.2

唱牛奶

人们背地后都管他叫“唱牛奶”——也不全在背地后，有一回就有那调皮的小伙子当面这么叫了他，他并不生气，还微微一笑，近于谦虚地说：“唉，那时候，“文革”嘛，江青嘛，上当嘛……”

那时候，确是“文革”期间，他参加批斗一位“资产阶级反动学术权威”，念一篇抄来的批判稿，其中有一句是批判那权威“坚持资产阶级生活方式，每天早上喝牛奶”，他念时倒也声嘶力竭，很是义愤填膺，但把“喝牛奶”念成了“唱牛奶”，结果不但革命群众哗然，连被批斗的权威亦忍俊不住。时过境迁，那阵子的事人们大都不再提了，但“唱牛奶”的典故，却流传至今，就“唱牛奶”这一“绝唱”而言，和江青实在拉不上什么关系，也不知是上了谁的当，总之，他老先生实不必谦虚。

现今“唱牛奶”早过离休年龄，但他拒办离休手续，说要发挥余热。于是他当上了挂靠在某单位的一家中外合资的大饭店的董事，或者那头衔还不仅如此。但不管他有多少头衔，人们提起他来，私下里还是叫他“唱牛奶”。他在那新岗位上，事必躬亲，特别是大力支持总经理的工作。且说去年，他就不辞辛苦地和总经理亲赴日本，去考察所订购的日本家具的制作状况。在日本也真是马不停蹄，走访了许多的地方，包括箱根风景区，眼界大开。回来的纪念照相册里，有那和日本艺伎席地而坐的镜头，更有不少“唱”的镜头，所“唱”的，据说并不怎么好“唱”，原来是日本的清酒，度数太低。

他们前脚去了日本，后脚就有天津塘沽新港的急电，问为什么所订的日本家具到了，通知单早发出半个月，却还不去取回。好几个集装箱，占好大的货

位，就是不怕巨额罚款，港口货场也受不了——别家的货陆续到了，堵在那儿，太碍事！原来，“唱牛奶”他们出发前，确已接到家具到货单，那总经理也给他过了目，他说：“日本还没去过，应该去看看，再订些家具就是了嘛！”把那催领单，顺手就锁他办公桌的抽屉里了。

“唱牛奶”回到北京，见人就批判日本，说日本不好，东西太贵。因此他也就果断地做出决定——不再要日本的家具！他回北京在家歇了三天以后，才去了办公室，打开办公室抽屉，让人去塘沽取日本家具。有人议论说，那塘沽港的罚款特吓人，够再买一集装箱家具的了，他就批判说：“那就是不正之风嘛——他共产党罚我共产党，还有没有一点点共产主义协作精神？典型的本位主义！”

前些时候，那位总经理东窗事发，问题很多，据说其中一款，是在曼谷嫖妓，把该项开支，也列在了报销单上，又恰恰为境外投资者发现，此事涉及的钱数甚微，但由此引发，就查出了他好大的窟窿，故而栽了——被公安机关拘查。“唱牛奶”对总经理的胡作非为甚为气愤，还主动上交了一千美元，说是发现那回的日本之行，总经理发的出差补贴超标，这一点别人并未指出，是他自己发现的，上交时他说：“我们老同志嘛，凡事应该严格要求自己，表率嘛！”他把“表率”说成了“表虑”，但人们都没笑，也没构成新典故，人们提起他，还是称为“唱牛奶”。

陈　　灰

父亲猝然去世，蓉娜竟没有马上飞回中国奔丧。亲友们去安慰她母亲时，有的就不免啧有微词。但母亲却非常旷达。母亲理解并谅解她。适逢一家大公司约定蓉娜去面试，那是她实在不能放弃的机遇。父母含辛茹苦，满怀期望，将她送到大洋那边深造，好不容易获得了学位，经过几番曲折，终于有被这家大公司录用的可能，若放弃最后的面试，那就等于将那职位拱手让给了另一位竞争者——她知道从最初的十几个面试者中，最后筛得只剩下他们两个，而那一位并没有再被约会，只被告诉“必要时还会联系”，如果她回国奔丧，公司就必要那一位候补者了。

获得了那薪酬待遇不错的职位，给人家干出了个样儿，父亲辞世三个月后，有了假期，蓉娜这才回到北京，扑进母亲怀里相拥大哭后，她问母亲父亲有什么遗言，母亲告诉她，父亲曾说，蓉娜先在那边获得工作经验是好的，但是过几年还是应该回中国来，为国效劳。她本来想跟母亲说，父亲既然已经辞世，那等她买妥了房子，转换好了身份，就立即把母亲办过去，让母亲享享住单栋小楼带草坪花坛的清福。母亲捧着她的脸，看着她的眼睛，她没说什么，母亲已经看明白女儿想的是什么。她也望着母亲的眼睛，她知道母亲看穿她定居那边求发展的心思，即使回来，也是以外籍身份在外国公司驻华机构里做事；母亲永远不会认同她的这一选择，但母亲又深刻地意识到，她已是一个完全独立自主的生命，必须尊重她，跟她做朋友。

蓉娜父母都是在各自岗位上奉献了聪明才智做出丰厚成绩的知识分子，经历过许多磨难，晚婚晚育，母亲快四十岁才剖腹生下她。二十年前，她还没上

小学，那时候叫落实政策，父亲所在机构分了一套三室一厅的单元给她家，结果其中两间都成了书房，到她漂洋过海——更准确的说法应该是飘云过海，现在都是坐飞机不乘海轮——去留学时，家里就到处堆满了书，现在回到家里，连原来她住的那间屋里也全是书，她更感觉是进入了一座图书馆。她对母亲说，父亲仙去，您退休多年，为什么不处理掉多余的书报杂志呢？母亲说已经分几批赠给了郊区学校，现在你看到的，哪本也不是多余的了。

蓉娜去翻动父亲的书架，有的书其实很多年都没使用过了，上面有陈年老灰。母亲的藏书也有这种陈灰。她问，为什么不雇小时工来清理清理？母亲说请过的，也很愿出力，但从书里抖落出纸片，见发黄薄脆，立刻扔掉，你父亲从垃圾袋里捡回来，已经无法补救——母亲说出那纸片文字的落款，一个文化史上永远留芳的名字。她说，你们多嘱咐，让小时工处理任何东西前都问一声，不就行了吗？母亲举出更多例子，防不胜防，如用吸尘器吸坏了线装书、用湿抹布擦脏了大画册……她又与母亲对视。母亲看穿她要问“那陈灰下的东西都留着给谁”，她看穿母亲想说“除却陈灰是金子，都留着等你接收”。母亲叹了口气，仿佛也在替父亲叹，叹的是她虽有了一个那样的可融入西方社会的前程，却很难再接续那些被陈灰覆盖的本土文化遗产。她也叹了口气。她意识到自己心有余力不足，她所供职的跨国公司可以给她带来很不错的物质生活，还有西方一般水平的文化享受，特别是旅游文化的乐趣，但是要想不仅从形式上，而是从实质上接收父母欲她接续的那份本土文化却很难——尽管双亲收藏的书籍里也有不少从西方翻译过来的和一些西文原版书，但就连那书上的陈灰也仿佛在告诉她，那到头来还是中国本土的，在广泛吸纳中发展着的，需要下一代去承传的文化。

蓉娜回那边去了。她没有告诉母亲，也不想告诉任何其他人，她用小首饰盒装去了一些父母藏书上的陈灰。哪一天，谁，会来非常小心而且不出纰漏地扫除那些陈灰，不是从形式上，而是从实质上继承下北京家里的那一份文化遗产？那天她选定了分期付款的单栋小楼，家具都还没有运到，她将那只小盒郑重地搁到壁炉上，望着那只小盒，透过泪水，对面仿佛有父母的眼光射过来。

抽换年轮

树干剖面上一圈套一圈的年轮，一旦形成，怎么可能将其中的一部分年轮抽出来换掉呢？

把我们生命的流程，比喻成一圈套一圈的年轮，这已经成为一种滥觞，本不必多言。但是，如果有人要把其中部分的年轮抽换掉，首先是抽取出来，只当根本没有存在过，对此，你会作何感想呢？

我前些天就遇到这样的事。先接到电话，很久没听到那声音了，但一听也就知道是谁，从某西方国家回来，说要见我，而且希望单独见，有重要的事情跟我谈。

就约那来电话的某人，到郊区书房，单独面谈。你看了下面就懂得，我为什么不能使用他或她字，只能说某人。当然也不便说出某人来自某国，年龄几何，以及其他方面的个人资讯。

多年不见，一旦见了，还是很感亲切。但某人并非为表示亲切而来，来的目的，说来也很简单，就是要我把此人十几年前写给我的那些书信，悉数退还。

不要误会，我跟某人绝无恋爱关系，那些书信绝非情书。那时候，此人刚出国，所遭所遇，多不顺心，艰苦奋斗，备尝艰辛，就常常灯下给我写信，倾诉烦恼，泄出浊气。我呢，也就每信必回，尽我所知，倾我所悟，无非是鼓励此人咬牙拼搏，祝愿总有一天，乌云陆续散尽，骄阳沐浴身心，在那边立稳脚跟，修成正果。

某人提出这样的要求，令我在惊讶之余，多少有些不快。信既寄出，就归收信人所有，又不是恋人反目，何至于专门跑到我这里来，全数索回呢？我就

挫　折

两口子都说，真遗憾，没让儿子赶上学校组织的那个“挫折教育”活动，那是时下挺时兴的一种教育活动，就是把学生组织起来，带到比较艰苦的地方，如郊区农村，让他们面对生活中的难题，自己想方设法加以解决；这样一反他们城里的“小皇帝”处境，使他们在种种挫折面前，通过自主性的克服过程，得到多方面的，尤其是心理素质上的锻炼。

那回儿子学校所组织的活动，限于该校的能力，其实应算是类似活动中“挫折量”最小的，只不过是从市区步行到圆明园，规定一律不许带零花钱，也不许自带各种名目的饮料——一律只带一只装白开水的玻璃瓶，并且不许以雪碧、矿泉水等冒充；到了那儿，统一吃中饭——每人只发两个馒头、一块咸菜，不许吃别的……而事到临头，儿子说肚子痛，也确实不像是故意逃避，因为一连拉了几次稀，只好到老师那儿给他请了假，于是就没能“挫折”成。

儿子没“挫折”成，听见同学们说起那天受“挫折”的故事，津津有味的，满心的不痛快，跟他们两口子闹了好多天别扭，倒让他们颇有“挫折感”。

于是这天他们决定自己来对儿子搞一次“挫折教育”。刚好这天两人都倒休在家，平时儿子回家，都是吃现成饭，遇到这种可以两人一起操持饭菜的日子，不消说，儿子放学回来不仅吃的是现成饭，而且会是极丰盛的一顿美餐。这天儿子下午上学时，临出门习惯性地问了一句：“今天晚上吃什么好吃的呀？”两口子不动声色，当妈的只是说：“放了学赶紧回来！过马路小心！”门“砰”地一合，儿子皮鞋腾腾腾踏得楼梯响，声渐小，终于消失，两口子对视了一下，互相用眼光鼓励：“可来真的啊，别打退堂鼓啊！”于是，便行动

起来。

他们在家里实行了一番“坚壁清野”：把橱柜、冰箱等处所有可以“拿起就吃”的东西，举凡方便面、面包、饼干、巧克力、糖果、果脯……乃至于香蕉、苹果、鸭梨……统统都暂时收拢在大立柜里，并且锁了起来，他们是想让儿子回到家里以后，发现大人不在，又没有现成的拿起就能进嘴的食物，在这“挫折”面前，不得不自己做饭来吃。

“这奶粉、麦乳精收不收呢？”妻子问。

丈夫一想，这孩子素来没做过一次饭，搞不好他在“挫折”面前依然硬不做饭，找不到别的他就冲些奶粉、麦乳精喝，抵挡一阵，撑着等他们俩回来，再吃现成饭，也是可能的，于是一扬脖：“收！”

末后连西红柿、黄瓜、松花蛋、咸鸭蛋也都藏起来了。剩下的，只有米、面、油、盐、酱、醋、糖、味精、生鸡蛋、生肉……还有非弄熟不能吃的生菜，葱、姜、蒜什么的。虽说是让儿子受“挫折”，可也不能让他“挫折”得太大发了，因此母亲实际上把一些东西都给他在厨房中准备好了，搁盐、糖、味精的罐子也都给贴上了小标签。

儿子回来后找不着现成的“进口货”，饿了，不会下楼买吃的去吗？那他们早防备好了：给儿子在一进门的饭桌上，留下一张大大的条子，上面是这样写的：“小刚：我们有急事出去了，你回家后就再别出门了，因为你舅爷说好五点以后从旧金山给咱们家再来越洋电话，你一定在家等着接这个电话，这可是个重要电话，关系到咱们什么时候去机场接他合适；要是你临时下楼，他刚好来电话，没人接，那就糟啦！他也许再来电话就困难啦！因为他也许就已经在飞机上啦！你可千万别误这个事呀！又：我们很晚才能回来，你自己解决晚饭问题吧，希望你吃好、吃饱！爸爸、妈妈即日。”

两口子给儿子留下“挫折”，便硬下心出门去了。其实并没走远，就在两站汽车路过去的那个大商场里，本来说“难得两人结伴细转转”，似乎挺开心，可刚进去没多久，当母亲的就嘀咕上了：“他会用火吗？别惹出火灾来！……他倒是坐过开水……要是让热油烫了可怎么好啊？……米饭他煮得熟吗？吃了半生不熟的饭……人家说会得胃癌的！……”当父亲的就劝：“嗨，我估计，

他一是不遵守咱们的规定，下楼买吃的去，他会想，哪儿那么巧，偏我下楼那么一小会儿，舅爷偏来电话呢！二呢，他呀，他就什么都不做，硬等着咱们回去,反正到头来咱们还得给他弄吃的！”可转到三楼的时候,他也嘀咕起来了：“其实他饿上一顿真算不了什么……怕的是有人按门铃他乱开门……晚报上登过案例，现在是无奇不有的啊！……”这么一来，真不知这晚上是谁给谁“挫折”了！

但两口子还真有毅力，逛了商场，又到快餐店吃了快餐，虽说给儿子带回了一份，却是硬撑到晚上八点过五分，才终于回家。

打开家门之前，两人对视，眼里都在说：“不知小刚他，究竟是怎么对付这个‘挫折’的啊！”

开了门，进了屋，灯光雪亮，电视开着，小刚歪在沙发上，手里拿着遥控器……屋里弥漫着一股很熟悉的食物的香味……

“爸！妈！舅爷怎么还没来电话呀？我等都等烦啦！……”

“你吃饭了吗？”

“那当然啦！我干吗饿着呀！你们不是让我‘自己解决’吗？”

“你吃的什么呀？”

“烤鸭呀！”

“烤鸭？！哪儿来的？！”

“嗨，那还不容易！我打了个电话给华丽烤鸭店，他们没一会儿就给送来啦！我要了一整只，肥死了，哪儿吃得完呀，还剩好些呢，你们给帮着吃吃吧！……你们干吗这么看着我呀？我保证没误事儿……我打电话要烤鸭，顶多用了两分钟，舅爷哪儿那么巧就那两分钟来电话呀，再说他听占线，他会过一小会儿再拨的呀！……这烤鸭我可是用自个儿攒的压岁钱买的，连上荷叶饼、服务费什么的，好几十块呢，你们可得给我补上啊！……”

两口子面面相觑，这回的“挫折”可真不小！

打地铺

翠芳是幼儿园的阿姨，有时来跟我借书。这天来却不为借书，说是很苦恼，想跟我说道说道。

事情是由她负责的大班的莉莉引起来的。有的孩子多动，很难管，莉莉多嘴，更难管。吃饭的时候不许说话，可是只要翠芳转身处理别的事，莉莉就总要跟饭桌上的同伴说话。到自由活动时间，那莉莉一张嘴就跟吐玉珠似的，她说个痛快，小朋友们也听得入神。

前些天，歇中觉的时候，忽然有小朋友跟翠芳提出来："阿姨，我要打地铺。"她拒绝了一个，却又出现了三个，都要求打地铺。人人都有小床，睡着很舒服，为什么无理取闹？经过查问，这才知道，是莉莉跟同伴们讲了她家打地铺的事。

莉莉家来了亲戚，说是她爷爷的妹妹的闺女，带着闺女，暑假来北京玩，在她家住着，她家可热闹了！晚上，亲戚就在她家打地铺过夜，那地铺是先在地板上垫一层硬纸壳巴，再铺一层褥子，再铺一张大凉席，可逗了！莉莉晚上都不愿意睡自己的床了，偏要到那地铺上跟表姐玩儿，那表姐叫飞飞，她们俩就在那地铺上说呀笑呀，推呀滚呀……

莉莉家打地铺，成了同班孩子们羡慕的一桩美事。有儿孩子问翠芳："什么叫表姐？"她解释："就是你爸爸的姐妹的女儿，或者你妈妈的兄弟姐妹的女儿，如果比你小，就叫表妹，比你大呢，就叫表姐。"可是孩子们听不懂。有的就说："我爸爸妈妈没有兄弟姐妹。"有一个高兴地叫："我爸爸有弟弟，我叫他叔叔对吧？叔叔家的小惠，比我小，是我表妹吧！"没等翠芳回答，莉莉

一旁插嘴："我妈妈说了，叔叔家的不是表妹，是堂妹！"于是就有一个孩子问："叔叔家的妹妹怎么就是甜的呢？"翠芳忍不住捂嘴笑，身边的孩子大不解："阿姨怎么啦？"

莉莉一连很多天都很得意。来到幼儿园，同伴们都围着她转。她每天都要带来一些她家地铺上的故事。就连几个平时很傲气的男孩也对她格外友好。莉莉说在地铺上翻筋斗又痛快又安全，越发惹得几个男孩子向往地铺。

没想到这事儿越闹越大。

有个孩子回到家要求打地铺，他妈妈说："穷人家屋子小，没有客房，没有空床，那才打地铺呢！"没想到那男孩对他妈妈说："妈妈，那我要咱们家穷！"

气得她妈一时不知该怎么呵斥，最后就告到幼儿园园长那里，追究翠芳误导孩子的责任。

还有个孩子回家提出要求："我也要爷爷的妹妹的闺女带着闺女来咱们家打地铺过暑假！"家长听了笑弯了腰，送孩子来幼儿园，提的意见比较柔和："教孩子们绕口令是对的，但希望不要再编这样的绕口令。"翠芳只能尴尬地笑笑，实在是无从解释。

十来天后，没想到莉莉的妈妈那天把她送来后，把翠芳拉到一旁请教："你说这可怎么办？我们家亲戚回南方了，可莉莉不让收那个地铺，晚上她要去睡，还总说表姐说啦，欢迎我们到南方去玩，到他们家打地铺去，人家刚走，莉莉就总缠着我问：妈妈，咱们什么时候去南方他们家打地铺呀？你跟莉莉讲讲道理，让她别再胡搅蛮缠了好吗？"

莉莉是胡搅蛮缠吗？知道莉莉家的客人走了，地铺要拆了，好几个孩子竟跟莉莉一样沮丧，翠芳真不知道该跟莉莉和孩子们讲些什么"道理"。

翠芳来找我，说到底是跟我要"道理"来了。她说他们园长决定开一次家长会，让家长们讨论一下这个"打地铺事件"，各抒己见，互相启发。当然，幼儿园本身，也该有个说法，翠芳就应该跟家长们说说自己的感受。我问：那你们园长有个什么说法呢？翠芳说："园长认为，今后独生子女更多，独生的再生下独生，什么三姑八姨，二叔四舅，全成典故了；堂兄弟堂姐妹，表兄弟

表姐妹，也都不存在了。家族关系单纯了，有好的一面；可孩子们能享受到的亲情，特别是手足情，就空缺了。家长们该在这方面动动脑筋，别让孩子回到家就孤孤单单。”

面对翠芳，我百感交集。地铺事小，折射出的内涵很多。我也讲不出什么“道理”。我只是建议，多琢磨琢磨北京话里“发小”的含义，也许，家长们能自觉地拓展社交范畴，以孩子的“发小”来作为血缘“手足”的代偿，使莉莉这一代的民族花朵，能吮吸到丰富的人生情愫，最后都结成善果。

打　气

街角有个修自行车的老头，每天一大早就推着平板三轮到那里安营扎寨，给人修车。有时候活多，有时候活少，但一天里下来，平均总也能挣个三张两张的。

这天傍晚，街上车水马龙，他却没什么活儿，只有三三两两来他那儿打气的，用他那气筒子打一回气，他收一毛钱，来打气的和他自己心底里都觉得收费够高的，但停车打气的照交不误，他也照收一毛不误，自他摆摊以来，倒从未为打气的事闹出过什么不愉快。

忽然来了个妙龄女郎，一身鲜丽的时装，华贵的耳饰、项链、手镯，镶蓝宝石的金戒指闪闪发光；她从一辆老头从未见过的外国豪华变速“公主型”自行车上跳下来，香汗淋漓，娇喘吁吁，命令老头说：“给我打打气！”

老头愣了一下，指指气筒子说：“你打吧！”

女郎愣了一下，把车支上，也指指气筒子说：“你打呀！”

两人对望，互不理解。

老头心想，我那儿不是立着牌子吗——“打气一毛”，你拿气筒子打不就结了吗，打完递我一毛也行，往我那装小钱的铁罐了里扔一毛也行——怎么打气还要我给打？到我这儿打气的少说也有千儿八百人次了，哪个不是自己动手……

女郎心想，咦，怪了，怎么不动弹呢？我还能让你白打吗？自然给你钱的呀……女郎眼睛晃过了那“打气一毛”的硬纸牌子，笑了，舌尖舔舔融化的唇膏，对老头说：“你快打吧，我给你一块！”

老头又一愣，他没想到会有人为了偷懒愿花一块钱——在他的思维里，打

气是一件最简单的事，是一件当然应该由自己动手的事，一个人连打气也不愿自己干，支使别人干，已经让他看不起，那人还说什么给一块钱，在他听来，实在含有污辱的意味，于是他便板着脸回答说："我只管修车，不管打气！"

女郎吃了一惊，在她近来的意识里，只要她给钱，没有办不到的事；怎么遇上这么个怪老头，宁挣一毛不挣一块？

这时有另外的人来打气，那人打气，老头和女郎还在斗气。

女郎说："我给你一块，你就只当修车，给我把气打上；车胎缺气也是毛病嘛，打气就是修车嘛……"

老头心里堵着块东西，梗着脖子，气呼呼地说："不行！我不管打气！"

另外来打气的人打完气没走，又有新来的，都看上了热闹；逐渐形成一圈人围观。

女郎哓哓不休地说："你摆摊修车不就为了挣钱吗？为什么给钱你不挣呢？这不太奇怪了吗？……好，一块钱你嫌少，你给我打气，我给你十块！"

本来老头已经有点心动，是呀，摆摊不就为的挣钱吗……但一听对方说出十块这个给价，就像挨了一句骂似的，立刻厉声回绝："你另找地方去！我这儿不伺候！"

围观的人听明白是怎么一回事，凡出声的都向着老头，有人大声，有人小声，冲那女郎说："摆什么阔！""打个气能把你腰闪了！""真阔坐小轿车去！""人家国外有那不用打气的自行车，真阔骑那个！""是怕打气脏了手吧？手脏的心不脏，怕手脏的，那心可就难说了……"

没想到那女郎只当没听见四围的刻薄话，晃晃一头高级发廊里定了型的青丝，脸上反倒现出一朵花似的笑容，柔声细语地对老头说："您就给我打了吧，我骑回去还远呢，平时很少骑车，今天天气真好，骑骑车换换味道，蛮快活的……我又不晓得哪里还有打气的地方，也没力气再去找……麻烦您了，给打一下吧……我给您五十元！"

女郎前面的话，几乎就要化干戈为玉帛了，但她那最后一句，却炸在老头耳里，轰在老头心里，五十元打个气！这……老头晕了，目瞪口呆，一时说不出话来。

围观的人发出一片意义不明的惊叹声。

女郎从随身的小挎包里掏出一张钞票来，递向老头，只听她说：“那就给一百吧！”

虽然暮色沉沉，大家都看得很清楚，那确是“一棵”。

老头如石像般地定在那里，没接钱，也看不出是拒绝。

真是量变到质变——围观的人群又发出了声音，有人大声，有人小声，这回都冲着老头：“较什么劲儿哩！有买有卖嘛，给那么多还不干，傻帽！”“打俩轱辘气挣一百，比干两三天大活挣的还多，不打白不打！”“如今可不什么都讲究用钱买……花钱让人代劳也不稀奇，不还有搬家公司代人搬家吗？搬个家有时候还用不了一百块呢！”“就给她打两下吧！”……

老头还是没融化，心里头可是火烧火燎的。

人群里站出个小伙子，晃晃肩膀，对那女郎说：“我给您打吧！”说着就弯身去取打气筒……“你给我放下！”老头大吼一声，像狼嗥似的，所有的人都吓了一跳；只见老头面如关公，浑身乱颤，舞着双臂，也不是单对那女郎，而是针对所有的人，挣命似的嚷：“不打不打就不打！一千块一万块也不给打！谁也别想用我的气筒子给她打！我收摊了！不干了！不打！不给打！”

轮到那女郎目瞪口呆，手里捏着那“一棵”，成了石膏像。

老头手忙脚乱地乒乒乓乓地收摊；围观的人还没散尽；女郎终于败兴地推车离去；忽然有个中年人匆忙跑过来，先挤进人群，又挤出人群，望了望，便追向那女郎，追上了，晃晃手里的一个打气筒，笑嘻嘻地对女郎说：“我给您打气！我打！”

原来，他家就在附近；他围观了几分钟，便赶紧回家取打气筒。

那女郎只是推车走，不理他；他在一旁紧跟不舍，连连说：“我给打我给打……五十就行五十就行……要不，三十？……你停下停下呀……二十？他妈的你不能让我白跑一趟呀！你停下！十块！……？……！……？！……”

女郎头也不偏地只管往前走，后来爽性骑上那车，扬长而去——其实她那车并非不能骑了；中年人站定，朝那女郎啐了一口。中年人转过身，人群已经散去，老头也收拾得差不多了，中年人同老头目光相接，老头朝中年人重重地啐了一口。

大罗伯

当然,这不礼貌——管他叫大罗伯——大罗伯不消说是“大萝卜”的谐音，而且有一种挺时髦的裤子叫罗伯裤也写作“萝卜裤”；不过，邻居们都这么叫他，特别是年轻人，他不但不生气，还挺痛快地答应着，所以，我也这么叫他。

大罗伯喜欢人家说他是“离退休老干部”，你如果很准确地说他是退休职工，他会不高兴；大罗伯是从区里的副食管理处退下来的科员，退了二年多，才六十出头，不过他长了个将军肚，谢顶又谢得厉害，而穿戴又总是老派而整齐，所以当他用“我们离退休老干部”作为引语讲话时，不熟悉他的人多半会立马肃然起敬，心中揣测起他是从哪个部退下的副部长来。

不过大罗伯是个蔼然可亲、与人为善的人，所以他究竟是全薪带旅游津贴的离休待遇，还是只有百分之七五原薪的退休待遇，都不影响邻居们对他的尊重。

大罗伯离退休——离休和退休都是休，容当一大概念行文——以后，最大的乐趣，就是去我们附近的公园练各种各样的功。我们附近那个古木森森的公园里，一天到晚有人练功，早上自然人最多，一般来说，那些练法也比较平庸；晚上人也不少，有的功法，从旁看去，就比较离奇，如有一天晚上我去那公园遛弯儿，就看见有些人在一隅仿佛烂醉如泥，扭着麻花走动，浑身乱颤，嘴里还似乎又哭又笑……其中也有大罗伯，我就待他功成稍息时，过去招呼他:“大罗伯！您这练的是什么功呀？”他很认真地对我介绍说:“这叫‘天缘’功，最适合我们离退休老干部……不仅去病，也养心呀！”大罗伯不仅早晚必去公园

练功，他上午、下午乃至有时中午也去，所涉及的功种不胜枚举，有的名目稀奇古怪，他的身体确实因此得宜，至于心养得怎么样，外人如我当然无从判断。

去年初夏有一天，我意外地不是在公园而是在闹市遇上了大罗伯，他汗津津的，像是刚练完一种最伟大的功法；不等我问，他便主动告诉我："真是吉人自有天相！你看多悬，再晚一步，人家就满股了——我去，恰可好买了最后五股！"原来，他是拿出多年的积蓄，买了一种内部法人股股票，据说年利率达到百分之二十三！他一边用手帕揩着头上的汗，一边兴奋地对我说："我们离休老干部，能发挥一点儿余热就发挥一点儿吧！这也是集资搞开发嘛！"我就问他所买的究竟是股票还是债券，他问："那有多大区别呀？"我也说不出那有多大区别，我们也就分手了。

到了去年深秋，有一天我去那公园，是下午，阳光把银杏树照得金晃晃的；就看见那最粗的一棵银杏树下，围着不少人，当心的，比较密集，离当心远点的，人比较稀疏，在外围，我发现了大罗伯，凑过去，我问："大罗伯，这又是什么功呀？"他指指当心那银杏树底下，原来那树下有个中年妇女，大概是站在了一只凳子上，所以比所有人都高一大块；那妇女在做什么呢？我眨眨眼，确实没看错——她在收钱，不仅离她近的人递给她钱，远一点儿的人，也有掏出钱来，让别人传过去的，似乎起码都是十块一张的；我再一观察，不递钱的人，大都双手合十，仿佛在拜佛；最让我大吃一惊的是，我一偏头，大罗伯也在双手合十！我问："您这是拜谁呢？"他"嘘"了我一声，告诉我："玉皇大帝派观世音来啦！"我不禁质问他："离退休老干部，怎么能迷信呢？！"他用下巴指指当心："我们老处长，那不是，也做奉献呢！"那情景儿实在有点怪不忍睹，我便撇撇嘴，离开了。

后来有一天，在护城河边遇到了大罗伯，我便又讥笑他"身为离退休老干部"，居然迷信，太跌份儿！他叹口气说："按说，是不能轻信；可你看那么多人都围着她……有的人那病，她给摸摸，握握手，愣给治好了不是！"我就对他说："那所谓治好了病的人，多半是她的'托儿'！再说，什么叫玉皇大帝派的观世音呀！玉皇大帝是道教的神，观音是佛教的神，虽说《西游记》里头把他们都写到了，二者之间也没领导被领导的关系呀，谁能派谁呀！哪儿跟哪儿

呀！”他就把将军肚一鼓，忽然极严肃地说：“宁可信其有，不可信其无呀！心诚则灵啊！”我只望着他冷笑，他却又低声补充说：“……我只不过在远处拜了拜，你看，今儿个就听说，我们那法人股，实际价值已经翻一番啦！”我想再问问他，他买的究竟是股票还是债券，但终于没问，就跟他分手了。

今年春末，一天晚上，电视新闻里播出一条消息，说是有个退休的妇女（我心里不由得想纠正播音员：是“离退休妇女”），在公园里自称是“玉皇大帝派来救苦救难的观世音”，满嘴胡言乱语，迷惑了一些人；又自称能治百病，包括绝症，有时给人咕哝几句，有时给人摸摸拍拍，有时给人一些“神药”——经检验是公园松树上的松脂——她虽自称观世音，却全无大慈大悲的胸怀，她贪得无厌地向求治者和信仰者索取现钞，从一张（十元）到一棵（一百元）全要，一张以下拒收，通过这种办法，她已骗得数万元……目前该骗子已被公安机关收容审查；随着播音员的解说，出现了有关部门在公园里隐蔽拍摄的一些镜头，以及该妇女在公安人员面前痛哭流涕的镜头；看完这条报导，我不禁心胸大畅，同时不禁想到，大罗伯一定也刚看完它——他跟我说过，他们离退休老干部如今看电视新闻是雷打不动的——可是我想象不出他看完后的表情。

因为紧接着我就到外地去了，去了好久，最近才回来，回来后头一天去公园，那时已是夜色朦胧，只见在公园一隅有人练一种前所未见的功——整个身体平躺在地下，摆成一个大字，而且不住地蠕动；那真是一个奇观，有男有女，还都挺胖；我一眼就看出来，其中有大罗伯，他那将军肚躺下后还是相当气派，可是那蠕动的身躯，却实在令我不能不联想到被火燎着的大青虫。

我没等大罗伯练完他那功就走开了。

好多天没再遇到大罗伯。

昨天吃晚饭的时候，爱人偶然提及他们单位组织“离退休老干部”去野山坡旅游，我马上联想到大罗伯，随口说：“大罗伯要去，怕爬不动那个山。”爱人便说：“他还爬山哩！他平地也走不了啦！你还不知道吗？他住院啦！听说闹不好，要瘫痪！”我大吃一惊：“他把天下的功都练遍了，还能瘫痪？”爱人说：“我下午从他们楼下过，刚好看见把他抬进急救车；听人说，他是让那什么票呀证呀的坏消息给急坏的——敢情他买的那个，不仅拿不到一分钱年息，

连本儿也取不回来！唉，听说他投进去一万块呢，你想他一个离退休老干部，攒一万块钱容易么？”一听这话，我饭也不香了，心里只觉得大罗伯是个地道的好人，我原来对他，是太刻薄了。

我对爱人说：“咱们抽个时间，去医院看望看望他吧——这位离退休老干部，咱们别瞎叫他大罗伯了，咱们叫他的正名儿吧！”

爱人先点头，又把头一偏：“他正名儿是什么呀？”

我一愣，虽说可以跟邻居们去打听，只怕他们也说不上来。

1993.6.29

大盆菜

从我家西窗，原来能悠然见西山。如此好景，近年来被逐渐破坏。先是有座半透明的写字楼，刺破青天锷未残，把我视野里的西山，斩成两半。当我刚刚习惯于避过那写字楼，先左后右地观览山景时，有一天从外地回来，开窗一望，呀，两座高级公寓，采取最先进的施工方式，就是从高往低地那么组装，已经初见规模。这下，西山与我，就再不能“相望两不厌”了。

那天，气闷中，我下楼朝那切断我与西山眼缘的工地走去。当然不会太远，过了马路，没走多久，就接近了它。原来那座剑形的写字楼，只是人家的第一期工程，而两边的盾形公寓楼，是它的第二期工程。虽然公寓楼尚未完工，售楼广告已经赫然排列在横街两边，是那种挺高级的柔性灯箱广告，十米左右就竖起一个，以“好话重复千遍必是好事”的手段，给予路过的人们强烈的心理冲击。原来那高级公寓是为“都市豪杰”盖的，广告词是“我爱奢华——80平方米主卧，枕上痛赏西山落霞”，刚看清楚时，只觉得心脏被谁的手猛抓了一把，但是走过十几个那样的广告牌，也就逐渐麻木。我能怎么样呢？我们那满楼的一般市民住户又能怎么样呢？人家多半是一切手续都齐全，请国内甚至国外名建筑师设计，而且楼未封顶，已经“销售过半，欲购从早，以免向隅”。西山的落霞，只能任那些“都市豪杰”去痛赏，谁让我虽“都市”却不“豪杰”呢。不过又想到，山外青山天外天，楼外自然更有楼，说不定再过一时，在这座豪华楼盘西边，会有为更杰出的都市英豪，建起的更奢华的公寓，我都为它拟好广告词了：“八十平方米开间算什么——八百米通间任您逍遥！”到那时，嘿，就轮到八十平方米主卧里的人士，望窗兴叹啦！

我走到工地跟前了。大中午，歇工了。只见一个个奶黄的安全帽，在我眼前晃来晃去，盖楼的工人，纷纷朝一个地方走去。我好奇地随他们而去，于是就看见了他们的工棚，是一溜拆卸安装过多次的，显得很陈旧的活动屋。但是那些戴奶黄安全帽的人，却没几个进工棚去，几乎全在工棚外，或者站着，或者蹲着，手里呢，不知什么时候，已经都拿着自己吃饭的家伙，有的敲得咣啷咣啷响，有的互相大声开玩笑。我走近几位，客气地打听，他们也就很爽快地回答。原来，他们都来自一个地方，跟包工头是老乡。他们的工资，一般是按每天 40 元计算，管住管吃。但是，工资要到工程结束，才能到手。现在如果想预支，每月不能超过 100 元。我问，吃得怎么样啊？有的就笑，有的就指向我身后，我扭头一看，原来是送饭的车来了。就用平时运料的卡车，给他们送来了午饭。从车上搬下了两大笸箩馒头，还冒着热气。然后是一大盆菜。那个大塑料盆直径有一米开外。什么菜？我去看，是一大盆熬白菜，虽然冒着很旺的热气，却没有什么油荤的气息。他们开始取馒头、舀菜，吃饭。多数是就在露天蹲着，狼吞虎咽；也有少数端进工棚里去吃，我就走到一个工棚门边，跟里头说："能进去吗？"里头的似乎也没听清我说的什么，抬眼对我笑，我就进去了。坐在床铺上吃饭的，是几个年龄比较大，以及看上去还没发育完全的少年。我就跟他们闲聊。其中一位年纪大的问我吃过了没有？那淳朴的表情里，有如果我饿，他就马上分些给我吃的意思，我很感动。我问他们菜里有没有肉，说没有，但语气上听不出抱怨，有个少年还跟我说："有油渣。"还用筷子拈起一粒给我看。问他们能不能吃饱，都说那当然，馒头总是管够的，人人能吃饱。

我从工棚里出来，看见那个蓝颜色的大菜盆已经基本上全空了，只有盆底还剩一些汤水。那一天，民工们吃的大盆菜，给我留下的印象非常深刻，以至于有一天，我在家里，也烹了一盆白菜，当然，用的是不锈钢盆，直径只有 20 公分，而且，我忍不住还是往里头搁了些肉片和粉丝。

那以后，我常到那个楼盘工地去，跟民工们聊天。有一天，我从工棚出来，迎面遇上了一辆好漂亮的宝马车，正躲闪，车停了，出来个人，热情地招呼我，原来是三十几年前的邻居玉雄，我就问他："买这儿豪宅啦？"他摇头，我就说："啊，是你开发的！"他笑声好响，都不是，他是来看看，想把底层一个大空间，

租下来，开个大酒楼。我就跟他开玩笑："好呀！你以后，就专卖大盆菜吧！"他问我什么是大盆菜，我说完，他捶一下我肩膀说："真是个好创意！如今有的大款，他吃腻了精菜，就想来点粗放的。他妈的，以后你来酒楼，签名就算埋单！"

如今那豪华公寓楼完全建成，气派确实不凡。那些民工都不知道又去哪个工地了。我时时纳闷，那么一群其貌不扬，用玉雄的话说，叫作奇形怪状一大群，一年才能挣到一万三千六百元——还买不下这公寓一平方米——他们怎么就造出了这么华美的楼宇来？

玉雄的酒楼，果然在那公寓楼底层开业了，"大盆菜酒楼"五个字是镀金的，门口总停着奥迪和其他牌子的好车。我没进去吃过，但是从门外的精美大菜牌上，看到过主打菜的报价：大盆鲍翅——8888 元；大盆佛跳墙——6666 元；大盆海马鼋鱼——1688 元；大盆虾——866 元；大盆乌鸡——188 元……

大碗传奇

那一年他给我讲了童年的遭遇。那时候他那个企业还没有把面子挣大。那一天他难得有点清闲。他开着辆奔驰车来我书房。他把手机关掉。他说："让他们以为我被绑架了，狂打 110 吧！"他说要对我敞开心扉。他确实敞开了。他说二十几年前他是个"文学青年"，狂热地羡慕我——不是崇拜，只是羡慕，"有个词儿，艳羡，对不对？"他拜访我的时候当然已经没了艳羡，他似乎希望我艳羡他，但是我提醒他我可没兴趣写报告文学，他说那当然，他不过是想找个有品位的人听他倾诉，凡他说出的，我如果想当作小说素材，都免费赠送。蒙他认为我有品位，姑妄听之，素材也罢废料也罢，什么费不费的，我觉得很难跟他成为朋友。

但是，我得承认，他的倾诉，很有文学水平。我相信他没有虚构。他讲述的那些真人真事，白描出来，毋庸再添油加醋，就很生动。听完，我就劝他自己写出来。他说他的文学梦早已烟消云散，见见当年艳羡过的写手，吹吹牛皮，权当一次消闲活动，总是足浴、桑拿、日式指压、泰式按摩……腻了，"你不是提倡心灵体操吗？这也算一次操练，对吗？"当然。

他的童年很不幸，后妈对他的虐待，花样叠出。他说，当时住在单位宿舍大院里，吃饭的时候，后妈让他端个大碗，到屋门外站着吃。那碗出奇的大，让邻居们看起来，会觉得第一是他的食量大如牛，第二是他后妈待他真不错，菜究竟油水多不多另说，起码饭是让他吃个够。但是，他每顿总是吃不饱。那么大碗饭，怎么还吃不饱？原来，那是后妈特制的一只碗，碗心里还扣着个小碗，那小碗用万能胶固定住，使大碗的容积少去三分之二以上。后妈并且一再

警告他，绝不能让邻居们看见碗心，如果有邻居问他，他必须回答："妈给得多，香啊！"

这大碗的传奇，很文学，是不是？我问：难道邻居们就一直没发现那大碗的猫腻吗？他说，也许真是一直不知道那大碗的真实形状。但是，对他总是吃不饱，肯定是知道的，从院里那些孩子们那里知道的——说他吃不饱，是指他家给他的饭菜不能让他饱，但他哪顿也没真饿着过，还经常地打饱嗝儿，原来，他总是几下扒拉完那只大碗里的东西，就去逮院子里的小男孩们，在那些孩子们面前，他凶神恶煞，揪这个耳朵，薅那个脖领，让他们回家去给他拿吃的来，馒头、花卷、馅饼、蛋糕……有时候还让他们"孝敬"各种零食，以至水果。

虽然从同院孩子们那里能斩获丰富的食品，但他得到后却只能是躲到后院旮旯里去享用。他妹妹——是他后妈带过来的——那时候一大乐趣，就是满院搜索他，一旦发现他在吃别家的东西，就兴高采烈地跑回去告状，而他后妈就会撺掇他爸打他，"啊，存心让邻居骂我没给他吃饱呀，丢的可也是你的脸呀！"他爸就会揪他的耳朵或薅他的脖领，操起鸡毛掸子给他一顿臭抽——"好像他那么做就能充分表达出对我后妈的爱情似的！"而他的那个妹妹，总是若无其事地一边玩耍，甚至还拍巴掌欢笑。

"你觉得有意思吗？没多大意思？告诉你吧，这段经历对我后来管理企业有极大作用！"他要展开讲解那"化腐朽为神奇"的作用，我拿话给岔开了。

认识他不后悔，但跟他深交就兴趣不大了。没想到，前些时却跟他邂逅。

一位老同窗要从官位上退休了，约几位当年玩伴聚餐，盛情难却，我也去了。包间豪华，菜式丰盛。即将退休的官员有个口头禅："我能把公家钱拿家去吗？"我们都相信，这是他的守则也是他的实情。那天他在席上滔滔不绝，骂腐败，讽官场，我们想引他怀旧，总未成功。最后每人一份鱼翅捞饭，我正感叹奢华，忽然，给我讲过大碗传奇的企业家来了，一惊之后，也就释然——他跟即将挂冠的官员极熟，是来埋单的，也许是最后一次？大家起立互相介绍寒暄，随企业家而来的一位化浓妆的女士自豪地对我们说："我是他妹！"

企业家指着他妹妹对我说："过去对我狠着啦，这些年总捧着我！"那妹妹

满脸谄笑:“爹妈没了，长兄如父，你罚我人前吃饭必须大碗，我乐意呀！”跟着就大声吩咐服务员:“给我换大碗！”服务员莫名其妙，一位同窗说:“鱼翅捞饭哪有用大碗的?”那妹妹浑身贱相，别人能否理解，我不得而知，只是在一瞬间，与那哥哥眼光相接，从中触电般感觉到，那哥哥有一种令我阴冷战栗的快感！

后来知道，那妹妹妹夫也有个买卖，全靠其兄帮衬。那以后很多天，看见大碗，我心里就堵得慌。

大支票

雅雅放学回到家，没顾得卸下书包就得意地宣布："今天我抬大支票啦！"坐在沙发上看晚报的爸爸马上问："上头是个什么数呀？"妈妈从厨房里探出头来问："拍电视了吗？能不能播呀？"独有在餐桌边剥松花蛋的姥姥什么也不问，只是微微摇头。

吃晚饭的时候，一家人还是忘不了那张大支票。爸爸考雅雅："你会写吗？壹佰壹拾捌万元整——每个字都得大写才行呢！"妈妈感叹说："一捐就是这么大个数，像我们工薪族，挣一辈子也挣不来这么多钱啊！"雅雅说："老师让我们作文呢——《美丽的图书馆》……"姥姥说："还没盖起来，就写上文章啦？等盖起来再写也不迟呀！"雅雅说："那哪儿行呀！老师说啦，这是人家提出的条件之一，还要评一、二、三等奖呢！"姥姥不以为然地说："我看，这个奖你不得也罢！"爸爸说："为什么不得？有奖金的吧？"妈妈望着姥姥说："哎，我知道，他原来是咱们邻居，从小学到中学，功课从来没好过……可人家现在搞房地产，发财了，属于成功人士了嘛！"

第二天晚饭后，全家人围坐在一起看电视，晚间新闻的"简讯"里，有十几秒关于那成功人士向母校捐赠一百一十八万元用于盖图书馆的报导，他笑容满面地举起一张大支票，朝各方面晃了晃，然后递给校长，校长接过，让雅雅和另一个少先队员抬着，然后同他热烈握手致谢……

几天后，当地一家报纸登出了关于那成功人士捐赠母校图书馆的长篇通讯，配发了好几张照片，其中一张上依稀可见雅雅抬支票的身影，爸爸见了高兴地把那版报纸寄给了西安的爷爷和奶奶。

一个月后，一家杂志开始刊登《美丽的图书馆》作文比赛的优秀篇目，每篇发表出来的作文右上角都有那成功人士的公司的徽号，并且也刊发了介绍他事迹的文章，还在某期封面上登了他容光焕发的头像。雅雅一连写了三篇，哪篇也没选上，雅雅和爸爸妈妈都很不开心。

三个月后，爷爷奶奶来信，顺便问起雅雅，他们学校那座以成功人士名字命名的新图书馆盖到什么程度了，雅雅给他们回信，也顺便说到这件事，信里是这样写的："我们校长说，因为捐款没有到位，所以现在图书馆还没动工。不过，《美丽的图书馆》的作文比赛已经结束，捐款的叔叔说要再搞《美丽的图书馆》的图画比赛，校长说等捐款一到位，图画比赛就开始；我的作文没写好，图画一定要画好！……"

第四个月，成功人士的捐款到位了！具体而言，是部分到位——十八万元到位，但他拿来的不是钱，而是实物——九百只书包。根据他的要求，全校同学从那个星期一起，都背他捐的书包，那些书包看上去挺漂亮，同学们用双肩一背，书包上那成功人士的公司徽号就豁显在人们眼中。可是很快就有家长反映，说让孩子背个广告走来走去实在不合适，而且那书包中看不中用，没用几天就开线裂缝，这样的书包以二百元一个计费也太夸张；他们表示，还是要让孩子使用原来的书包。后来在开家长会时，校长通过小喇叭广播，向全体家长解释，说希望家长们理解，学校实在是太需要一座新图书馆了……

快一年了，盖雅雅他们学校新图书馆的一百万捐款还是没到位。《美丽的图书馆》图画比赛没举行。学校进行大扫除，雅雅参加清理仓库，发现她抬过的那张大支票靠在墙角，落满灰尘，还有蜘蛛在一角织了好大一张网。

快过年了，一天晚上雅雅全家围坐电视机前，雅雅用遥控器频繁地转换着频道，姥姥忽然说："停一停！"停下来一看，又是一条"简讯"：那位成功人士正在另一场合捐款，依然举出了一张写着一串繁体字数目的大支票……

等候散场

已经是晚上九点钟了，我才到达剧场门前。剧场里的芭蕾舞剧《天鹅湖》肯定已经跳完了如梦如幻的第二幕，而且华丽诡异的第三幕说不定也所剩无多。我是个狂热的芭蕾舞迷，因此尽管因为业务上的急事耽搁到八点四十才得脱身，还是风风火火地跳进出租车赶到剧场。

我出了汽车才感觉到下着小雨。从我下车的地方到通向剧场大门的宽大阶梯还有一小段距离，为了避免淋雨，我从售票处以及相连的平房那儿绕向阶梯，因为那里有挡雨的棚檐。我一边小跑，一边朝剧院大门望去，我觉得那一连串的门扇仿佛都已关闭，根本没有检票的人影了，我是否还能入场呢？惶急中，我忽然撞到一个人的肩膀上，要不是他及时闪避，我们俩说不定都得倒地。

我立足定神一看，是个小伙子，戴着一副眼镜。他的眼珠子在镜片后也细打量着我。

"您有票吗？"

我吃了一惊。竟还有比我更痴迷芭蕾舞的。这剧场前的小广场上，只有路灯光下，霏霏细雨中活像巨型甲虫的小汽车，默然地斜趴成一大排，除了我们俩再没别的人影。里面舞台上那最令人眼眩心迷的西班牙舞大概已经跳过，王子正在上黑天鹅的当……剧已过半，他还在这里等退票！

"我自己要看！"我一边回答他，一边掏我的票。咦，怎么没有？

"不，"那小伙子蔼然地对我说，"我不要您的票。您快进去看吧！"

我从衣兜里掏出一堆名片，从中抽出了那张宝贵的剧票，顺口问："你不看，待在这儿干什么？"

"等散场。等她出来。"

我立刻明白，是一对恋人同来等退票，只等到一张，因此小伙子让姑娘先进去了。我倏地忆及自己的青春，一些当年的荒唐与甜蜜场景碎片般闪动在我心间，我不由表态:"啊，你比我更需要……你进去吧!"

我把祟递给他，他接过去，仔细地看了一下排数座号，退给了我。我那张票是头等席，一百八十元一张。他是等我主动打折么？我忙表态:"不用给钱，快进去吧!"他还是不要，说:"您这票的位置……离她太远……"我说:"咳，那有什么关系！你可以到她那排，把这个好位置让给她旁边的人……至少，你可先到她那排，告诉她，你也进来了……"他却仍然把我持票的手推开了。

我觉得这个小伙子很古怪。他已然耽搁了我的时间，而且还拂了我的好意，我恼怒得反而不想进剧场了，我很粗暴地说:"你有病!"

小伙子很难为情，解释说:"我答应在外面等她……她也许会随时提前出来……我还是要在这儿一直等着散场……"说着便扭头朝剧场大门张望，生怕在我们交谈的一瞬间，那姑娘会从门内飘出，而他没能及时迎上去。

我抛开那小伙子，跑向剧场大门。小雨如酥，我险些滑跌在门前台阶上。从每扇门的大玻璃都可以看到前廊里亮着的灯光，可是我推了好几扇门都推不开。后来我发现最边上的一扇是虚掩的，忙推开闪进，前廊里有位女士，我走过去把票递给她，她吃了一惊，迷惘地看看我，摇头；紧跟着前廊与休息厅的收票口那儿走来一位穿制服的人，显然，那才是收票员，他先问那位女士:"您不看了吗?"又问我:"您是……怎么回事儿?"我发现先遇上的那位女士，不，应该说是一位妙龄女郎，站在前廊门边，隔着玻璃朝外看，我也扭身朝外望去，只见那个小伙子仍在原地，双臂抱在胸前，痴痴地朝剧场大门这边守候着……

从演出区泄出《天鹅湖》最后一景的乐曲，王子与白天鹅的爱情即将冲破恶魔的阻挠而终于圆满。妙龄女郎望着雨丝掩映的那个身影，忽然咬紧嘴唇，眼里闪出异样的光……我站在那儿，摩挲着鬓边白发，沉浸在永恒的旋律里……

第十三夜

宁宁是典型的白领丽人，一个月的收入顶母亲一年的退休金，在郊区买了房，每天开着自己的富康车来来去去。她还是单身状态。这天晚上回到她郊区的那个小窠，抓起电话跟母亲抱怨个没完。她神经质地说："第十三夜！第十三夜了！天哪！什么时候算完啊！……"母亲一头雾水，问她："究竟怎么回事儿？别这么神经兮兮的，好像全世界都对不起你，所有的人都该排起队来跟你道歉似的……"宁宁还是只顾排炮般地抱怨，母亲先听明白了一层意思，是抱怨房地产开发商蒙人，卖房的时候花言巧语，住进来以后才发现问题成堆，比如，单元之间隔音效果极差……母亲就劝她说："你那儿我去过那么多次，我觉得各方面都还过得去嘛，凡事别求十全十美，在同龄人里头，你够幸运的了，别尖着嗓子叫，倒好像你是世界上最倒霉的人……"母亲叹了口气，心想，也许是女儿为情感方面的事烦恼，又不便直说，所以借题发挥。谁知女儿一下子就猜到了母亲的想法，马上快嘴伶俐地说："别以为我是失恋了，或者在公司里遇到什么不愉快，随便找个阀门撒气儿……我实在是累了一天，想图个清净，可是回到这儿，天哪，没完没了……"母亲知道女儿最爱看冯小刚导演的电影，就跟她幽默一下："是呀，甲方乙方，不见不散，没完没了，现在轮到一声叹息啦！"宁宁哭笑不得，她拿着游动电话，跑到阳台间，跟母亲说："妈，您听听！"就把那听筒对准隔壁阳台间，几秒钟后，问母亲："怎么样？听见了吗？是不是折磨人？半夜里也会这样！第十三天啦！……"

原来，隔壁住着外地到北京经商的一对年轻夫妇，他们生了个胖小子，不到半岁吧，忽然从十三天以前开始，每到傍晚就哭闹个没完，夜里更会连哭

带嗽，虽说他们抱着那孩子跑了好多医院，耐心地按医生嘱咐给孩子服药，可到头来还是煞不住夜哭郎的嚎声。医生还让他们勤给屋子开窗通风，说是傍晚的空气比清晨纯净，他们就每晚开一阵阳台间的窗户。

事情很简单。但是搁下电话母亲心里很乱。她在灯下沉思了很久。宁宁洗完澡，躺进被窝了，母亲给她来了电话。开头，宁宁不耐烦。可是母亲慈祥而温情的声音，对她渐渐产生了磁力。母亲引领她回忆起她们家曾居住过的那个胡同四合院，那是单位宿舍，光一个里院就住着七户人家。宁宁记得院里那棵巨伞般的海棠树，却不记得母亲讲到的那些事情：院里各家的动静，包括厨房里青菜下油锅的声音，都互相听得见……有一家的小妞，染上了百日咳，那是任凭多好的医院，多妙的偏方，也不可能完全止住那揪心的夜哭狂嗽的；邻居们烦不烦呢？母亲说，确确实实，没有哪一家哪一位表现出烦厌，记忆里，只有关切的话语、安慰的目光……夜哭咳嗽渐渐地减轻，但毕竟真是过了一百天才豁然痊愈。母亲还要讲下去，宁宁止住她：“妈，别讲了。别说那个小妞就是我。我要把随身听耳塞放进耳朵眼了，那样我就只听得见曼托瓦尼的旋律了。我不再往下算天数了，还不行吗？”

珍珠雨般的乐音里，宁宁的心变得天鹅绒般柔软。无数往事涌上心头。父亲去世后，母亲也不愿来跟她住，除了那刚毅的性格，所留恋的，竟是胡同杂院里的那一份“鸡犬相闻”的人际温情？寡母的语音仿佛成了乐曲中的无词哼唱。她忽然觉得，从明夜里仍该掐指计算，从一百倒数，那隔壁的小生命，还得有多少夜的挣扎，才能终于走出他人生的第一次困境？

颠　簸

G 君来电话，说刚从美国飞回来。近二十年来他满世界飞来飞去，美国也不知去过多少回了，为何非来电话，仿佛报告一桩大事？又说想马上来我家，送我一样东西，我跟他说，老相识了，何必客套？况且从美国买回来的礼品，多半是 MADE IN CHINA，很难令人惊喜。但他非要来，说见面细谈，于是就跟他约了时间。

G 君算得是我的“发小”。我们同龄，在一条胡同里长大，读过同样的书，唱过同样的歌，喊过同样的口号，见识过同样的大场面，也有着近似的小悲欢。其实我们已经很多年只是春节前互相恭贺新禧，然后一年里相忘于江湖。我已经完全退休，他还当着一个并非虚设的顾问，这次又跑美国一趟，望七之人了，还做地行仙，实在佩服。

迎来 G 君，煮茗款待。他并没马上亮出给我的东西，我也懒得问那究竟是什么。且听他细说此次行程中的故事。

简而言之，G 君搭乘美国西北航空公司的航班，从洛杉矶经东京回国，飞经太平洋上空时，遭遇了强烈紊乱的气流，飞机颠簸得非常厉害。他不知坐过多少次飞机，也曾遇到过种种不如意的状况，颠簸本是不稀奇的事，但这回的颠簸，一是严重程度超常，一是持续时间竟长达一个多小时！

G 君坐在沙发上娓娓而谈。事已过去，有惊无险。他面部光润，发丝井然，衣履光鲜。显然，他知道我搞写作，最感兴趣的是细节，就把那飞机持续大颠簸期间的种种细节讲给我听。行李架嘎嘎作响，仿佛随时会解体。绝大多数旅客还算镇静，但个别旅客忍不住的惊叫，以及拼命压抑仍不免传出的绝望啜泣，

使大体静默的机舱里的气氛更趋恐怖。空姐、空哥时时出动，来照料呕吐和痉挛的旅客，他注意到一位空姐的眼睛里也终于藏不住噩运压顶引出的凄惶。他旁边的旅客不住地翕动嘴唇祈祷。他自己呢，则双手紧握座椅扶手，一阵阵地紧闭上眼睛……

当然，我理解，那是一次生死交界线上的飞行。想必每个乘客都想到了那无法回避的字眼。我希望G君跟我讲讲他那一小时里的心路历程。他想到了夫人子女家事家产自不待言，但令他现在还感到惊异的是，在那些似碎片似旋涡并且时明时暗的思绪里，却始终贯穿着一个比较完整的意识，即使在飞机又猛地跌落，机舱里传来尖叫，意识猛地中断，一旦恢复了思绪，那前面的完整线索，就仿佛有游丝牵系，又生动地往下演绎……

他让我猜，当然猜不出。他说，他就总觉得，是跟我一起，在往北京王府井大街北侧的那条东西向的大街上走。那条街叫东华门外大街，相对而言，至今变化不算大，那条街上，当年有个集邮公司门市部，里面陈列着许多邮票样品，也出售各种邮票。他说又似梦境又极真实。似梦境，是浮现在他眼前的，分明是五十年前的街景和集邮公司内景，而跟年逾花甲的他并肩前往的，却分明是少年时代的我……

这让我听来确实怪异。不过回想起来，我们少年时代一起去集邮公司掏腾心爱的邮票，回到胡同里，我们互相去家里拜访，交换欣赏各自的集邮簿，以及为交换邮票而生出的兴奋与懊悔……那是怎样的天真时光！

他说，在飞机大颠簸中，他就想起，我们曾一起购得了一套当年匈牙利出的三角形体育邮票，一套是六张，而我那一套，因为不小心，失落了一张，心疼得流泪，也曾提出拿几套别的邮票换来他有的那张，他却不断提升条件，苛刻得我几乎把下唇咬破，终于还是没有成交……

他说，飞机大颠簸中，他立下誓言，只要活着，他就一定要把那张我当年缺失的邮票，给我送来。现在他就是送那张邮票来了。

往事已逾半个世纪。匈牙利早变了颜色。我早已不再集邮。可是，我望着那在生死门边颠簸出来的老邮票，忽然胸膛里有热涛澎湃……

颠连步

一对年轻夫妻，为他们三岁的孩子找托儿所。如今找个条件好的托儿所很难。得托关系、走门子，还得为托儿所“做贡献”。他俩奔波了好多天，最后附近两家条件相当的托儿所都答应，只要他们先为托儿所增添新的游戏设备而“集资”200元，就可让他们的儿子入托。

原来是完全“没门”，现在一下子两扇门都对他们开放，倒弄得他们委决不下，去哪一个呢？

她说：还是去西街的那所。那小小的四合院挺有情调，房子虽说旧了点，但院子里有好几棵大槐树，夏天槐花开了，满院飘香，孩子从小被槐花薰着，有好处。

他笑了：那算多大的优点？恐怕还是东街的那所更好些。新盖不久的两层小楼，现代化的味道比较浓。楼前新栽的杨树虽然细弱，可让孩子几年里随着那杨树一起长大，不也有趣？

讨论了一夜，居然造成了失眠，却并无结果。

“这样吧，我想，咱们过两天再做最后决定！”他最后建议。

“为什么要过两天？你做两个阄儿，我来抓吧；要么我做两个阄儿，你抓；抓上哪个上哪个，好吗？”她挺认真。

“不，”他告诉她，“我想咱们这么办：明天傍晚，咱们一块儿去西街的托儿所，旁观一下日托的孩子们被家长接走的情景；后天傍晚，咱们再一块儿去东街的托儿所，旁观那边的景象。你听我的吧！我自有道理！”

第二天他俩果然去了西街的托儿所。儿子没带去——儿子入托前，仍暂由

姥姥带着——他俩就那么站在四合院的影壁前旁观。

一些家长早就聚在四合院院子里，等候阿姨为吃完晚餐的孩子们做一天的“小结”，据说有表扬，有批评，阿姨的声音很响亮，孩子们的声音直到齐呼“阿姨再见！”时才显现出来。

阿姨宣布了“解散”，孩子们蜂拥地跑出了屋子。这时他指着一个胖小子对她说：“看，颠连步！这种步子叫颠连步啊！”她看见那胖小子用一足落地颠一下再换另一足往前跑，直跑到张臂迎接他的妈妈怀中，便用胳膊肘捅捅他说：“谁还不懂颠连步呀！咱们儿子的颠连步还少吗？小时候，我也净跑颠连步，你不也跑过颠连步吗？”他就说：“是呀！人在童年时一点儿不掩饰心里的快乐，都跑过颠连步。看，那个小姑娘，不也是颠连步吗？”她也又发现了一个：“那边那个锛儿头娃娃，也是呀！”他俩不禁都畅快地笑了。

第二天傍晚，他俩又去东街的托儿所。家长们都等在楼前头，他俩混在其中。她东张西望着对他说：“还是觉得差不多啊！”忽然，楼里的歌声中止了，孩子们陆续从楼里跑了出来，他兴奋地指点着对她说：“看！看！颠连步！”她刚想撇嘴：“又来了！什么稀奇！”却忽然醒悟：这里用颠连步跑向他们家长的孩子，真是目不暇接，数不胜数。

还用说，他们下了把孩子送到东街托儿所来的决心。

她头一回这么深切地佩服他。当晚，她依在他肩上说：“真有你的！颠连步！”他自信地说：“嘿，咱们家的颠连步，以后还多着哪！”

点　　地

“起来，到时候了！”老彭招呼我。

“为什么？”我坐起来揉眼睛，“闹钟没响呀！”

“你听，听呀！”

“听什么？”

“你仔细听！”

我听见了一种声音。并不神秘。很单纯。是可以想见的。

“是瞎子走路，用竹竿点地的声音吧？”

“你挺聪明！”

可是以我的聪明劲儿，还是参不透老彭为什么那么重视那个声音。

老彭没容我洗脸，便把我拉到了他那个小店的门外，指给我看。

天光还很脆弱。小街还极清静。我看见了，是一对盲人夫妻，竹竿点地，并行着；他们肩上都挎着鼓鼓的蛇皮包。

“他们也做生意？”我问。

“他们住在这条街，可是他们不在这儿做生意，这儿没什么人买他们的东西；他们是到公园那边去；在那儿他们有个摊位，他们卖些个泥玩意儿，兔儿爷什么的，挺粗糙的，可是在那儿偏有人买……”

我望着他们的背影，没什么感想。这实在是毫不稀奇的事。

老彭开始卸小店的窗板。我要帮他，他说：“不用。你朝四外望望吧！”我就扭动脖颈望。我发现，旁边的小店也在准备开张。对面的小发廊也有了动静。那边卖早点的摊子开始炸第一个油饼。还有一家印名片的小铺子也出

来人扫门前的地面……

洗漱完，帮老彭整理货架子的时候，他跟我说："这条街的人，每天一早，听见了他们俩竹竿点地的声音，就都仿佛听到了一声命令，比闹钟还准，比军营的号声还权威，一个个都起来，投入新的一天……"

我这才懂得那已听不见的竹竿点地声，在这个时空中具有很不平凡的意义。

老彭是我住平房杂院时的老邻居。如今他是个下岗职工。他顶下了这条小街的这个小食品店。我们几年不见。一个偶然的机会我与他邂逅。我应邀到他的小店住了一夜，就睡在那小小的店堂里。他优待我，让我睡在一排茶叶桶下面的折叠床上。他自己架梯子爬到可以存一些货的顶铺上去睡。在那上头睡时如梦中坐起，必会碰头窝脖。一夜里老彭给我讲述了他在这条小街上半年来的所见所闻所为所感。我时时被一些在我平时活动的圈子里根本听不到，甚至于将我们最具优势的想象力发挥到极致，也想象不出的世象细节，所震撼，所悸动。我们聊到很晚，直到他后来实在支撑不住，将一串未说完的话转化为鼾声，我也才罢休了询问。我久久失眠。心里梗着太多庞杂的鲜货，难以消化。我是一个总愿将感受尽快提升为理性的人。这回我却甘愿将生猛鲜活的感受多储留一些时间。

我又在老彭的小店里待了一整天。我帮他卖货。同时目睹身受了许多故事。如果我仅是偶然路过这条街，并且在老彭的小店里买几样东西，不咸不淡地聊几句，那我就不可能产生出一种幽深的命运感。我的感受当然还有待于反刍。

天光暗了下来，小街却有了更多的色彩。因为各家店铺都燃起了灯光。有鲜明诡奇的霓虹灯。发廊的悬转柱闪着炫目的条纹。就是老彭的小店门窗外也挂出了串串瀑布灯。

入夜后，各种生意大都又有一个入账的高潮。但到九点钟以后，大多数生意便清淡下来。老彭的小店渐渐无人光顾。我问他："你几点关板？该算流水账了吧？"他笑笑说："快了……他们快来了。"

他们是谁?

过了一阵，老彭又让我"听，听……"

我听见的只是那边饭铺门口的劣质音响播出的流行曲。

老彭指给我看。我看见了。是那对盲人夫妻。他们仍然并行着。他们挎着的蛇皮包都瘪了许多。也许不是我的耳朵，而是我的心，又听见了他们竹竿点地的声音。那点地声在那时空中忽然显得格外庄严，格外神圣。

我在灯光映照下，看见了他们的面容。非常之平静。是一种可以说无表情，却又可以说是有着丰富得难以归纳与评说的表情。他们走了过去。将面容与那点地声烙在了我的心上。

老彭拿出算盘，开始算账。我看见对面发廊关闭了那悬转柱的灯光。印名片的小店又出来人扫门前的地面。小街上的灯光隔三岔五地暗淡下来。那家小饭铺没等一首流行曲唱完便关上了音响……

我问老彭："你每天都是这个时候点钱吗？"

他手里本来分明是在点着钱，这时却停下来，抬起眼睛，目光从老花镜的镜框上射出来，见怪地说："什么？你说什么？点钱？……不，我也……我也点地呢！"

我的心，仿佛被竹竿重重地点了一下。丰盈的生命感受陡地要升华为尖锥般的理性认知，我硬是将它按捺下去了。不，不，不忙……

可是我的眼角，一定在灯光下，隐约闪光。

1995.8.8 绿叶居

电话骚扰

床头灯已经关闭，正要蒙眬睡去，床头柜上电话铃响了，抓起电话筒“喂”了一声，只听那边似乎报出一位熟人的名字，但声音不像，于是他不由得警惕地问:“你究竟哪位?”

这回听清楚是个男孩的声音，自称是那位熟人的儿子，自然就问他:“怎么回事?你爸找我吗?你们家出什么事了吗?”那边男孩哭声哭气地说:“叔叔，您别挂上电话，您别不理我，我爸我妈都出去了，还没回来哩，我、我、我……害怕!”这就怪了。不由得跟那男孩说:“怕什么呢?你家门锁好了吗?不是新装的防盗门吗?你别怕，他们一会儿不就回来了吗?”谁想那男孩竟缠住不放:“叔叔，好叔叔，您听我说，听我说吧……”

他心里想：这分明是骚扰性电话，真讨厌！不过他回忆起那男孩的模样，记得确是这么个声音，也就并没立即挂断，勉强地接听了下去。

原来那两口子又闹了一场纠纷，当妈的赌气回娘家了，当爸的去参加一个什么会议，住宾馆去了。他跟那位当爸的最熟，那是个最喜欢参加各种各样会议的人——自然该人的职业也确实形成着有人主动邀请和他主动要人邀请的局面——该人每参加过一次会议，总会带回一大串“花絮”，以及会议中宴请时的一张贺卡式菜谱。他给儿子留下足够一周里天天在街上吃牛肉拉面和小笼包子的钱，并且家里冰箱里也储备了些鸡蛋和速冻饺子，已经上到小学三年级的儿子脖子上挂两把钥匙，回到家有音响听、有电视看，按说安排得也挺不错嘛，这儿子怎么竟大老晚时不好好睡觉，抻过老子的电话号码本，胡乱地打起电话来了?

“叔叔……上个月爸爸妈妈在我家搞‘趴踢’，只有您理了我，所以我求您再理理我……”他回想起来了，那次沙龙聚会中，宾主杯盘交错、吞云吐雾，那孩子在大人们腰身下无所适从地晃来晃去，牵着个算术本要问个什么问题，男主人只推着孩子的脊背让他早点上床睡觉，女主人同另外三位正围桌雀战，孩子凑上去时只得到一枚塞到他嘴里的酸枣；倒是他无意中接过了那算术作业本，帮那孩子检验几道计算题的对错，并摸了摸孩子的头顶，谁知那孩子竟因此选中了他来进行电话骚扰……

他想说声：“行啦，你快睡吧！”就把电话挂断，却忽然握紧了话筒，并且离开枕头坐靠在了床栏上，因为他听见那孩子在那边说：“叔叔，我爸我妈好久没跟我正儿八经地讲过话了，我上学以前，他们给我讲过故事，可我上学以后，再没听过他们讲故事了……叔叔，您别挂上电话，我不是要您给我讲故事，我只是……只是，叔叔，我、我讲个故事给您听，您不挂电话，您听我讲，好吗？求求您了……”

他一下子睡意全无。他没挂断电话。

1992 年 10 月 18 日

“都齐居”

不消说，他家有彩电，还订有《中国电视报》，每期报纸开列的节目他总要逐行检索，然后在终于选中的节目下面画上红线。除了画红线的节目，他别的几乎都不看。他说：“这叫用在刀刃上。”他这句子不大通顺，可话音里的含义非常丰富。

入冬，他家窗户外总吊着一嘟噜一串串的东西，都用报纸包着、捆扎着，路过那楼的人们望见，可以理解那是些鱼肉鸡鸭之类的东西，这些东西给楼破了相，但人们或许会谅解地想：“啊，他家还没置上冰箱。”其实不然。他家的冰箱是东芝的，比许许多多不分四季地使用冰箱的人们所拥有的牌子硬得多，只不过，四季里他只严格地使用一季。

从头年起时兴给彩电配录像机。他家也配上了。但配上半年多了，他只用那录像机放映过两盘带子。他那录像机有十多种功能，他常常细细地阅读说明书，觉着过瘾。但他除了放像以外，并无实践其余功能的打算。

最近他又下狠心买了组合音响。其实他并不喜欢音乐。但那么多人家都有组合音响了，自己不买，脸上的温度总不对劲儿。终于买来了。让组合音响雄踞室内一角，与早先买下的组合柜交相辉映，他像徜徉在花径中一样，踮起脚尖从这边走到那边，来回来去地欣赏，心眼里是一兜子浓蜜。可他除了听那张购音响时奉送的轻音乐唱片，并无购买别的唱片的计划。他听说唱针和磁头的使用次数都是一万到头，所以准备了一个小本儿画“正”字，用一次画一横或一竖。

他常在洗衣机前耐心地用洗衣盆洗衣服，本想搓完了用洗衣机漂洗，后来

一想以往手洗不也活过来了吗？因而终于不去开动洗衣机。他还常把组合柜里珍藏的电吹风和电熨斗拿出来，打开精美的包装盒，取出那用具本身，用一块绒布细细地擦拭，然后再恢复原包装，并且想到一旦用时发生问题，去商店退换有无困难。

他是我的朋友。我戏称他的家是“都齐居”，即市民们认为该有的东西他都置备齐了，他听了呵呵呵地乐，很高兴。

昨天他终于“武装到牙齿”，我接到他的电话，他自豪地告诉我：“我家也装有电话了。”他告诉我总机和分机号码，并且滔滔不绝地同我聊上了天，我好不容易才让他知道我正忙着，他终于结束了这个电话并嘱咐我说：“往外打得算钱，往里打不算钱，你反正是公费电话，赶明儿你得常给我打电话！”撂下电话，我为“都齐居”主人祝福。

兜　风

按说职业司机对坐车兜风不会感兴趣，可“的哥”青岭却发出这样感叹：“要能跟倪叔一起兜兜风就好啦！”

那是三十多年前的事了：倪叔到青岭他们那个村子“蹲点”，吃“派饭”轮到去青岭家。“蹲点”指的是干部下基层工作一段时间，从“点”上取得经验，以后再往“面”上推广。“蹲点”干部一般住在生产大队队部，吃饭呢，则由生产队干部分派到一些农户，轮流供应，以一定的“工分”作为补偿。青岭那时候八九岁，他娘给倪叔安排的饭菜好香，光那一盘炒鸡蛋，就让青岭馋涎难禁，可是爹娘不许孩子们上桌，青岭只能扒着门缝偷看，没想到坐在炕上炕桌边的倪叔瞅见他了，就坚持要他进屋上炕同吃，他爹娘怎么代辞也无效，只好唤他进屋，青岭那顿吃得好香！吃完饭，倪叔还留青岭玩，青岭给倪叔说了自编的顺口溜：“河边有个庙，庙里盘个灶，灶上蒸白薯，惹来大老鼠，老鼠甩尾巴，想把白薯拿，狸猫猛一蹦，老鼠忙钻洞，白薯滚出锅，变个大青骡，四蹄呱哒哒，跑到老虎家……”倪叔听了仰脖大笑，如今青岭已经想不清楚倪叔的五官，但那天大笑的倪叔脖颈上暴突的筋腱，只要一回忆，还总能活生生地呈现在眼前。

后来有一天，倪叔结束“蹲点”，要回市里去了，市里派了一辆吉普车来接他。那年头，青岭他们那村子，有拖拉机，也来过大卡车，可是很少有小轿车出现，吉普车更是头一遭进村。不知那最早见到吉普车的人是怎么嚷嚷的，顿时全村轰动，说是“现代化来了”，那时候也不懂什么是“现代化”，反正一听说“现代化”就感觉幸福从天而降，连小脚老太太也忙出

屋去开眼迎福。结果，村东的姚奶奶，不慎摔了一跤，磕落了门牙——当时痛苦，几年后家里富裕了给补上了乱真的假牙，她老人家逢人就先嘻开嘴唇，然后说："可不是现代化了嘛"，这是后话——且说倪叔把行李放上车以后，执意要找到青岭，说是要让青岭上车，跟他在村边转转，兜兜风。当时车边围着多少大人孩子啊，多少人想坐进那车里，跟着兜兜风，享受一下"现代化"啊，可倪叔只是一叠声地找青岭。偏那天青岭在河里摸鱼，人们好不容易才把他找到，簇拥着来到倪叔面前，倪叔好高兴啊，热情地让青岭上车一起兜风，可青岭那时不知怎么地超常羞怯，任凭倪叔催、同伴推，就是没有登上"现代化"……后来倪叔只好让司机开车出发了，挥手向所有的乡亲告别。

关于倪叔的一切，若不是有偶然的线头牵动，那相关的记忆都淡若烟雾了。前些日子青岭歇工一天，拎了两瓶酒一个蛋糕去给大哥祝寿，嫂子烧出一桌好菜，哥俩边喝边聊，大哥忽然说起，曾见到过倪叔。大哥是电器修理工，有回去一家修理冰箱，那位退休的老干部给他倒茶水剥橘子，闲聊中，问起他原是京郊哪儿的人，大哥一说出口，那老大爷先"嗬"了一声，跟着就问："你们村有个叫青岭的孩子吧？"大哥说："那是我老弟呀！哪儿还是孩子！他孩子都上中学啦！"

青岭一听这话，酒醒了一半，忙问："倪叔他家在哪儿呀？"大哥说："我成天跑东跑西修活儿，哪还记得他那地址？你看这倪叔也真怪，村里那么多人，他偏就问起你一个。"青岭追问："他还怎么说起我？"大哥说："他就是反复说了好几次：青岭那个坏小子！"

青岭跟我说起这事，问我："我该不该千方百计找到倪叔，请他坐上我的车，免费一起兜兜风呢？我们可以绕着五环跑一圈，饱览现代化风光啊！"

我说："怎么实施你的愿望，我没有具体意见。只是听了这件事，我很受触动。世上人们的感情，可以分三类，一类是真情，这里面又包括亲情、友情和爱情。一类是善情，或者针对具体的弱者，或者针对弱势群体，对他们尊重、同情，竭诚地帮助他们。还有一类，就是美情。美情不同于亲情、友情、爱情，不一定有非常坚实的基础；美情也不同于善情；美情是完全超功利的，产生于

偶然，就是一个生命对另一个生命，忽然喜欢，然后就想用一种方式，来让那人分享快乐，这种感情往往是只开花，不结果的。真、善、美这三类感情，其实最难获得是美情啊！”青岭听了我的话，一旁沉吟。

对　视

这天下了班，他格外疲惫。虽说挤惯了公共汽车，这天下得车来，真仿佛身子扁了一半。他走进自己所居住的那个小区，走过一幢幢按同一图纸盖出的居民楼，终于走到自家所在的那一幢，循着楼梯登上去。

他闻到了熟悉到极点的炸酱的气味。这幢六层的公务员宿舍楼，天天晚饭时总飘浮着这种气味。十家总有六家不断上演着这个保留节目。

他家半敞着单元门。这也是常见的景象。妻早回家一步，在厨房炸酱，为让油烟早点散去，照例要这样地半敞大门。

这样地半敞大门，就不怕坏人闯入么？真是不怕。像他们这样的小公务员，虽说并非家徒四壁，彩电冰箱洗衣机什么的总还是有的，但值得让强盗铤而走险，明知屋里有人还要闯进去的因素，实在趋于无穷小。有的单位把统一安装防盗门作为一项福利，他们单位呢，则是一律补助三百元，作为防盗门安装费，可是他家却领了钱而迟迟未安，像这样不太怕强盗的人家在他们这幢楼也非止一户，他们那个门里面未安装的尤其多。

他懒洋洋地走进单元。单元里地面铺着乳灰色的地板砖。六楼老王有个亲戚是批发地板砖的，这种地板砖开价相当低廉，于是热心的老王不仅便宜了自家，也让他和别的好几家享受到了那难得的折扣。不仅地板砖，像转角沙发、窗帘、电视柜……乃至彩电冰箱洗衣机什么的，也都是一家有个能得优惠的线索，便推及于楼里的其他若干家，大家高高兴兴地一起或先后脚购进，省去了不少的钱。

他进屋就把公文包扔到转角沙发上。黑色的公文包在墨绿色的沙发上显得

比往日刺眼。不知是公文包实在太旧了，还是沙发的面子突然新了许多。

妻在厨房里炸酱，咳嗽着。怎么声音格外怪异。他本想问一声是不是感冒了，又觉得恐怕是被油烟呛的，便管自坐下来，想抽一根烟。那一糟烂的打火机，透明的机体，里面明明还剩些汽油，却一下两下三下五下，死打不出火来了。于是妻从厨房门里给他扔出一包火柴来。他便用火柴点燃了烟，吸一口，闭目养神。

睁开眼时，妻的身影又晃回了厨房，眼前的茶几上是两头蒜。显然是让他剥蒜。他便剥蒜。剥好第一瓣蒜，才发现了妻拿来让他装蒜瓣的是个新瓷碟。她什么时候买的？女人家就喜欢买这种可有可无的东西！家里有现成的素白碟子嘛，何必又添这种带小花边的新碟子！

妻在厨房里开始煮面条了。他剥出了好几瓣蒜。忽然他听见门道里有声响。

“谁呀？”他大声地问。

过道里的那人还没进来，也诧异地大声问：“谁？”

在厨房里煮面的妇人闻声也走了出来。

在厅里，三个人面面相觑。

这是怎么一回事呀？原来他不是在自己五楼的家中，而是在四楼李某的家中。他糊里糊涂地，错把邻家当己家了！

没有闹出什么纠纷。两家的景象实在太雷同了。可怎么他和李某的妻子，在相当不短的一段时间里，竟然都没发现对方“不对头”呢？就算他和李某，以及他妻子和李某妻子的身材差不多，那也不该“将错就错”到这种地步啊！

“三曹对案”，这才悟出，他们两对夫妻，已经在很长的时间里，相互很少对视。

夫妻在一个屋顶下过日子，竟然失去了对视的乐趣与习惯，这太可怕了！……

他回到五楼自己家中，妻正在厨房洗菜。他长驱直入地进入厨房，大声唤着妻的名字，妻起初很是吃惊，却也并没有将眼光移到他的脸上，只是说：“你叫喊什么呀！”

他捧起妻的脸，说：“你看看我！你看着我的眼睛！让我们互相看！”

妻挣扎着，真的有些个生气：“你疯了还是怎么的？！”

然而，他在心里说：新的生活，可能就在这恢复对视中开始！

二嫂闯罗马

二嫂要去意大利罗马，这自然是我们家的一桩大事。

我这个小姑子早就为二嫂打抱不平。在二嫂所从事的那个科研领域，她的成就是拔尖儿的，可是到国外参加研讨会，总没她的份儿。她那头一篇引起海外同行注意的论文，署了三个人的名字。几年前国际上有关组织就邀请论文的作者去参加研讨会，头回去的是署名排在第一的老徐，他是二嫂那个科研所的副所长，人倒是个好人，可就是根本不能用英语与国外同行们进行业务交流，去的时候带了个翻译，回国后那年轻的翻译到二哥二嫂家做客，我恰好在座，只听那翻译抱怨说:“我好尴尬啊！那个研讨会上就只我们中国人带翻译，而且老徐也没几句话好翻过去，不是‘愿中国和贵国人民的友谊长存’，就是‘我只是个科研项目的组织者，您提出的问题我一定带回去，转告我们的科研人员’，弄到最后，酒会上只能是我们两人对酌对谈……”后来那论文上署第三位的人物也去了，她是二嫂那个室的副主任，倒还能说点英语，但听力很弱，人家在研讨会上的发言，她就一大半听不懂，问到一些比较深入的问题，她就只好坦率地告诉对方，这个课题主要是我二嫂——论文上署中间名字的那一位——承担的，于是人家就问:“那她怎么不来呢？”这她就无从回答了。

二嫂后来又发表了两篇论文，都只署了自己的名字，结果在国外同行中更加叫好，这回人家是点着名请她去罗马介绍研究成果，室里所里也都痛快地支持、批准她去罗马了。可事到临头，听到几句怪话，二嫂却打起退堂鼓来。

什么怪话？真真气死人——二哥二嫂他们住的那栋楼里，有那么一两位听到二嫂要去罗马的消息，竟然议论说:“怎么不找个形象好点的科研人员去罗

马？”他们当罗马那个研讨会是北京中外合资的大饭店招聘餐厅服务员哩！的确，要以报纸上刊登的那类招聘广告上提出的条件衡量，二嫂的“形象”就连报名的资格也没有——她个头不足一米六，躯体肥胖，脸庞不好看，还总戴着一副老式近视眼镜；说起来我得坦白——当初二哥跟二嫂恋爱的时候，我可是个大梗子，作梗的原因，就是二嫂的“形象”。

不用细说你也猜得着，二哥二嫂结婚以后，我们整个家族都喜欢上了二嫂，她不仅事业上的钻研劲儿和实际成就超过了二哥乃至于我们所有的同辈；而且，光她那天一亮就手脚利索地热泡饭、烤馒头片、煎荷包蛋，为二哥和侄儿侄女张罗营养齐全的早餐时那一片段“形象”，就能让你饱饱地欣赏到“贤妻良母”之美。

二嫂说：“倒也是。我不是个‘外事型’的漂亮角色。让别人去吧，只要把信息全带回来就行。”我就先搂住她肩膀把她骂了个臭死。我发誓要把二嫂的形象修饰得让人大吃一惊。我陪她去红都服装店，在挑选料子、敲定款式方面为她绞尽了脑汁，试衣样那天我比裁缝师傅还精心，结果为二嫂制成了两套绝对是掩劣显优的合体西服；我又陪二嫂去王府井四联美发厅，经过一系列程序之后，二嫂的新发型把她的脸庞衬托得容光焕发；又陪她去配了一副框架新颖别致的新眼镜。以上各个环节都很顺利，但进行到为二嫂挑选高跟皮鞋时，她可就不那么驯服了，她无论如何不适应长高跟，可你说她要不用长高跟鞋把自己的个头升到一米六以上，在洋人面前是不是也确实有点太那个了？

到飞机场给二嫂送行的时候，他们的所长、室主任们望着她，确实都吃了一惊，二哥竟极不得体地双眼直勾勾地盯住二嫂看个没完，我在一旁暗笑：怎么样，我这个“形象工程师”成绩不凡吧？

二嫂从罗马回来的时候我正出差在外，出差回来头一回去二哥家时二嫂却又回娘家去了，我就急着要二嫂在罗马拍的照片看，二哥在拿出照片给我看以前，给我打“预防针”说：“你看了别伤心啊——你二嫂到罗马的第二天就在淋浴时把发型基本还原成老样子了。她说新眼镜配得太匆忙，验光也不准，看资料不方便，所以还就是戴着旧眼镜活动。高跟鞋嘛，她到底还是没穿，并且到罗马的第三天就为自己买了一双平底皮鞋，以后就一直穿这双鞋。只有红都的

新西服她照你的意思穿了……”我没听完就尖叫了一声，一把抢过二哥手中的照相簿，急不可耐地翻看起来。

看着看着，我不再顽皮嬉笑，我从心底里升出一种由衷的感动。不错，二嫂个子矮胖，其貌不扬，然而那些与金发碧眼的洋同行们合拍的照片，无论是在酒会上、休息厅里、罗马的风景名胜中，她的神态总显得落落大方、自信欢愉。二哥指着一张放大成 12 英寸的彩照对我说：“你看，她在回答对她的论文的质询，确实有股子超出衣衫外貌的精神力量，构成一种庄重而优美的形象哩！我理解——在她那个课题领域里，她能用英语流利地讲述她想讲述的一切，又能解答出别人所提出的所有问题——所以，你看，下面那些洋人的神态，那眼光，不都像一面面镜子，映照出她的尊严和修养吗？难怪最后改选他们那个学科的国际组织理事会时，你二嫂以全票当选为新一届的常务理事，她自己也投了自己一票，你说这形象如何？”

搁在以往，我非得羞二哥“夸老婆肉麻”不可，这回，我只是凝神欣赏着那张 12 英寸彩照，久久都没有吱声。

发现诗意

小焦曾跟我抱怨："住在'女生宿舍'啊！一个进入了更年期，一个进入了青春反叛期！"听他细说，其实他妻子的更年期综合征发作得并不严重，倒是女儿焦姝的青春反叛如雷似电，那一阵，放学刚进家门，还没跟父母照面，就大声嚷嚷："什么也别问我！"进了她自己那个房间，"嘭"地一摔门，做好饭，隔门唤她吃饭，要么根本不理睬，要么忽然拔门而出，气冲冲地说："就知道吃饭、吃饭！除了吃饭你们还懂得什么？"开始他们还试图教诲她，后来知道那只会使其反叛加剧，就干脆沉默，但沉默有时也会遭致抗议："为什么都不说话？我是聋子吗？"我曾安慰过小焦：对此不要过分焦虑，如今的社会环境，不至于将青春反叛期的"潘多拉魔盒"以某种漂亮的借口掀开，造成对社会的大伤害与他们自身的大迷失，估计焦姝多半只是家里反叛，在学校里大概要收敛得多，随着年龄的再增长，生理发育和心理成长都会渐趋平衡。

前些时小焦报告我好消息：焦姝不仅不那么反叛，还能主动跟父母交流了，她那间屋的门也不再关死，有时虚掩，有时敞开，以前她在屋里鼓捣电脑，绝对不许父母"偷看"，现在她会高兴地招呼他们过去，同看她从网上链接来的信息或博客文章，还乐于跟他们进行讨论。小焦问：难道青春反叛期的症候能不治而愈么？我也不能解释。

昨天焦姝来我家还书，我看她神情欢愉，就趁便问她，为什么有所改变？她就跟我细说端详。她说，先是班上跟她最合得来的果果的母亲因病逝世，果果跟她说："真的很后悔，到遗体告别的时候，我才意识到，我其实一直没有

怎么认真地注视过妈妈……”果果这话，以及果果眼里罕见的泪光，让她心里咯噔一下，仿佛不小心触了电。那天晚上，她睡不着，起来上卫生间，路过爸妈卧室，卧室里有灯光，她朝里面望，望见妈妈坐在梳妆台前。方便完了，出了卫生间，她蹑手蹑脚再路过爸妈卧室，发现妈妈还坐在梳妆台前。爸爸出差不在家，妈妈为什么不好好睡觉？再细看，妈妈是在那里翻弄一些小东西。她以前也是从没有长时间地、认真地注视过妈妈。她此刻细观，惊讶地发现妈妈原来那么中看，却又怎么有了衰老的迹象？当时妈妈开的是梳妆台的镜灯，灯光只照出穿睡衣的妈妈的正面，从侧面望去，妈妈像一个半明半暗的剪影。妈妈所摆弄的，她终于看明白，是爸爸历次出差给妈妈带回来的小首饰，那些项链呀、手链呀、戒指呀、耳环呀、领饰胸针呀，没有一样是贵重的，最贵的一个大概是在回国的飞机上买来的免税的水晶手镯，花了一百多欧元，其实那水晶是人造的，只不过施华洛世奇的牌子算得有名而已。妈妈每次得到礼物，总是欢喜一阵，戴上几天，然后就收起来再不见踪影。爸爸也给焦姝带回过琥珀手链，被她接过来就甩到柜子里，还故意伤爸爸的心，喊道：“有钱为什么不捐给贫困地区？”爸爸后来多半给她带回印刷精美的知识含量颇高的画册……

那晚焦姝在爸妈卧室门外偷觑了许久，妈妈一直没有发现她，她也因此平生第一次仔细地观察了妈妈，妈妈将那些小首饰一一从小匣子里取出，观看，抚摩，嘴角漾出满足的、幸福的笑意。有一个玉石挂坠，妈妈戴着招待客人时，一位阿姨不留情面地跟她说：“便宜货！假的！不仅绝非和田玉，连俄罗斯菜玉也不是！”妈妈很不自在，想说什么，语塞。当时焦姝却觉得那阿姨很为自己“解恨”，心里想：臭美什么？以后少教训我吧！但那晚在卧室门外细观妈妈的动作表情，焦姝觉得忽然看到了妈妈内心深处，她亲切地抚摩那个“假玉吊坠”，回味着生命里那个最亲近的人给予她的爱意……

焦姝说那是她人生中第一个失眠之夜，但又是一个甜蜜之夜，她忽然憬悟，这个原来让她处处不屑和愤慨的世界上，原来确有弥足珍贵和让人心仪的因素，这因素可以称为诗意……我听了祝福她：好啊，从身边最平凡琐屑的场景里，发现了诗意，这说明你脱离了青春反叛期，进入了诗意享受期！这是多么

美好的一个转折啊！愿有更多像你这样的少男少女！

人们常问：为什么青春产生诗歌？焦姝的个案给了一个明晰的回答。是的，正如你想到的，焦姝告别后，留下一个小本本给我，那是她的第一册短诗集。

烦　恼

您甭沏茶，您更别递烟，您邀我进屋坐坐，您乐意跟我这个户籍警聊聊，我这心眼里的感激，就跟您这楼下绿化队浇花儿的水管子一样，哗哗地往外流！

您问我干吗愁眉苦脸的，嗨，您猜我愁什么悔什么。说实在的，干我们这行挣的本来就少，又没外快，一般人都能猜出来，我们“菜篮子”里的牢骚兴许更多！可我今儿个不是为这个磨牙。就算您有严新那号功夫，隔着这预制板能知道墙外头的事儿，您也猜不透我今儿个的烦恼！

今儿个所长把我叫去，说是有群众来信。我干了十几年，群众来信接得多了，不是我骄傲自满，实事求是么，全部是表扬感谢信！信封信纸薄薄的不起眼儿，存到档案柜里能让人忘了，可还有送锦旗来的哩！锦旗总挂在我们会议室里，您得便过去瞧瞧，头年的那挂黄穗子最长，上头写着“情同手足恩难忘”，就是东边那塔楼里的葛家送的。我就凭一条小小的线索，查材料动脑子打电话跑腿儿，愣让葛老先生跟台湾的兄弟接上了头，团聚在北京。他们老哥儿俩双双到所里来道谢，台湾那主儿还拿出一大罐冻顶茶，说是台湾特产，专送我，我自然辞了，又说送我们大家伙喝，所长自然也辞了，末拉了只留下那面锦旗……嗨，我说这些个干什么？都是该做的，分内的事儿，所里也不光一个人有这副热心肠，咱们书归正传，今儿个所长把我叫去，让我看一封群众来信，一看我可就懵了。

不错，您猜中了，是一封提意见的批评信。可提的什么意见批评我什么，您准定猜不出来。

事儿其实挺简单。半拉月以前，有两口子找到我们派出所，说是到你们这个楼区找人，到那座楼那个门那个号，敲开门，不对，不是地址不对，是原来那主儿搬家了，换了人家住了，他们问那新主儿，搬哪儿去？新主儿说不知道，他们就上派出所来，让我们给查查，那主儿究竟搬到哪儿去了？我问他们跟原来那主儿什么关系，他们说是朋友，挺好的朋友，因为忙，一年多没见过，今儿个休息，老远地跑来拜望，不想扑空了。正巧我管你们楼区这片户籍不是？我就给他们查，挺容易的，那主儿迁户口的时候，必然留下新住处的地址不是？查出来，我抄给了他们，他们千恩万谢地走了，过两天我也就把这事儿忘了，没承想今儿个迁走的那主儿的意见信就到了所长手里。他怎么写的？是呀，您也懵了不是？我那么干，明明是做做事儿，他可怎么说呢？他说："未经我本人同意，你们无权将我新住址告诉任何人。我本人愿意同哪些个人或单位以新住址保持原有的联系，应由我个人决定，并采取恰当方式告知对方。"他不光说他自个儿这段事哩，他还说："我认为，你们今后至少在未征得迁走户本人同意的情形下，拒绝向一切私人提供迁走户的新住址。"您听着新鲜不新鲜？为啥如今我好心倒得不着好报？您给评评这个理儿……

概不接待

301 的门上，总挂着个硬纸牌，上头用茶杯口大的隶书分行写着："写作时间请勿打扰，未经预约，概不接待。"偏偏来打扰他的人挺多，有的还是巴巴地从外地跑来的。有的见了那牌子，叹口气走了，有的却依旧去摁门铃，显然，里头把电断了，门铃不起作用，于是就敲门，先头轻轻叩，后来忍不住重重捶，但里面绝不通融。于是有的主儿就转而去敲 302 或 303 的门，302 或 303 里面的人，多半是老头或老太太，有时碰巧男主人或女主人在家，还有时候是上学的学生，把门打开一看，就知道是找 301 那位而不被接待的，于是照例有下列一类对答：

"您能帮我把这东西交给 301 那边吗？"

"是稿子吧？约稿信吧？实话跟您说，他那牌子一挂，有时候晚巴晌也不见摘下来，我们也不能去打扰不是？您把东西搁楼下他的信箱里吧，就是那个特制的大木头匣子，上头写着核桃大的 301 字号……"

但有的并不就此罢休，还提出来进屋借个地方写张条子，写完再把条子塞进 301 门缝。有的带来的东西信箱匣子装不进，就恳求代为存放和转达，于是，302 和 303 的人们也就只好应允。

但这都是头几年的情景儿。

这一二年来，301 门上的牌子固然照挂，302 和 303 门上也挂出了牌子。

302 门上挂的牌子是"教学时间请勿打扰，未经预约，概不接待"。原来 302 的主人是一位退休的英语教师，专门辅导人考"托福"，因为头一批辅导出来的个个"中举"，所以一传十十传百，竟源源不断有来要求辅导的，而他

每天只辅导一位，周六周日还必定休息。一年之内的辅导名额早已满员，而慕名前来的依然不少，不得已，只好也卸门铃、挂牌子，并且即使在周六周日，也照挂不误。原来这家不理解 301 挂牌子的心情，现在是“心有灵犀一点通”了。

303 门上挂的牌子则是“休息时间，请勿打扰，公事私事，概不接待”。这门里的主人，是个近二年来大发的民间企业家，自从他发起来以后，三亲四友找上门来要求安插个职位的很多，各类文化艺术部门找上门来要求他赞助的更多，而且大多往他家里跑，以为“客厅里办事比办公室里办事强”，并且还都打算把他挖到“餐厅”去，因为“餐厅拍板更比客厅响”。但偏这主儿架子比山大，他家谢客之绝远远超过 301 和 302，亲友们说他“六亲不认”，没得着赞助的说他是“一毛不拔”，他却回家只是打电话、看电视、喝酒、品茶、洗澡，临睡觉前看段《雅科卡自传》。

最近 301 里的主儿心里有点发慌。信箱吃不饱了。听了敲门正写着也搁下笔去开，但往往人家是因为敲不开 302 和 303，才千恩万谢请他转交什么东西的。他为出集子的事同出版社通电话，人家告诉他：“你能不能求求你那邻居 303，赞助一下？”但面对着 303 的牌子，却像心上撒了胡椒面。他想改换一下自己门上的牌子，但只是想，眼下还没换。

古井帽

那天彻底拆掉了那个古井台。它在新修成的高速路出口外头。那里要修建一个新的加油站。

拆古井台的当口，从那边村里，来了个白髯老翁。没有人陪他来。他自己拄着拐棍来的。他移动得很慢，但他腰板很直，走到那些忙着拆井台的外乡工人旁边，他开口说话，可没人听他的，他明知没人听，却仍站在那里说。

他说他生在光绪三十三年，也就是 1907 年，到现在刚好一百年。这口古井在他出生前就有了。井旁原来有座小庙，庙门外好大一棵古槐，夏天满树槐花，那口井里的水好甜，槐花掉进井里，人们用桶打起水来，就连那槐花一起喝……一百年了啊！到如今这古井台，我们不难想象，在他生命流程里，嵌进了多少风云变幻、悲欢歌哭！

在他三十岁的时候，井后那座庙烧了，只剩一座庙门架子，再后来，那残余的庙门也没了。他六十岁的时候，那棵古槐被伐了，再后来，井也枯了。但这井还有仙气，每到夏天，井壁上就长出叫不出名的香草，长长的叶片蹿出井口，老远就能看见一丛翠绿，闻见缕缕奇特的甜香……

百岁老人看着那口古井彻底地被拆掉。井台周边的石板被撬起，扔成一堆。那井口很特别，是用整石雕成的，形状颇像一顶去掉顶盖的草帽，老人说，那是一绝，当年井水最旺的时候，常常会高出地面，这周边高耸的井口石，总能把水拦住不让溢出，祖上的石工手艺多好啊，你看这石料虽粗，算不得什么汉白玉，可是周边凿得多么圆，这么多年头过去，看上去还那么顺眼、润心！

拆井的外地民工终于跟老人搭了几句话，他们说这井口石确实古怪，搬动起来好重，砸也砸不碎，恐怕只好埋到加油站的地基里去。

老人双手叠放在拐棍顶端，平静地站在那里。他见识过太多的世道变迁。前面公路上不时飙过各种牌子型号的小轿车。一群穿校衣的中学生从镇里散学回村，都骑着新式自行车，其中一个认出了他来，高声呼唤：“太爷爷！”他喉咙里发出一声微弱的呼应：“小兔崽子！”

那“小兔崽子”很鬼，他爹更鬼。他爹不仅知道这太爷爷当年常在井台上说书，构成大槐树下一道风景，而且还知道这太爷爷那几十年没淘汰的大躺柜里，还藏得有被老鼠啃过、蠹虫吃过的线装旧书，几次动员太爷爷把那旧书拿出来晒太阳。头年夏天太爷爷终于同意取出来晒太阳了，却忽然来了陌生人，说是从潘家园古董市场来的，太爷爷就知道是“小兔崽子”他爹，“好一个蔫坏的兔崽子”，把那陌生人勾了来。太爷爷都没让人家进屋坐，几句不咸不淡的话把人家连同“兔崽子”们给让出了他那院门。其实“兔崽子”们全是好意。但太爷爷自有他的一份道理。

“到该拆的时候，就让你们拆吧！”百岁老人拄着拐棍慢慢离开了那正被用土彻底填埋的古井。

加油站很快建起来了。是国际一体化格局的形态，无论在美国，在西欧，还是在尼日利亚或者悉尼高速公路出口外头，加油站全仿佛一个模子刻出来的。现在都时兴附设 24 小时便利店，里头的饮料、饼干、巧克力乃至钥匙链，全都雷同。来加油的和给加油的，没有人知道、记得那里曾经有过那样的一座古井台。

但是，在那加油站不远的别墅区，里头一栋最大的别墅，那天开了一个“派对”，豪华车停满了临时车位，每一位或一对、一组客人走进那足有一个篮球场大的客厅，眼球全都会马上被一角的装置艺术吸引，有的就不由得“哇噻”一声——顶棚上的一组射灯照耀着铺敷着蓝丝绒的不规则高底座，上面是有着真实土壤和蕨草的隐形大托盘，托盘里是整石凿刻出的古井帽，旁边立着一只绝对够年头的高耳竹箍的木水桶。

这栋开“派对”的别墅，离那个村子那个百岁老人放那旧躺柜的村屋，距

离不到两千米。当别墅主人正让赞叹的来宾们猜他从哪里掏腾到那个绝对古雅的古井帽时，百岁老人正倚着炕上的被褥垛，沉浸在似梦非梦的种种情景中。而“蔫坏的小兔崽子”，则正在另一院落的麻将桌边，夸张地炫耀他如何没有通过潘家园的人，就把那个古井帽卖出了一个好价钱。

鬼姜花

我问小岑，那是什么花？他告诉我，是鬼姜花。

小岑和小汤两口子，来我温榆斋书房所在的那个村子，开了个小饭馆。从饭馆窗户望出去，就是大田，晚玉米收割尽了，地边上一丛丛高高的黄花，在秋阳照耀下灿烂悦目。

鬼姜，又叫鬼子姜，也就是洋姜，学名叫菊芋，没有人刻意地种它，却在我们村子周围到处冒出来。

跟小岑小汤两口子混熟了，大概其知道，他们一个是苏北的，一个是贵州的，相遇在城里一家餐馆，一个是二厨，一个是服务员，他们相爱了，结合了，就把多年来挣的钱合起来，跑到这个村边，开了这么家餐馆。也曾打算细问他们的经历，小岑顾左右而言他，小汤就哼歌："不要问我从哪里来……"

小岑自己兼大厨，他的侉炖鱼，味道极妙，生意也因此火爆。

就在我问了小岑"那是什么花"以后，过了两三天，我上午睡完懒觉，起床开门。呀，门外台阶上，一大丛花瓣如舌的明黄鬼姜花，插满一个浅蓝色的大塑料桶，由许多墨绿的大叶子衬托，冲击着我惺忪的视网膜，使我如同醍醐灌顶般清醒到十二万分。

我打电话给小岑，说："谢谢你采给我的花。晚上我订一只乡村五味鸭。"

乡村五味鸭，和侉炖鱼一样，也是他们餐馆的看家菜，不过，临时烹制很费时间，提前预订，到时候很快端上，质量尤其上乘。

晚上约好村友三儿，去小岑餐馆吃鸭子、喝小酒、侃大山。餐馆上座有一多半。五味鸭端上来之前，先端来一碟小菜，是些不大规则的片片，

三儿以为是荸荠，小岑说是鬼子姜。夹一片搁嘴里，腌制过，味进得不深不浅，脆而不涩，用来开胃，好！小岑说我那一问启发了他，他第二天一早去挖了许多，还特意给我采集了那一大桶花。现在，他每桌客人都免费送一碟。

忽然有摩托车突突突而来，突突声乍止，就冲进来一个三十岁上下的青年，已经秋凉了，却还只穿件箍在身上的跨栏背心，两块胸脯子肉紧绷绷的，右臂隆起的三角肌上，刺青的图案是只张开嘴露出尖牙的虎头。他冲到那边角上的空桌，小岑去招呼他。三儿跟我说："虎鬼子来啦！"我老早听到过其人大名，直接见到却还是头一次。又好奇，又不免把警惕性提升。

只见那边，"虎鬼子"似乎在大声问小岑约他干什么，小岑微笑着，也不知道说些什么。后来看见小岑先往那桌端去一盘鬼姜花，后来又端上一大盘，热乎乎的也不知道是什么菜，当然，还有二锅头口杯。小岑坐"虎鬼子"旁边，两人聊了一阵。

我和三儿把五味鸭吃过一半，"虎鬼子"喝完吃罢，跟小岑小汤道过谢，一阵风般出去，风还没息，突突突声响迅即远去。

第二天下午，乘餐馆没客，我拐进去问小岑："三儿说'虎鬼子'是专到各餐馆收保护费的，你对付他不容易吧？你昨天给他端上的东西好怪……"

小岑就跟我说，再铁的心，也有软的部分。他昨天邀满虎来——他让我别再叫绰号，改称大名——提醒满虎，是满虎他大妈去世的日子。满虎一次醉后告诉他，自己生母产后没奶，父母觉得已经有儿有女，就把他送给邻村一个产后死了孩子的妇女去养，那就是满虎大妈。满虎说这世界上只有他大妈对他好，但是就在满虎懂得记日月的时候，大妈去世了。满虎记得，大妈家屋外，野生野长着许多的鬼子姜。昨天小岑端出一盘鬼姜花，是替满虎祭奠他大妈的意思，而那盘菜呢，是大妈当年常给满虎做的红烧独头蒜。小岑说，满虎临走跟他说，以后不再到处逛荡，打算到镇里集上，摆个服装摊，将来再开个服装店，也跟小岑小汤一样，有个自己的正经营生。

我听了就说："他能说到做到吗？"小岑有些不高兴了，稍微迟疑一下说：

“刘叔，没错，啥事都难说……可是，我不就做到了吗？”

回到书房，只见昨晚花头打蔫的鬼姜花，全都迎着阳光，挺起来把自己胀得充满了生命的尊严。

何必巴黎

这天婉英一回家扔下提包就到书架上翻书，爸爸推推眼镜，对她说："找哪一本？我帮你找。"她连连摇头："不用不用，我随便翻翻！"

她显然不是"随便翻翻"。爸爸一面墙的书架她翻找过一半，急得满脑门汗津津的，爸爸妈妈在厅里喊她过去看电视——一出他们三人都爱看的连续剧开播了——她却还在那里翻找着，把一种生怕别人干扰她的声音送过去："你们看吧看吧，别管我别管我……"

婉英高中毕业以后没考上大学，报考高档宾馆当招待员竟也落选，结果就到一家最普通的百货商场当了售货员。教中学的爸爸和妈妈总觉得有点对不起她——他们教的学生有不少考上大学、求到好职，偏自己的女儿竟踹上这么条平平常常的生活之路。

不过婉英似乎渐渐平息了心中的奢望与不满。谈起她们商场有了越来越亲切的口气，最近又开始连晚餐也在商场食堂里吃，有时还参加一些商场青年人的业余活动，回来得挺晚。

可真不知道这天婉英为什么回到家就翻书架。妈妈在电视插播广告时进那间屋去招呼她："你究竟找啥呢？说出来我们也许立马就能给你抻出来！"婉英竟有点发怒了："妈，您别管我行——不——行！"妈妈只好又退了回去。

婉英心里翻腾着一浪又一浪的蜜水儿。还在上高中的时候，她从爸爸买来的一本外国现代派诗选上读到过一首法国诗人普列维尔的诗，那首诗倾诉着少男少女初吻后的特异心情。今晚，当她同店里的运货司机大强在胡同拐弯处的阴影中，头一回热烈地亲吻时，她心头就朦朦胧胧地升起了那么一股酽酽的诗

情，她还试图把那首诗背给大强听，可临到张口却怎么也背不下来了……

好了好了，终于找到了——她贪婪地读着那只占一页的诗行：一千年一万年 / 也难以 / 诉说尽 / 这瞬间的永恒 / 你吻了我 / 我吻了你 / 在冬日朦胧的清晨 / 清晨在蒙苏利公园 / 公园在巴黎 / 巴黎是地上一座城 / 地球是天上一颗星

她心里醉醺醺的，不知怎么的双眼潮湿了，腿一软跪坐在书架前的化纤地毯上。她把诗页紧贴在胸口，生怕父母这时候闯进来。她翕动着双唇，无声地对自己说："何必在巴黎，天哪，大强……这瞬间的永恒……"

何方食圣

饭局上，就他没跟人交换名片，但是看他总不时地附在罗老耳边说些什么，而罗老总一边细嚼慢咽一边侧头听取，脸上偶尔还泛出微笑，我就断定他是罗老的秘书。

又一回，他恰巧坐在我身边，我就问："罗老好吧？今儿怎么没来？"他笑嘻嘻地望着我点头，反问："你们公司那档事儿，总算摆平了吧？"看来他对我们公司的情况门儿清，我也不知他指的是哪档子事，事关公司机密，不便跟他就此对话，好在这时第一道热菜上了桌，他倒先转换话题，打个手势："您先用！"

还有一次，是个大型的酒会，在多功能厅里，服务员用托盘送来酒水，我挑了杯红酒，一位跟我们公司业务来往极多的王先生走近我，他喝的是西柚汁，跟我交谈起来。他提到一桩为难的事，我就说："为什么不求求罗老呢？"他叹气："够不着啊！"我恰好瞥见那边人丛里出现了那张熟脸，就跟他指点着说："那不是罗老秘书吗？赶紧去找他说说吧！"他连问几声："哪儿？哪位？"我就又指："就在摆自助餐开胃小吃的桌子头上，旁边还有个红衣女郎，你赶快去跟他认识！"他认准了，撇撇嘴说："你开哪门子玩笑！他呀，哪儿是罗老秘书！我总见着他，他是个娱记！"我不信："娱记？那怎么跟演艺圈娱乐界了无关系的饭局上，也有他？"王先生懒得跟我再说什么，寒暄几句就找别人去了。

我过去找那娱记，他见我走近，主动跟我点头，还没等我开口，他先跟身边那位红衣女郎介绍我，说准我们那公司的名称倒也不难，我那怪姓他居然记住并报了出来，真好记性！又这样把他身边的女郎介绍给我："您能想起来吗？

最近荧屏上频频亮相的新秀……”我们这一行的哪有工夫看肥皂剧？只好含笑招呼，那女郎只抿嘴笑，熟脸娱记就跟我建议：“这儿的开胃小吃有鱼子酱，比 × × 饭店同样标准的强多了，您赶紧换香槟酒……”说着他已身体力行，去向鱼子酱进攻。

在一个大的活动中心里，常常是同一时间有几处多功能厅同时举办不同的活动。那天我去参加其中一个，先经过另一活动的签到处，只见那熟脸正签完到，跟穿花旗袍的服务小姐打趣着，一边领取装赠品的提兜。仔细观察，此前他手里已经有另一种提兜了，大概是另一层另一活动发给的。我不由得驻足细看那立着的大牌子，上头写着里面活动的内容，是一个跟新型机械设备有关的研讨会，这样的“娱乐”会邀请他这样的“记者”吗？那熟脸大概从眼睛余光里扫见了我，很快离开转过走廊，是有意回避我吧。

我们那个活动也搞签到也发东西，而且发的提兜里也约定俗成地搁个信封，里面装有 300 元车马费。进到会场，整个活动期间里，我不时四面张望，看那“娱记”是否出现，没有，看来，他唯独对我们这个活动不感冒。

我们活动结束后，大多数人散去，少数人事前就有约定，出这活动中心，分乘小车到城市另一边的一家特色餐馆聚餐。

在那特色餐馆里，主办者包了一个豪华装修的大单间，里面可容纳两桌。大家先一番揖让调侃，其实这也是商业利益磨合的一个环节，然后就座进餐。我坐在这边桌，那边桌忽然发现椅子餐具准备不够，服务员在赶紧补救，我朝那边望去，咦，怎么，他来了！就是那张熟脸，那既不是罗老秘书，也并非什么“娱记”的主儿，竟大摇大摆地落在加座上，使那边原来的“十仙”成了“十一怪”。我忙问左右：“您知道那刚来的是谁吗？”一个说大概是老总特约的吧，一个说反正又不要我们自己掏腰包，多一个少一个你计较什么？开吃以后，我到底意难平，干脆趁下座到首位给老总进酒的机会，指着那边那主儿问：“老总，您请的？敢问何方食圣？”老总没朝那边抬眼，大概也没听明白我的意思，只拿起替代白酒的矿泉水，冲我敷衍地笑笑，又捶捶膝盖说：“没福气没福气啊，你们吃吧你们吃吧……”老总自从年初得了痛风以后，宴席上绝大多数菜都不能吃，每回都是特为他准备一尾清蒸鱼、一份英国式煮蛋和一

盘清炒芦笋。

这回我真想把那主儿的身份弄个玻璃般透明，我就爽性拿着酒杯，朝那桌走去，也不管那桌的同事、关系户怎么抢着招呼我，直奔那主儿跟前，没想到他见我去了，飞快起身，端起酒杯，大声呼出我的姓，连带叫出我的职务，仿佛我俩不仅是同事或者合作者，更是兄弟、发小。他先声夺人地指责我："像话吗？拿这么半杯子就想把我打发了？"立刻就有好事者夺过我的酒杯将其斟满，他又怪叫："慢着慢着，他那半杯要是雪碧呢？"遂硬要我跟他交换酒杯，全席哄然叫妙，都嚷"一口尽"。

我们全仰脖干了，这时我大声问他："你究竟是谁？你凭什么到处骗吃骗喝？"

没人认真听取我的话音。他呢，姿态优美地站着拈了一口菜到嘴里，嚼两下，啐一口，做了个鬼脸，大声抗议："他妈的！这叫什么'佛跳墙'？纯粹一个'佛跳井'！"

连老总那边全听见，全笑了，笑声里，小姐端进来一个大托盘，里面是分成小盅的鲍翅白参羹。

虎　　汉

早上起来，身上痒痒，到卫生间洗热水澡，用海绵球蘸着洗浴液，让浑身上下缀满大泡泡，可是，用花洒往身上冲水时，本来还热乎的水，忽然变得冰凉，不由得把门掀开一条缝，朝厨房那边大喊：“快给我看看，是不是又死火了？”厨房那边无回应，啊，爱人孩子今天都加班，该着我倒邪霉！忙披上浴衣，自己跑到厨房察看热水器，可不，又死火了！咔哒咔哒扳动旋钮，火倒是又打着了，可那鬼眨眼似的火苗，仿佛在跟我说：“您再去卫生间，我说不定还得灭！”一赌气，把火灭了，提起两个热水瓶，重返卫生间，总算把浑身的浴液沫子去掉了。

穿上衣服，把空热水瓶搁回厨房，恨恨地瞪了热水器一眼。心想亏得把你安在了有窗户通气的厨房，要不，指不定哪天，家里不知会是哪一位，洗澡的时候在卫生间里彻底地“歇菜”！

把厨房窗户的缝儿开大些，忙打火坐开水。忽然有一股炸辣椒的味儿，直窜我的鼻腔，忙按抽油烟机的开关键，机器倒是立马嗡嗡地哼唱起来。可也怪，这新安装的抽油烟机，有个不见于说明书的特点，那就是，它转动起来时，总是先把楼下老张家的“美味”急速地猛吸到我家，然后，才从容地将其驱散，可谓深得“欲擒之，必先纵之”的兵法精髓。

等水开的工夫里，把换下的脏衣服扔进滚桶式洗衣机，这是刚刚以旧换新、打折收费迎来的宝贝。但到爱人头一回使用它时，却发现了一个问题：装洗衣粉的小抽屉拉不开！忙给厂家打电话，后来来了人，用搓刀，把抽屉开口处处理了一番，当时能拉开关合了，也没破相……可是，今天我怎么又拉不开

这抽屉啦？呀，再用劲，恐怕就要把它拉破了！看来，只好不用洗衣粉了！

大败兴！不过，败兴也得填肚子，是不是？从冰箱里取出一个汉堡包，放到微波炉里加热，咦呀，这微波炉怎么不亮哟？检查电路，没问题呀？用了不到半年，寿数不大呀，怎么就“痴呆”啦？

一跺脚，气呼呼地到门厅里，一屁股坐到沙发上，操起茶几上的电话，就——当然不能拨 110 也不能拨 119——翻开电话索引本，首先找到了跟微波炉相关的电话号码，一拨还就通了，但回答很简单：让我抱去修。去它的！再拨跟抽油烟机相关的电话号码，占线、占线……再拨洗衣机方面的电话号码，有人接，听完我的诉说，在电话里指示我，如何用家里的水果刀，耐心地，划那抽屉的开合线;我愤怒地说:“不！我要换一台！”电话不知怎的就中断了……

忽然，火上的水壶尖叫起来，一声高过一声，也就它，功能总是体现得那么圆满。我冲进厨房，关火。热水器又闯进了我的眼帘。本来，最该打电话，让来修理的，是这玩意儿，可是我一想起那几位师傅的熟面孔，反倒不想打了。他们每来一次，光所谓清洗，就要收五十元的费，如果换零件，那往往就得一百好几，还总跟我们说，是产品本身不过关，唉！

败兴到极点，眼光晃到了冰箱上。这口三开门的进口大冰箱，十年前买的，四年前突然不制冷了，从晚报上看小广告，按那 BP 机号码，呼来过一位师傅，三十来岁，络腮胡子，给检查以后，说是压缩机坏了，得换；这是不是要坑我们呀？对他有点怀疑。他虽然提来了一只工具箱，却没有现成的压缩机，需要去买。问他需要多少钱，他说先拿二百块给他吧。他拿走了那二百块，过一小时，两小时，总不见回来，急得我频频呼他，后来他总算汗津津地回来了，提来一个压缩机。原来，我家附近的几家所卖的压缩机，都对不上型号，他骑车跑到很远，才买到合适的。他趴在地上，歪着身子，终于安好了新压缩机，接上电，冰箱启动了，我好高兴！当时正是盛夏，没冰箱可怎么过日子啊！可是他说:“您先别高兴，等真制出了冷咱们才算成功！”于是，我俩坐下来闲聊，等那冰箱出现制冷效果。闲聊里大略知道，他父亲在他幼年时病逝，和母亲住在胡同杂院里，高中毕业后没考上大学，上了一个冰箱维修训练班，干上了这一行，到修我这冰箱，已经是第一百一十七口了。我记得，他说他身体特别棒，

打小从来没有感冒过，笑着问我：“您信吗？”笑时露出两颗虎牙。冰箱完全恢复了制冷，他才走，送他出门时我说：“希望以后能再见！”他说：“干我们这行的，最好别老再见！”虎牙又白晃晃地闪。妻子下班回来，我告诉她，这位师傅代买压缩机，还开了发票，是一百八十元，最后只收二百五十元。几天以后，他来过一个电话，问我家冰箱怎么样，又告诉我，那坏的压缩机，他拿回去解剖了，是怎样的一种问题，我没听懂，但对他很满意。此后我家冰箱再没出过毛病，也就再没呼过他了。后来妻子偶尔提起他，说要是所有的修理人员都能像他一样，那该多好呀！又问我，他姓什么来着？我说早忘了，不过，既然《骆驼祥子》里有虎妞，我们就把他叫作虎汉吧！

沏了一杯热饮，啃着凉汉堡包，忽然有了一种呼叫虎汉的冲动。不是要他来修理什么，而是请他来做客叙谈。他又修过多少冰箱了？是不是也兼修理空调？他该娶上媳妇了吧？像他那样的憨厚实诚的汉子，所修理的，是我们对世道人心的疑惑焦虑啊！

花烛夜

女儿那天回来宣布："爸，妈，我们有房子啦！"

这可真是个从天而降的好消息。

爸问："你们单位什么时候分你们的？怎么从没听你们说起过？"

妈更疑惑："天上能掉下馅饼来？"

女儿便说，是她大学时候的同学，去美国读硕士，给了全额奖学金，签证已落实，下星期就飞纽约；人家住的那个独单元，起码可以无偿地借给她住五年，这样，她和小孙，打算下星期六，就搬进去住……

爸问："下星期六？！来得及吗？"

妈说："其实，咱们家这儿，三居室，挺宽敞的，我们早表过态，欢迎小孙加入咱们这个温馨的家庭嘛……"

爸爸替女儿说："不是宽不宽、温馨不温馨的问题……要的是一种独立的人生……"

当妈的觉得不中听了："是呀是呀，独立独立……他们年轻人，还讲究个什么……什么生活的情调呢！……跟我们住一块儿，就不独立啦？丧权辱国啦？成殖民地啦？没情调啦……"

女儿就来搂住妈妈的肩膀，柔声地说："那房子离这儿很近，我们会经常过来的，再说，都有电话，随时可以互通消息呀！"

爸爸便问："你们什么时候去登记呀？虽说我也不主张大操大办，总也不能草草率率吧？还有，那房子你们不得再装修装修？……还缺什么，家具呀，电器呀，过日子的东西，知道你们不会伸手，可我们也该帮你们置备一点

儿……虽说往外嫁闺女，好比泼水，我们也总得陪送一点儿，是不？”

当妈的还在生气：“这么大的事儿，事先也不透个信儿……下星期？开哪门子玩笑！就连通知你姨他们，都来不及！”

女儿就说：“通知他们干什么？你们也别操心！我们俩的事儿，我们自己处理……该办的都会办的……你们呢，先告诉你们一声，因为，毕竟我要离开家，跟小孙单过去了……当然，我们安顿好了以后，会来请你们过去……一起吃吃饭……”

这回爸妈几乎是一起说：“快别提吃你们的饭！那一回情人节，你们让我们吃你们弄的什么情调餐，一样热菜没有，光是什么色拉、三明治……那叫吃饭吗？”

女儿笑说：“那回，餐桌上不是有挺美的花插吗？还有银烛台……”

当妈的便说：“好好好，你们俩就那么过吧，吃那个花插，喝那个蜡烛光吧！”

但是不算老的“老两口儿”到头来是不依也得依，闺女大了，女大不中留啊！

过了两天女儿和小孙一起来，拿他们在一家专做婚照生意的影楼拍的好大照片给他们看。呀，女儿一身婚纱，手里握着好美丽的百合花，小孙一身西服革履，头发梳得好整齐，显得好亮堂，两人还不是那刻板老套的姿势。当妈的刚说了句：“吆，怎么有点歪呀——”女儿就赶紧解释说：“这叫动感，这样才有情调呀！”当爸的挺内行似的，附和着说：“是呀，你看，这照片跟油画似的，咱们办事的时候，哪能想象出，能有这样的美事儿！”

转眼间，那天女儿小孙宣布他们搬进那个单元了，并且说，第二天请他们过去吃饭。爸大吃一惊：“你们真的不举行婚礼了吗？”妈更是双眉齐飞，望着闺女说：“你都不要娘家人送亲了吗？”

谁知女儿竟堂堂正正地跟他们说：“我们根本就还没去登记呀！不过我们绝不是乱搞乱来，我们确实相亲相爱，我们住到一块儿，对社会、他人毫无损害，可是我们自己感到非常幸福！我们现在当然不会有孩子……其实除了不想马上登记，我们跟所有的年轻夫妻，没有什么区别，如果说有区别，那也只是，

我们的结合可能更纯真、更浪漫罢了……”

“老两口儿”听了差点昏死过去，不过，终于还是只好面对这于他们是既古怪又无奈的现实……

那一晚，能算女儿和小孙的洞房花烛夜吗？“老两口儿”双双倚在床靠头上，久久地默然无语……但终究不能诅咒，最后，他们心头，还是都在为那对相爱的年轻人深深地祝福。

……

画　　饼

女儿以往写完作文，总主动拿给他看。这回写完《记一次活动》，却往书包里一塞。他主动去要，女儿脸色泛红，仿佛做了什么亏心事。他好奇而担忧，严肃地伸手索要，女儿扭扭脖颈，从书包里掏出作文，递给他时眼睛望着别处。

这篇作文记的是一次什么活动呢？“……全楼的人都看到了那份贴在电梯边的《倡议书》，几天里，电梯内外，议论纷纷，有的说：‘就是呀，咱们楼下的绿地非这么清理一下不可！’有的说：‘光凭园林局绿化队和环卫局清洁队的师傅们的维护打扫，解决不了问题啊，利用星期天大家伙行动一下，是个好主意！’还有的说：‘光这么拾垃圾不解决根本问题，关键还是家家户户都别从楼上往下乱扔东西！’绝大部分居民都乐意响应倡议，参加‘星期日半小时仙帚活动’……”

他边读边摇头。虽说他理解初三学生写作文可以有几分虚构，但女儿这回所写完全是子虚乌有，哪有那样一份《星期日半小时仙帚活动倡议书》？！“仙帚活动”，亏她想得出来！根据这份《倡议书》，全楼的居民，凡有劳动能力的，应尽量在某个星期日早晨九点钟，相约下楼，互相配合着捡拾清除散落在该楼四周绿地和空地的纸张、木屑、砖块、杂物……然后用倡议者捐出的大纸匣和大箩筐集中送往垃圾集中站，前后顶多只需半小时，然后便“仿佛有一把从天而降的神奇的扫帚，拂去了楼周围的污垢……”

他接着往下读。女儿所记的那一次并不存在的活动，呈现出一幕幕令他五味丛生于心的场景。真的吗？“楼上那位叔叔”会在看到《倡议书》后，不但不讥笑地问“一人发多少钱呢？”而且“拾完垃圾以后，用手背擦去额上的汗

珠，惬意地微笑”么？“一位高个子的阿姨”，真会“比打扮自己更细心地整理好蔷薇丛下的地面”么？而“爸爸和妈妈”，真的舍得“推迟去会朋友的时间”，“弯着腰，像搜索敌情的侦察兵一样，为拾获的每一件‘战利品’相视而笑”么？……只有这样的描写或许是真实的：“小男孩和小女孩像过节一样，欢笑地跑着、尖叫着……”

作文读完了。他发现女儿用一种不可名状的目光望着他。他本想鼓起勇气说：“或许，你不妨把那《倡议书》真的贴出去……”但他没有吱声却咽了口唾沫。他把目光转向窗外。他看到，几位浓妆艳抹的邻居，正往楼厅里搬运成卷的高档贴墙纸，但小风打着旋子，一些肮脏的纸片和废弃的塑料袋在风中舞动，而且窗外的行道树树冠上，仍潴留着高处扔下的两个生锈的罐头盒。

他惭愧。他企盼着女儿对他说点什么。

换　妆

媚媚的心碎了!

真的碎了，她有一种胸中卡着一堆碎瓷片的感觉，天哪，谁能知道，她那颗破碎的心，辐射出多么强烈的痛苦!

让她心碎的，是那份满街报摊上都在发售的某种名号的《周末版》，该《周末版》竟在头版的报导中宣称——她所崇拜的那位歌星，那位不一定骑白马也不一定仅止是王子的偶像，竟不再与她一直暗中视为自己替身的某服装模特儿“拍拖”，这已足以令她的心裂成两半，更要命的，是那歌星已与她一贯最讨厌的某影视新星订婚!

她不知该诅咒谁，是那勾走歌星的狐狸精，还是那《周末版》该死的记者编辑，或竟直指那有八幅不同姿态的大照片围贴在她床头的歌星本人!

她在地安门街头踽踽独行，只觉得胸中那瓷片般的碎块割得她情感流血。

昏昏然，她走到了阿霞发廊的门口，她本能地推门而进。发廊生意清淡到并无一个顾客。阿霞本人正坐在一只血红的屁兜椅上看报纸，她一眼就认出来，正与她手中已经快捏烂的那份一样，同是那该死的《周末版》!

阿霞抬眼一望，是她，不由得尖叫了一声，那是一声含意复杂的尖叫——既惊诧于她的突然出现，又惊喜于她的来得及时。

媚媚和阿霞不用多说什么，她们“心有灵犀一点通”，“卿须怜我我怜卿”;发廊的音响正放送着那歌星最勾人魂魄的一盘带子。

媚媚呆呆地望着大镜子里的自己——“纯情少女”般的“妹妹头”造型，这正是歌星原来“拍拖”的那个红模最得意的发式，也正是前些时阿霞在歌星

的歌声中照着杂志上那红模的图片为她精心仿效而成的；阿霞自己也是那样的一种发型；她们至今佩戴得最多的奶白色气鼓型耳饰和不锈钢枷锁形项饰，也正是那红模在今年挂历上最招人注目的两个细节。

媚媚双手举到头上，近乎粗暴地胡乱搓揉着发丝，心烦意乱地说："难看死了！"

阿霞嚼着一片口香糖，又把一片口香糖塞到媚媚口中，拍打着媚媚的肩膀，媚媚便趁势坐到了美容椅上，两人一个坐着一个立着，一前一后，腮唇都抽动着，镜子里对望，也没说什么，耳里只觉得那歌声有一种陌生感，钻进心里——心已碎，应是钻进那些碎瓷片的缝隙间——只觉得痛苦中又渗进了些酥痒。

阿霞熟练而精心地操作起来，已近完成，媚媚才想起并未嘱咐阿霞应如何造型，但待阿霞将美容椅复位，让她在镜中观察初步效果时，她不禁大吃一惊——怎么阿霞心中所想的，连每一个细节都与她丝丝吻合！

媚媚的心确实是碎了，但她回到住处，并没有把床头那些买来的歌星相片揭掉；当晚，她那收录机中又传出歌星的金喉高吭，她在歌声中站在大穿衣镜前，手持一本杂志，旋转着观察自己的发型和"整体效应"，还不时对照着那本杂志的封面——封面上，是那份《周末版》宣称已与歌星订婚的影视新星玉照。

唉，一颗破碎的心啊……

焕然一新

袁老是“空巢老人”。老伴去加拿大儿子家半年多了，每周至少通一次电话，电话里出现频率最高的词汇是“金融海啸”。儿子很争气，公司裁员几次，越裁仿佛越在肯定儿子对于公司的不可或缺，除非整个公司关张，否则，儿子的位置相当稳固。儿子、老伴来电话自然也问国内情况。袁老总以“风景这边独好”答之。不过，和全球气候变暖一样，这次的“金融海啸”也是全球性的，这边的好风景里，也有寒流渗入造成的叶飘零、花陨落的局部场景。袁老就告诉老伴：这边楼上小倪，就不大妙。那边老伴也不多问，只让他代问声好。

如今的商品楼盘跟单位宿舍楼，人际关系完全不同。商品公寓楼，同层门挨门尚且老死不往来，何况不同层的住户。但袁老和老伴却跟天花板上面那户，也就是小倪两口子，有所来往。袁老年过七十摆弄电脑，兴致浓酽，却往往不明不白地出些故障，保修期早过，打电话请陌生人来修总觉得不大安全，在电梯里有时遇上小倪，肩膀上总背着个手提电脑，有天袁老跟小倪点头微笑互相问候完，袁老就倚老卖老，冒昧地问小倪能不能替他排除电脑故障，小倪晚饭后果然过来，三下五除二，很快把问题解决，还留下电话号码，说再有问题尽管找他。后来，遇上国庆长假，小倪跑来，说也很冒昧，请二老给他们帮帮忙。原来，他们小两口有只宠物猫名佳佳，希望在他们去澳大利亚旅游期间，给照应一下，也不是要二老把那猫抱到楼下来养，小倪留下单元防盗门钥匙，请二老每天去楼上给佳佳往水盆里添水，再把储藏室猫厕的秽物清理一下，补充一些猫砂，至于猫粮，已经在一个大食盘里装满了足够佳佳吃一周的。袁老听完笑说：“那你们回来发现丢了东西可别怨我！”小倪也笑：“我们没有浮财。

消费一般都是刷卡。让贼把房子车子偷走吧，反正我们都是长期贷款，他们去替我们还贷吧！”小倪两口子旅游回来，发现佳佳一副幸福得不行的模样，跟袁老和老伴道谢个没完，又送上些从澳大利亚带回来的土产，不收不行！

今年春节前，小倪又来，袁老以为小两口又要外出旅游，请他照顾佳佳，谁知小袁说，是来通知一声：春节期间他们楼上会发出一些声音，可能影响到楼下的清净，先道声对不起。怎么？大春节搞装修？这物业也不会批准呀！搞装修的外地人也都回老家过年去了呀！小倪见袁老疑惑，就主动解释说：“不是搞装修。丽丽明天出差，春节后才回来。我反正赋闲，等她回来，我要给她一个惊喜！”丽丽是小倪的媳妇。大春节的，怎么会出差？袁老也不便多问，就说：“那提前给你和丽丽拜个年吧——也代表我老伴——祝牛年你们财……”才说出一个“财”字，就见小倪脸色大变，袁老反应十分灵敏，赶紧这么往下造句：“财富大增！牛年更牛！”小倪脸露笑意，连说：“同贺！同贺！”

小倪去年11月被外资公司裁了。丽丽是在一家业务拓展到海外的中资公司供职，原来，她最怕公司分派她在长假期出差或值班，因为她和小倪最爱旅游，也总想利用假期回南方那个他们共同的家乡看望双方父母，现在他们共度时艰，丽丽主动争取到这次境外的任务，除了觉得有必要磨炼自己，也确实是为了不菲的补贴。

春节期间楼外鞭炮礼花声响不断，袁老并没注意到楼上发出了什么声响。元宵节前，丽丽回到家，一进门，就不禁“哇噻”连声。不是重新装修，是小倪把单元里的每一件大小家具几乎都重新摆放过，原来，他们家的布置风格是狂放，现在，变成了温馨，丽丽特别感动的是，在起居室里利用原来的部分沙发和茶几，构成了一个车厢座，她抱起佳佳坐下去，心里暖流涌过。

他们把袁老请去茶话。袁老看惯了他们屋里原来的景象，现在一进屋，忍不住道出声：“焕然一新！”小倪和丽丽说，他们都属于“80后”里最大的那一批，他们拿到文凭，走向社会，贷款买房买车，享受小康，父母在家乡都为之扬眉吐气。但是，时代终于考验到他们这一代，就如同袁爷爷袁奶奶那一代曾经历凭票供应的日子，他们双方父母曾经历上山下乡的日子，现在，他们必须经历“金融海啸”引发的寒流……袁老望着他们，心里想，人也焕然一新呀！

悔的边缘

虽已花甲，他从地铁车厢里出来，去往出口的步伐仍相当敏捷。是人流高峰期，地铁站台仿佛一只巨大的鱼缸，人群就像穿梭回游的鱼儿。他被后面疾步往前赶的人从侧面撞了一下，他早已习惯社会中人际间的碰撞，从生理的到心理的到情感的，所以并不为意，本能地一停步，见是一个年轻人，那年轻人的眼光跟他刚一接触，就问他："三益大厦从哪边走？"他回答："那应该走东出口……"可是年轻人却马上离开他，朝前几步，又去问站台上报摊的售卖员。他心想，怎么回事？为什么不相信我的回答？我指点得很正确很清楚呀……他这样的年纪，加上他的教养，以及他个人性格中的一种执拗，使他在短短几秒钟里，产生一种慨叹，就是如今社会上人与人之间怎么增加了那么多的戒备？连问路也要三问验证才能确信吗？同时又产生出一种冲动，就是一定要以自己的实际行动，来使这位年轻人树立起信任陌生人的信心。于是他小跑着，穿过江鲫般的人流，追上了那年轻人，呼唤他："小伙子！"

那年轻人听见他的声音，回头望着他，眼里充满复杂的表情，他一时难以破译，总的来说，大概是无比惊讶。他就对年轻人说："小伙子，我带你去三益大厦。本来，从这边东出口出去，直接朝前走就能到，最近这边修路，临时拦出许多栅栏，要绕几个弯儿才能走到，不熟悉这边路况的人，如果没人带路，那就可能绕来绕去找不着了……"年轻人瞪圆眼睛，嘴唇蠕动着，大概是想说不用了不用了，他就又微笑告之："我就住在这边，顺路就把你带到，跟我走吧。"他引领着那年轻人去上滚梯，那年轻人自觉地站到滚梯右侧，他心想，这就说明小伙子还有点文明习惯，大概是个外地考到北京的大学生吧，去三益

大厦，也许是到那里头的公司求职面试，那就更不能因为路不熟误过约定的时间，自己带他去真是非常应该，也算是退休后的平淡生活里的一桩小小乐事吧。

出了地铁站，那年轻人就说："老先生，我自己去吧。"他笑："看见吗？两边全是临时栅栏，谁都得从这儿过呀……"转了两个弯儿，出现岔口，那年轻人说："谢谢啦，您自便吧……"他的笑容更灿烂："自便？那你可知道该往哪边？来来来，跟我拐这边……"就这样，终于走出栅阵，人流疏散开，前面已经显露出了三益大厦，年轻人刹住脚，这回不知怎么绷紧脸，挺不高兴的样子，挺生硬地说："行啦，别跟着我啦，我看见啦。"他本想说："我回家也得经过三益大厦，我把你送到门口吧。"但望见那年轻人的眼神，他想，啊，如今的年轻人都特别在乎自己的隐私权，也许，人家到三益大厦里办事，希望能够保密呢，于是他就站住不动，指点前面说："大厦的门朝西，拐往西边的时候，留神那地下存车库里开出来的车，虽然规定车子到了出口一定要停下来，看清没有路人才能开出，可是如今就有那财大气粗的人，车子猛地往外冲，上个月就撞倒过一个民工，我正好路过嘛……那开车的还骂那民工不懂城里的规矩……所以，你头回往那儿去，要特别地小心！"

阳光下，一个矮胖的花甲老人，一个身材颀长的年轻人，站在那里，目光交接着。两个人心里都涌动着很多想法，却都无法弄明白对方心里究竟在想些什么。年轻人朝花甲老人点下头，含混地道谢，转身往三益大厦那边走去，老人为了不干扰那年轻人，就且不回家，往另一岔路走去，那边有个公共绿地，他想去那里散散步也好。

年轻人还没到三益大厦就停住了脚步。他猛地扭回头，看那领路的老人还在不在。没影儿了。年轻人的心先一松，接着就越来越紧，仿佛被他自己的手狠狠地捏着。他是在下地铁车厢后，从老人一侧的衣兜里，窃走了老人的钱包。那钱包里究竟有些什么，他还没机会检看。他向老人问路，以及问过老人又去问卖报的，无非都是转移老人的注意力，万没想到的是，这位老人却向他展示出了十二万分的善意……这世界上还真有善吗？真有信任吗？甚至会信任他这样的一个生命？……他的行窃史还很短暂，为使自己这样的行为跟还没泯灭的

良心不至于激烈冲突，他总对自己说：这世道哪有什么真正的同情、善意与信任？……一种浓酽的悔意涌上心头，他想马上找到那不见身影的老人，把钱包奉还……他都朝三益大厦的反方向快走了几步了，却又站住了。他在悔的边缘徘徊。他还是觉得以他个人的遭遇而言，像这位老人这样的社会存在还太少，他还不能放弃他的报复心理……

那花甲老人是在绿地的长椅上坐下休息时，才发现自己丢了钱包的。那个声称要去三益大厦的年轻人，自然立即成了他心中的疑犯。他把整个过程细细地回忆了一遍。他心中旋出丝丝悔意。难道无私助人在眼下的世道里竟是一种奢侈甚至一种痴愚？难道世道已经发展到不可以信任任何一个陌生人，甚至就连熟人也必得心存六分以上的戒心？……他的心思也一直在悔的边缘徘徊。当他往家里走去时，他这样想，没有充分的证据可以断定是那年轻人偷窃了自己的钱包，自己以后要把钱包保护得更好就是了；他以十二万分的善意去帮助陌生人并没有错，这样的事情过去倒是做得太少了，而且，应该有更多的人乐于以自己的行动——哪怕只是热情为人带路这样的小善，来点滴增加这社会的人际温暖与亲善……

获奖者

得到获奖通知时，不光我高兴，文化馆上上下下整个儿一片欢腾——这种来自京都的奖项，在我们地区可是史无前例。虽然领奖通知上说，赴京路费和食宿费自理，但经馆领导集体研究，同意给我报销路费，食宿嘛，我表哥在北京，临时住几天绝无问题。我正兴冲冲要去买火车票，老汪凑过来，问："你那参赛作品，不是叫《冬日火把》么？"他那眼神，大有狐疑的意味。通知书上，把我的获奖作品写作了《冬日的火把》，这一点我一拆封就注意到了，可是，姓名是我，地址无误，想必是填写通知的人，匆忙中多填了个"的"字，这算得了什么问题？老汪一定是有"酸葡萄心理"，我笑一笑，不跟他计较。

京都领奖，真是风光无限。我也总算是上了一回大台盘。我们三等奖得主一共十个人，在喜乐声和掌声中鱼贯上台，只觉得眼前金光闪烁，尽是要员、名流的慈眉善眼，还没定下神来，已有一双胖大的手递给了我大红锦面的奖状，忙弯腰鞠躬接过，心情仍在极度的激动中，竟又不知怎么地跟着前面一位从舞台另一侧走了下去……在专为我们获奖者安排的座位上坐下后，一颗心还仿佛风筝似的总往高处飘；台上一位要员已在声音洪亮地对我们谆谆勖勉，我紧握着奖状，耳朵里只有敲锣般的感觉，怎么也不能冷静聆听那宝贵的教诲……

忽然，我右边的"同科举人"直拿胳臂肘撞我，我扭过头去，他小声问我："您拿的谁的奖状？"这问题好怪！我把手里的奖状展开一看，呀，不是我的！忙问他："是不是咱俩的弄混啦？"他把他手里的给我看，不是我的；我手里的，他说不是他的……我顿时心慌意乱，一颗心还跟风筝似的，不过，是个断线的

风筝了……

台上是企业家在讲话了，那企业家看上去也就三十多岁，比两旁的要员们至少要平均小上十五岁；他没说上两句礼堂里就响起了笑声，我们这些获奖者可没心思欣赏他的幽默，虽说应该静听他的发言——我们得的这个奖以“鑫鑫杯”命名，台上发言者正是鑫鑫集团的老总——我们忙着互换发错了的奖状；说互换还不够准确，是多角交换；我左右两边的二位，换到了他们应得的奖状，我手里的那个奖状，也被隔了三个位子的一位女士要走……但是，我的呢？我的在谁那儿？怎么还不传给我？我右边的那位似乎比我还着急，不住地往更右边传话：“有没有佘先生……佘国正的……？”左边一位则凑拢我耳朵说：“别着急，这是常有的事……台上发奖的又不认识我们……组织者也很难使发奖人手里的奖状，恰可好跟走到面前的领奖者对榫……”他的解释和安慰并不能缓解我的焦虑……

忽然噼噼啪啪一阵掌声，人们都站了起来，发奖会结束了！我跳起来大声问：“哪位手里有佘国正的奖状？获奖篇目是《冬日火把》！”见无人呼应，我就又喊：“《冬日的火把》也行！”可是还是没有人搭理我。这下，我整个儿成了个掉在地上，而且被踩瘪的破风筝了。

我失魂落魄地走出礼堂，只见要员们和企业家正纷纷钻进他们的专车，会议工作人员正在招呼几位没专车的名流和一等奖获得者登上一辆“依维柯”面包车，其中一位工作人员我在报到时接触过，她总是笑吟吟的，我忙朝她走过去，她大概以为我是要一起登车，蔼然地对我说：“真不好意思，因为条件限制，晚上的聚餐活动，只邀请了一等奖获得者参加……”我忙跟她解释，不是要上这辆车，是我没能拿到自己的那个奖状……她耐心地听我说完，脸上的笑容仿若晴阳一般，对我说：“真对不起，这是我们工作混乱造成的……不过这很好解决，明天上午您还不离开北京吧？您来找我好啦……倘若没人把误领到的您的奖状退给我们，我们就给您补填一个……”说着掏出一张名片递给我，我心中的焦虑顿时冰释。

第二天一大早，我按名片上的地址找了去，笑吟吟的那位女士不在，一位冷若冰霜的男士告诉我，她因为一桩突发的急事，要后天才来办公室了，但她

记得约我来找她的这件事，所以打来电话，让他代她致歉。我问有没有人退给他们一份佘国正的奖状，他说“鑫鑫杯”评奖的事非他分管，请我还是后天找那位女士解决问题。我只好悻悻然离去。

那一天和第二天，表哥带我游览北京的名胜古迹，本该兴奋不已，却因为没拿到奖状，怎么也提不起精神。第二天报上发出了关于“鑫鑫杯”发奖的消息，一共大约五百字，其中套话约二百字，余下的字数基本上全用来开列出席者名单，企业家的名字倒只有一位，而有关部门的党组书记、党组副书记、书记处书记、部门主任、总编辑、副总编辑……以及理事什么的，密密麻麻一大片；得奖者和得奖作品么，只用了这么一个句子：“廖寥等三名作者的《大河上下》等篇目获一等奖，另有六名和十名作者的作品分获二等奖和三等奖。”我本以为，没有奖状，会议报道总能为我得奖做证，没想到……

发奖大会后第三天一大早，我跑去找那位女士，她一见我便连连向我道歉道乏，脸上的笑容一直暖到我心里去了；她把属于我的奖状递给我，解释说，拿错的那一位领完奖下了台就走了，第二天才发现错了，跑来换，如今他那个还没人退来呢，看来得给他补一份了，好在他就是本市的……我翻开一看，篇目填的是《冬日火把》，没“的”字，回去一定先给老汪鉴赏！

我高高兴兴回故乡。在火车上，我忍不住，拿出那我平生头一回，也是我们故乡头一回，所领到的，在京都颁发的，全国性的大红锦面奖状，摩挲着……忽然，我不禁瞪圆了眼睛，张开嘴巴再难合上——原来，我的姓氏“佘”，被写成了“余”！……

机　　嫂

虽说鸡年应当闻鸡生喜，但乍听人说邱二媳妇是个机嫂，却觉得刺耳。说话的人觉察出我表情不对，就一再地跟我申明机嫂的机是飞机的机，我更糊涂了，在飞机上当班，那该称空嫂嘛，我就多次在航班上享受过空嫂的服务，尤其是美国、法国航空公司的航班，似乎妙龄的空姐并不多，端的是空嫂当家的局面，近年来更时兴空哥服务，想来是更有利于预防恐怖袭击吧。

我跟邱二经常打交道。我在温榆斋这乡村书房里敲电脑敲到饭点，往往是出去散步兼采购，多半会在村旁集市的一个饼摊买饼，以为晚餐的主食。那饼摊的摊主就是邱二。隔着摊位，邱二望去是个雄壮的汉子，但他若一走出摊位，你就会为他一叹，他一条腿有小儿麻痹症的后遗症。记得我头一回发现他那缺陷时，他一定是感觉到我眉尖有些个不自然的耸动，就呵呵地大声对我说："跟麻脸壳一样，少见了吧？如今我们这样的病绝迹了啊，任谁家的娃娃，生出来就给定期打针吞糖丸儿，世道进步了啊！是不是？"但我在很长时间里，始终还没见着过邱二媳妇。

猴年三十晚上，应邀到村友三儿家看放烟花，我们这个村在北京五环路以外，不属于禁放区，因此家家都大放烟花爆竹。还没走到三儿家，路过一家，门口正是邱二和他媳妇，还有他闺女，我跟邱二打招呼，邱二就把媳妇、闺女介绍给我，邱二媳妇随邱二唤我刘叔，我见她穿得严严实实，头上连脖子裹着大毛线围巾，推着自行车，不像是刚回来，倒像是要出门的模样，忍不住就问："大年三十的，怎么不在家吃团圆饺子呀？"邱二代她回答，说是还要去上班，闺女就一再地跟妈说："完了事就回来啊，等你回来咱们家再放花！"

在三儿家一起放过第一轮烟花，坐下就着三儿媳妇烹制的饹馇（把用绿豆面摊成的薄饼裹上菜馅再切成小段，过油炸出）喝二锅头酒，跟三儿闲聊，不知怎么就聊到了《红楼梦》里金鸳鸯三宣牙牌令的情节，三儿没读过《红楼梦》，对据之改编的电视连续剧也没有多大兴趣，但是三儿家有牙牌，当然已经并不是象牙或骨头制作的，而是比较粗糙的塑料制品，我不是跟他讨论《红楼梦》，而是跟他请教那牌的玩法，以利我对"红学"的研究，三儿听我说了半天，告诉我他只会两副或四副一起出的玩法，《红楼梦》里写的是三张牌凑成一副的打法，他可没那么玩过，三儿媳妇端炖好的葱花肘子过来，一耳朵听见了，就笑说邱二媳妇会玩三张一副的打法，我不由得想起她大年三十还要上班的情形，再打听，才知道她是个机嫂。

原来我温榆斋所在的这个村子，离天竺机场不远，俗话说靠山吃山、靠水吃水，这一带的村落在一定程度上也可以说是靠机场吃机场，机场为各村提供了很多的就业岗位。我虽然经常利用飞机旅行，但以前心目中只有机组人员，很少想到还有很多的粗工在机场为旅客服务，比如把行李从行李舱里搬到运输车上，再从运输车上将行李搬上传送带，还有飞机上那些厕所，都要有人将其更新，当然更需要为数不少的清洁工，在旅客完全离开机舱后马上进去清扫、归整，这项工作大都由附近村里的中年妇女承担，之所以不称她们为空嫂是因为她们从来就没有随飞机升入过空中，但她们对机舱内部各个细节的熟悉程度，又大大高于把飞机当作公共汽车来坐的常客，称她们为机嫂，那是再恰当不过了。

破五那天，三儿媳妇把我带到邱二家，跟邱二媳妇算是正式见了面。想到《红楼梦》里周瑞家的、旺儿家的等叫法，都是不尊重妇女的表现，就请教她的大名，原来她叫樊翠兰，我说今后就叫你小樊，她笑着认可。问她工作上的事，她很高兴地诉说。敢情她进入过的机舱多了，什么品牌型号的，哪国哪地区哪家航空公司的，全都门儿清，小故事也真不少，例如曾在椅背后的夹袋里发现过白金戒指，为把一块口香糖顽渣清理干净而又不损害地毡怎么出了一身大汗……那天我就便请教了她牙牌三张一副的打法，她拿出牌来耐心地讲给我听。

初八那天我就构思好了一篇以小樊为模特儿的小说，写一位机嫂整整八年几乎天天进机舱打扫卫生，却始终没有坐飞机升过空，于是，在鸡年她发下宏愿，一定要买张来回机票，落实隐藏心底许久的向往……

初九邱二饼摊重张，我去买饼，他生意清淡，就得意地跟他说起自己的小说构思，他听明白了，哑然失笑。

昨天应邀再去邱二小樊家，他们已不把我当作外人，遂向我讲起他们哀乐中年的种种情境，他们家虽然三年前就翻盖了住房，但至今还欠着亲友家约两万元的债务，闺女考上了重点高中虽然是值得高兴的事，每年的费用怎么也得五六千块钱，小樊把我带到院里，指着他们家那盖起三年颇为气派，却还没有装饰利落的正房说："我现在一点儿坐飞机的想头也没有，我向往的是什么？就是尽快把欠债还清，然后花一笔钱，把我家这房的廊脸儿，也像张三哥家那样，请高手来给彩绘，画得鲜鲜艳艳的……"

我小说没写，写了这么篇文章。我希望读者不要再嫌机嫂这俩字扎眼。

急　需

一跺脚，她推门进去。

一个没脱柴禾味道的姑娘迎上来问：“您几位？”

她犹豫了一下，四面望望，问：“你们老板呢？”

那姑娘认定她是食客，把她引到靠墙的车厢座那儿，请她就座；同时回答说：“老板这会儿不在……过一会儿就回来！”又递过菜谱，她下意识地接住了。

姑娘拿笔，点着记账单说：“您这就点吗？……我们这儿的锅巴肉片不错，锅巴都是我们自己做出来的，不是大纸盒子批发来的，绝对新鲜……”

她搁下菜谱，说：“先不点……我等一个人……”

姑娘便说：“那先给您来茶？”

她忙制止：“不不，等会儿再说……”

这小饭馆里除了她和那姑娘并没别的人。也还不能说生意差。这是家日夜开张的饭馆。现在是下午三点二十。这时候吃饭算哪顿？

她试着跟那柴禾妞套情况：“就你一个服务员？”

答曰：“唔。”

“人多的时候怎么忙得过来？”

答曰：“老板也干。大厨也往外端菜。”

再问：“缺打荷的？”

答曰：“对。就是给大厨配菜的。原来有一个。他昨天回老家了。他妈病重了。”

还问："生意怎么样？……挣得多吗？……"

"还可以吧……"不怎么积极响应了。

"打荷的一月能给多少？"

"五百多吧……"马上觉得说漏了嘴，立刻补一句，"我也不知道……"

还想问，那柴禾妞转身走了。有辆出租车停在了门口，进来个司机。这时候吃饭？对，吃。看来是个常客。柴禾妞跟他有说有笑。点了宫爆肉丁和甩果汤，一碗米饭。

招待完那司机，柴禾妞来问她："点吗？"

她说："我等的人……还没来……"

柴禾妞要离开，她示意且慢；对方望着她，她忽然吐出一句："我来打荷怎么样？"

对方满脸漾着笑意。笑意中明白无误地表达着这样的回应：哪能呢？你们城里人！

是的。她虽曾在兵团农垦过八年，可自打返城后便二十年再没离开过。她身上自然散发出一股子城市的气味。但是……现在像她这样的城里人又一次遇到了困难。她下岗了。她已经找了半年的工作。凡她想去的地方，都被婉拒了。今天她走过这里，门上一张"急需打荷，待遇从优"的招贴，使她在腿脚酸疼中，一时冲动，走了进来。五百多？少是少了点，可是，光是想到上初中的儿子小磊，她也意识到，她现在急需挣到哪怕五百……

忽听道："老板回来了！"

她站起来，迎上去，定睛一看，大惊失色。

"哎呀！李阿姨！"对方先热情地招呼她。

"小红！"

底下她晕晕乎乎了好一阵。公公在世病危的时候，小红曾在他们家当过一段保姆。没想到五六年过去，小红已然当了小饭馆老板！

也不知道小红都还说了些什么，更不记得自己都吱应了些什么，只是忽然清楚地听到小红在问："……等叔叔来吗？今天我请客！我这个大厨不错的！……只是暂时缺个打荷的……所以有的菜上得慢一点儿……"又听那柴禾

妞在说:“阿姨还开玩笑,说她来干打荷呢!”小红便笑:“真的吗?”……

她心头像有个兔子在踹。喉咙里有两句话在恶斗,不知哪句话会冲出去,一句是:“对,我急需工作,我来打荷……”一句是——终于还是它蹦了出来:“当然,看你门上写着,所以开个玩笑……”

以“他怎么还不来?我去外头打个电话……”告别收场。她彳亍在大街上。

寄　存

吃晚饭的时候，我最怕门铃和电话铃响，那回先是门铃响，我正搛了一个肉丸子放入口中，门铃忽然急促地响起，差点让我噎住。好在老伴去儿子儿媳妇家了，要是她在，会心软，尽管十二万分不乐意，总也会去到门边，隔门大声问“哪位”，而且只要那声音听来和善，即使陌生人，她也会先开出一条缝儿。我的心比老伴至少要硬两倍，任凭那门铃声叮咚连响，且吃我的饭，反正我又没跟谁预约，是他干扰了我，我绝无接待义务，对不对？

门铃倒终于不响了，电话铃却又响了起来。我家的电话铃声设定为一种优雅舒缓的旋律，但不去接听，它竟来回来去地响个不停，听来虽然不扎耳锥心，也够让人腻烦的，我忽然想到，会不会是老伴在儿子家有什么急事，就搁下筷子，过去抓起话筒，里面立即出现了邻居小詹的声音，难道是他有什么紧急的事情要求助于我？我这么一问，他连说了一串“对对对对……”，我就问他在哪儿给我挂电话呢，他说就在我家门外，我恍然大悟，刚才按门铃的就是他，按不开，所以再用手机呼唤我。

我们这几幢楼，原是行业内部的宿舍楼，十年前按优惠标准分别卖给了住户们，近年来可以上市交易，有的单元成了出租屋，有的已然卖出过户给跟我们这个行业了无关系的人士，因此邻居间越来越生疏。我原来就是个不善交际的人，楼里生面孔越来越多以后，点头打招呼的频率大减，乐得“老头拉胡琴——吱咕吱（自顾自）”。不过这小詹却是见面不仅要点头打招呼，还多少要添几句不咸不淡的话，那是因为，小詹的父母跟我在一个单位共事几十年，虽说始终没成为知心朋友，却也从未产生过什么过节儿，小詹是我眼看着长大的，

他父母不幸在前些年相继亡故，他继承了父母那套挺宽敞的住房，前数年娶了个漂亮媳妇，又生出了个洋娃娃般的小公主，这两三年觉得他是名利双收，开着辆我也叫不出名儿的血红的小轿车,似乎比同楼的那些私车都显得档次高些。记得去年春节长假结束前一天，在楼下遇见他们一家三口从车里出来，说是刚从新马泰旅游回来，大包小包地提拎着，让我好羡慕，心里也暗暗为他那亡故的双亲欣慰。

小詹跟我住一幢楼，但不在一个单元门里，楼层也不一样。他从未来过我家，我当然更没去过他家。他怎么知道我家电话的？一定是从传达室那里问来的。我开门迎入了他，他灵巧地闪入，绕过餐桌，走到门厅深处，我请他坐到沙发上，他也不坐，只是叫我伯伯，说他要把一样东西寄存在我这里，过些天再来取，我这才注意到，他手里提着一个密码箱。

老伴回家来后，我把小詹寄存密码箱的事告诉给她，原以为她会把我严厉责备一番，没想到她比我更开通，说:“既然他解释了，已经买了新房子，正装修，这边的房子要卖掉，常会来看房子的人，所以把这么一箱子细软什么的暂存咱们家，我看也就别往歪处想他啦。他最近常到电视里当嘉宾，难道他这样的人会往咱们家藏匿毒品吗？他肯定是老早听他爹妈说过，遇上什么事，最可托付的就是你，这也算两代人的信任了。再说，咱们在这三楼里住了快三十年了，一次溜门撬锁没遇上过，咱们这样的有传统传达室的院子，比新近那些个有什么物业公司、穿制服的保安的商品楼盘严紧多了。怎么老同事儿子来寄存这么点东西，你就蝎蝎蜇蜇的，哪儿还像条男子汉！”

两个多月过去，总没遇见过小詹那辆血红的小轿车，也没遇见过他们家的人，他也没来过电话，那只密码箱在我家隐蔽处秋毫无犯，但电视节目里又见到他当嘉宾，侃侃而谈，我当然也就绝不为寄存一事蝎蝎蜇蜇。

万没想到的是，前两天老伴又去儿子家了，我吃完晚饭，刚收拾完，门铃响了，我想了想，就去开门，门外是个女士，刚开始没看清楚，后来发现不是别人，就是小詹的媳妇，忙把她请进来，让坐，倒茶。她刚坐定，就开门见山地问，詹某人是否在我这里寄存了东西？我望着她那双文过的眉毛和拉过双眼皮的眼睛，觉得心里发堵。她似乎看出了我的疑惑和反感，莞尔一笑，开诚布

公地宣布："我正跟他进行离婚前的财产分割，他很不老实，隐瞒了他工资以外的收入，他跟我结婚时，并没有就财产问题签下任何协议，因此婚后双方财产共享，哼，他以为他那些稿费、版税、劳务费什么的可以瞒天过海藏匿起来，我现在把绝大部分付款底子都找到复印了，他必须把这些款项分一半给我！"

我反胃、恶心，就说："您闹离婚，闹到我家来了！我跟你们的事有什么关系？"

那女士脸上漾出一个得意的笑容，告诉我："他在您家寄存了一只密码箱。那可是我们必须分割的财产，您要是单只交给他，而被他再次转移藏匿，那我可要在诉讼里把您作为第二被告的！您要一直保留到法院派人来取才能交出。"

我大声抗议："岂有此理！我根本就没见过什么密码箱！"

她站起来告辞，笑吟吟地说："老伯伯，您怎么连这个也不知道：现在是有私家侦探的啊，我雇的那个，水平就是高！"

她怎么消失的，我也弄不清，只记得老伴回来往我嘴里塞药片时，我惊惊咋咋地问她："你进咱们楼……甩没甩掉……尾巴？"

捡芝麻

对“唐老”的称呼，他渐渐地习惯了。

一种新习惯的形成，意味着某些旧习惯的消弭。

比如，他原来习惯于说：“不要捡了芝麻，丢了西瓜嘛！”

有时是在他所主持的最严肃的会议上，严肃到庄严程度地说，于是就有与会者将他这句话录到笔记本上，并且在下面画上双线。

有时在与同僚交换意见时说，语气诚挚而持重，往往令对方大佩服，不由得频频对之点头。

有时是在向他的上级汇报工作时说，声调变为舒缓诙谐，上级当时虽没有什么特别的表示，但事后上级在视察或作报告时，偶然引用他的“名言”，即使并不指明是得之于他的汇报，他亦心舒神畅——其实那“名言”古已有之，专利本不属他，只不过他据之为口头禅，并在他的工作实践中确实身体力行，给人印象深刻罢了。

在家里他也是动不动就要老婆孩子乃至到保姆“弃芝麻抱西瓜”，例如女儿葆青刚往电视机前一坐，他照例就要说：“大好时光，你哪能就这么都用在捡芝麻上哩！”葆青照例就要顶撞：“芝麻营养价值超过西瓜！”……他倒也看电视，主要是《新闻联播》，他认为只有《新闻联播》算是“电视西瓜”。

离休后的头一年，“弃芝麻抱西瓜”仍是他的口头禅，但有一回葆青给了他一个强刺激——当时他正系那套银灰色的中山装的衣扣，准备去出席一个什么新产品的新闻发布会，上主席台就座；葆青当着司机小罗便嘲笑他说：“爸，您现在怎么什么帖子都不论，一请必去呢？您也该挑挑拣拣，看哪个是西瓜，

哪个是芝麻呀。今天这个新闻发布会您闹明白了没有：分明是个关于芝麻糊的活动！”小罗忍不住捂着嘴乐，他气得直瞪眼……但到底他还是去了，当晚北方电视台的晚间新闻节目里，还有那新闻发布会上他表情肃穆的一个镜头，在屏幕上滞留了两秒钟之久。

后来夏天到了，他钓鱼回到家中，葆青扔着一份请柬嬉皮笑脸地对他说："爸！特大喜讯！您一准得去！人家这回可是开办'西瓜节'，您是抱西瓜大王，您不去，他们那'节'可怎么揭幕？"他没生气，只淡淡一笑，也没怎么歇着，便收拾起他那渔具来——葆青从旁看去，大吃一惊：他那姿态神情，比捡芝麻更像捡芝麻！葆青本想再调侃父亲几句，望着父亲那弓着的脊背和一双整理钓丝的现出老人斑的手，忽然转过身去，直咬嘴唇……

今年春节，上门贺节的比以往还多。葆青发现，父亲有了个小癖好：凡有那带着小娃娃来的，父亲总忍不住要把那小娃娃揽过去，或放于膝上，或抱在怀中，有一次竟至于把虹表妹的小儿子架到了他的肩膀上，任凭那娃娃拍打他的额头，还呵呵咧着嘴笑……

葆青心里挺不是滋味，不仅她小的时候，父亲净忙着"抱西瓜"而全然顾不上揽抱抚爱她这粒"芝麻"，就是她那上到高中的儿子，小时又何尝有过虹表妹那个丑娃娃的待遇！

但不管怎么说，唐老的生活中如今弥漫着芝麻的芳香，总是一桩西瓜般甜美的事。

节　拍

他抱着那节拍器，走进了楼区。

在经过绿地时，他见合欢树下的石椅空着，便坐上去，且歇一时。

他打开包装盒，取出节拍器，摆弄着。他让节拍器打出很急促的拍子，那声响让他觉得很可笑。他换成舒缓的节拍，把节拍器放到石椅上。

过来个老头。一见就是个爱跟陌生人搭话的唠叨人。他赶紧把目光移开，老头却仍然在他跟前站住，并且躬着腰，和和气气地问："……学琴……几岁啦？"

他把节拍器挪到自己膝盖上，老头便坐在了他旁边。老头还问："……没上学呢吧？……"

他含混应答着。老头很高兴，认为总算找到个谈伴了，便跟他絮叨起来："我们晶晶学三年啦，都通过五级了！……啊，晶晶是我孙女儿，我闺女的闺女……以往只把儿子的闺女当孙女，闺女的闺女得挂个'外'字儿……如今男女平等……一样的骨肉，分什么内啊外啊的，您说是不？……您的是闺女还是小子？……现在是弹汤普森呢还是弹车尔尼？……晶晶他们最近在东城少年宫那边有汇报演出，我从报纸上看见的广告……唉，可惜我这儿没琴，所以他们就来得少了……我还是挺高兴！……您家老人那边有琴吗？……如今学琴的一多，钢琴的价没见有落，倒是居高不下啦……"见他没个回应，老头这才"唉"出了一声来。

夏阳透过合欢树枝叶的间隙投射到那节拍器上。节拍器还在击出舞步的节拍。他忽然感到那节拍声有一种诉求的情调。他心软了。不再把那坐在身边的

老头视为厌物。他偏头望老头，老头正偏着头望他，显然老头那样偏头望他已经好一阵了。他对老头笑笑，老头一直保持着的微笑更浓酽了。

然而他一时还是找不出话来跟老头说。老头却又开口了："……您倒是个沉稳的人，还能跟这儿坐坐，听我唠叨唠叨……晶晶他们一家子，特别是我那女婿，别说跟这儿他不会坐，就是到了我那屋，也忙得顾不上往沙发椅子上坐……也不是他存心不要坐，他坐得下来吗？要么，腰上 BP 蛐蛐嘟嘟了；要么，手里握的大哥大马蜂嗡嗡嗡了……他来是一阵风，走是一道烟……也不是对我不孝顺，他两边都孝顺着啦，可他会把给他妈买的睡衣撂在我这儿，把给我买的 T 恤搁在他妈那儿……闺女和乖孙女儿倒愿意跟我多坐坐，可两人都要考证儿，考了这个证，又考那个证，到了这个级，又要奔那个级……都是忙得恨不能生翅膀的人！……您倒沉稳！……"

他其实也未必有多沉稳。他关上节拍器，把节拍器放进包装盒。他对老头儿笑笑："今天真晴……也不算热……我该走了……回见！"

他便走了。边走边惊异自己没像一阵风或一道烟。他是不会把节拍器撂错地方的啊……想到这儿他笑了。

……他上了楼……按了门铃，门里是欢快的声音……门开了，露出喜容的是个老太太……老太太接过了那节拍器……

……屋里靠墙摆放着崭新的钢琴。打开包装的节拍器马上被放到了钢琴上，在一只仿唐三彩马旁边……乐谱架上是一本合拢的《儿童钢琴简易教程》……

他环顾着，露出惊奇的表情。屋里原来的窗帘、沙发套、沙发上的腰枕、桌布什么的，要么是棕色的调子，要么使用的是蓝地白花的蜡染布……而现在都换成了淡粉与鹅黄的基调，也还使用着蜡染布，不过都是白地艳红并配以翠绿图案的那种了……

他不禁赞叹："妈，您这儿一切都变得年轻了！"

妈妈把那本《教程》取下递给他："今天邮局才送来的……"他接过，翻开，在扉页上看到妹妹那熟悉的"凤舞"："给开始第二个童年的妈妈……"

……妈妈坐到琴凳上，用上节拍器，看着《教程》上的"蝌蚪文"，弹出

了一条最简单的练习曲……

他发觉自己居然一直站着……他害臊了……他把自己安稳地沉落在沙发中……他从侧面看到母亲那双粗糙的手在琴键上爬动，并注意到母亲眼角流溢出的异样光彩……

退休的母亲倾其积蓄，圆了几十年隐藏在心灵中的一个永未褪色的梦……无数细微的往事忽然在他心中复活并涌动飘飞……

节拍器指挥着最单纯的音符，那琴音的节拍使他感到自己胸中的那颗心抖落掉了许多的灰尘……

今夏流行明黄色

猛不丁觉悟过来，已经晚了！

珊珊急匆匆地跑过几个自由市场，最后总算在秀水东街那儿买到了一件连衣裙，全黄色！黄得扎眼！

她穿着它去赴约会。

“我差点没认出你来！”男朋友上下打量着，眉毛飞上去。

“你没想到我也能弄着一件吧？唉，都怪我小病了一场，才半拉来月，跑到大街上一看，嗬。时兴上这号亮黄亮黄的了！怎么样，够派吧？”

“嗯——”男朋友的眼光分明不怎么能赶上趟。

穿着那连衣裙去上班，刚一进财会科，几位女伴就围了过来。

“哟，你这不对劲儿，眼下时兴的是明黄，不是这号杏黄！”长着一双丹凤眼的吴淑丽警告着她。

“当年不是只有皇上家才能用明黄色吗？这年头，个个姑娘都想当女皇了！”韩大姐一边叹息着。

珊珊不计较韩大姐的评语，可淑丽的话却让她全身冒着汗。

回到家，妈妈责问她：“怎么刚穿两天的新衣服，就让你这么一卷巴扔到了一边？”

“您懂什么！它黄得不对！”

妈妈耸耸肩膀。这年头，姑娘们竟敢一身黄地摇来摆去。她当姑娘那阵，连“黄”字也不敢说哩。“你这人真黄”那就离坏分子不远了。

再一次赴约，珊珊转着身子让男朋友看清楚：“是正经明黄的，不是错色

的！”转完了，她指点着远处的黄衣服姑娘向他宣谕：“瞧，不对，又一个不对，她们都没弄着正庄货，杏黄，多怯！浅黄，太嫩！土黄，老气……”

男朋友想表现一下独立思考能力：“我觉得柠檬黄不错！”

“柠檬黄?！还橘子黄呢！”

珊珊得意地把明黄色穿到了财会科，吴淑丽头一个尖叫起来：“新潮！这回够新潮了！上下分开两件套，比那古古板板的连衣裙洒脱多了！”

珊珊正笑成一朵花，淑丽凑到了她身前，没想到用手指头一捻她的料子，一双丹凤眼就“开了屏”：“呀！你这料子不对！如今时兴的是光面软缎，你这个——”

珊珊的笑容枯萎了。

再一次赴约，她把伸脖瞪眼的男朋友后背一拍：“你瞧哪儿呢?”

男朋友扭过头，一瞧：“你——我以为你还是明黄色呢，让我好找，满眼净是明黄色了！”

珊珊这天穿的却是一件淡紫色的连衣裙。

“你怎么不黄了?”

“什么话！你才黄呢！”又“扑哧”一笑，“算了算了，反正也撵不上了，活该了！”

两个人摽得紧紧的沿着湖边发腻。到了一棵大柳树下，男朋友买蛋卷冰激凌去了，忽然有两个姑娘走过来问：“您这连衣裙哪儿买的?”四只眼睛来回打量，把珊珊给弄糊涂了。

……珊珊和男朋友吃着蛋卷冰激凌朝前遛，若干明黄色姑娘与他们交错而过，不时地回过头来。

今年秋天该流行淡紫色了。等着瞧吧！

1986 年 10 月

韭菜泥

十三楼住了个小伙子外号叫查米，豆芽菜身材，刘易斯式板寸发型，下身没冬没夏总穿罗伯水洗裤，上身只要天儿不凉便只穿彪马牌 T 恤衫。他在一家合资企业当差，每天早出晚归。他进楼等电梯的时候，邻居们跟他打招呼，他毫无反应，原来他耳朵眼里总塞着蚕豆大的立体声耳塞。

十三楼还住了个小伙子外号叫炮锤，倒锥形身板，陈真式不开缝发型，腰里没冬没夏总围着条大板带，上身只要天儿不凉便只穿一件雪白的普通圆领衫。他是园林局绿化队的花木养护工。每天早晚，人们常可以看见他在楼下绿地一角练拳。

查米和炮锤既住同一层，难免不磕头碰脸，不管查米有没有反应，炮锤总主动跟他点头。这天两人又在电梯口遇上了，炮锤习惯地一点头，查米冲着炮锤"哎哟"一声，倒让炮锤吃了一惊，不由得问道："你怎么啦？"

查米对于炮锤，一向"忽略不计"，这回因为病魔袭来，不免破例对话，也算是利用倾诉痛苦来一点儿心理自疗。原来查米右手的拇指、食指和中指，全都屈伸困难，得了腱鞘炎。他在合资企业天天守着计算机键盘工作，这毛病可害他不浅，头天因为工作效率降低，已吃了经理微笑警告。炮锤要捉住查米的手看看，查米躲开了。

这天炮锤下班时候听开电梯的姑娘说，一过中午查米就回来了，说是已经没法子工作，到医院去本要打封闭针，可他有过敏反应，又没打成，现在连拿筷子吃饭都困难了。

晚饭后炮锤头一回去拜访查米。查米人儿锃光瓦亮的，住的那间屋子却乱

七八糟像个鸡窝。炮锤说给他发发功试试，查米回绝了，说他只相信现代科学所精确验证的东西。炮锤就介绍他一个偏方——用中药九分散拌新鲜韭菜泥抹到手上，一天换两次，预计五天之内能好。查米只是冷笑。

第二天查米又去医院，大夫说打不成封闭只好让体内抗体慢慢把炎症化掉。查米在医院往工作机构打了个电话，人家说已派他人上机，给他半个月的时间把病治好。查米苦笑着回楼，他半个月内将“颗粒无收”，半个月后倘手病不愈还很可能有“笑面清炒鱿鱼卷”在等着他。

谁想一进电梯，电梯姑娘就递给他一个木碗，里头喷出一股浓烈的气味。电梯姑娘对他说：“快拿去！是炮锤给你配的药，如今韭菜都下市了，炮锤骑车到老远的红桥集贸市场给你找来的，还不快抹上谢谢人家去。”

查米到家把药抹上，嘿，不到一小时发炎的部位就阵阵发痒。查米去敲开炮锤家的门，跟炮锤道谢，这才发现炮锤住的那间屋子整个地是一个文化气氛极浓的雅致书屋，炮锤正挥毫作画，见查米来了高兴地迎上去。

五天后查米上班去了。午间休息时间他对经理说，他有一位好朋友使他坚信，莱布尼茨与八卦推演的二进位与现代计算机之间确有某种内在缘分；而楼里的人们从那天以后都发现，即使查米耳朵里仍有耳塞，他也变得乐于主动跟大家打招呼了。

卡通熊与胡姬花

最近遇到两桩蹊跷事。

一次在我出差前。傍晚散步，路过我们那个小区五号楼下，忽然有一样东西从前方三楼窗内抛出，一方面那东西是斜向我所在的位置迎面落下，另一方面事出突然我也躲避不及，结果那东西砸到了我肩膀上，把我着实吓了一大跳。那东西从我肩上滚落地上后，我才把它看清楚——那是一只比婴儿还大的卡通熊；我捡起它来，弄清楚它是绒布缝制的，芯里大概填的是泡沫塑料，怪不得砸到我肩上只是让我受惊，倒并没有造成什么伤害。卡通熊通体乳黄色，内耳壳、圆鼻头和四只熊掌土黄色，嘴巴咖啡色，两只眼睛用鼓鼓的黑纽扣体现，煞是爱人！熊耳朵上，还挂着标志品牌的硬纸卡，显然是刚从商店买回来不久。这么好的一只卡通熊，怎么会被人从窗户里抛出来呢？我纳闷地抱着熊朝那抛出它的窗户望去，并没有人从打开的窗扉俯身朝下寻视……啊，我想，一定是那家的“小皇帝”耍脾气呢，可不能这样溺爱啊！……

从那窗户的位置，我分析出那家该住在五号楼的301室。于是，我便上楼，去按301室的门铃。门开了一条缝，是个年龄比我大的，奔花甲的男士，他一眼就看见了我手里的那只卡通熊，可是，他那表情，却古怪得难以形容。紧跟着，他身后露出一位摩登女郎，总有二十好几了，已经完全脱掉了学生气，双眉竖蹙地瞪着我问：“您……找谁？”我举起那卡通熊，还没说出话来，那女郎便朝我连连摆手，喊出声来：“不要不要不要……”那男士很为难，想接我手中的熊，却又很是犹豫；我说：“这该是你们家的啊……”那女郎把那男士推开，冲我嚷了句：“该是你们家的！……”说着砰地合上了门。我抱着那熊，

既尴尬，也气恼。这算怎么一回事儿呢！

我去了居委会，向他们讲述了我的遭遇见闻，并把那只卡通熊交给他们处理。据他们说，那单元里住着小两口，结婚没有多久，还没孩子呢；我看见的那男士，该是那新媳妇的父亲；父亲鳏居好几年了，很是疼爱闺女女婿，常来看望他们，平时感情挺好的，不知怎么今天闹上了别扭；也许，是那女儿嫌父亲还把她当小姑娘看待，所以不高兴，可，那也不至于就把卡通熊扔出窗外，人家捡起来给送上去，还硬把人家给轰走啊！……

后来我就出差去了。因为我好歹也算有高级技术职称，所以坐的软卧包间。回家没几天，忽然有人按门铃，开门一看，首先落进眼帘的，是一盆胡姬花，那是极昂贵的一种兰花，原来只有南洋才能生长，现在大概我们这边的花卉公司也引进栽培了……美丽的胡姬花上方，是一张微笑的脸，未等我开口，那送花的女士便笑吟吟地对我宣布，她是某花卉公司的，给我送花来了，又问我可以进屋吗，把花放在哪儿。我忙对她说："您一定搞错了！我没订过你们公司的花……"她微笑得更加灿烂，对我说："是您的朋友给您订的……"这让我更加糊涂，我的什么朋友会送我这样贵重的花呢？何况这天离我的生日很远，我家也没什么该庆贺的喜事……我说："您一定弄错地址了！"她拿出送货单给我看，上头明白无误地写着我的名字和详细地址，可是，却又没有赠花人的姓名和地址……开头，我坚持不收那花，可是，送花的妇女竟慌张起来——她本是个下岗女工，好不容易才谋到这么个差事，那天又是头回跑外送花，她怕我退回去会影响公司经理对她能力的怀疑……于是，我只好收下了那盆从天而降的胡姬花。胡姬花虽美，于我而言却仿佛是偷来的东西，我望着它只是发愣……爱人回到家来，问起，我解释不清，她虽笑笑，没再追究，但从她那眼神里，我能感觉到胡姬花确实引出了她的狐疑……

第二天我一下班便直奔那家花卉公司，非要他们提供送花者的信息，他们找出一张名片，递给我看，咦，很眼熟嘛……我想起来，我前些时出差，回来的火车上，同包间的一位戴大钻戒的老板，曾主动跟我交换名片，正是他！我立即借花卉公司的电话，给那老板的手机打过去，居然马上接通了，我开门见山地问他："你送我那么贵重的胡姬花干什么啊？"他那边也开门见山地回答我

说:“不好意思不好意思……那天我们聊起来，互报了属相，回来一想，不对头啊；您属鸡，我属兔，俗话说，鸡兔不同笼啊，鸡兔同了笼，账目难算清啊……我们生意人，不能不避邪啊……其实，您就只当是个玩笑嘛……您多包涵……”电话断了，我气呼呼地把那老板的话学给花卉公司的经理听，花卉公司经理并不以为奇，帮那老板开导我说:“煳鸡煳鸡，把鸡烧煳，鸡兔同笼的晦气就破掉了嘛……反正您这样的人又不信这个，白得那么好看的一盆花，有什么亏吃？……”我这才彻底明白！

也不知怎么跑出那花卉公司的，气呼呼地回到我们那个楼区，迎面遇上居委会的王大妈，她抱着乳黄色的卡通熊，叫住我，那意思是该特别跟我交代一下:“这熊确实是五楼 301 他们家的……父亲还按原来的想法，以为闺女小时候喜欢熊，这回生日就还给她个熊，谁知道那闺女两口子都是股民，今年被套得牢牢的，怎么做也翻不过身来，所以一见这熊，就觉得不吉利，人家盼的是牛市不是熊市么……人家坚决不要，老搁在我们办公室也不是个事儿，现在决定送到托儿所去，您看合适不？……”我一听，本来就发涨的脑袋，一下子更大了……

看倒影

S君的油画越来越引人瞩目了。那天我去他在农村的画室，迈进去就看见一幅接近完成的大画，那画上显示出一个倒立的人形，比例与真人相似，很不规整，觉得飘飘忽忽的，不禁说:“这画为什么倒放着?”不待他回应，我又说:“啊，故意倒着画人——你又在玩什么新花样? ‘后现代’不过瘾，又玩‘后后现代’?”他迎过来，笑道:“您再细看看，这幅可是完全写实呢!”我立住脚细端详，看明白了，却还要问:“你这画的是谁的水中倒影?”

S君招待我喝下午茶，细说端详。他出生在南北交界地的一个小村庄，在乡里上的小学，在上到四年级以前，他说他都还没有开“眼窍”，就是他完全不懂得审美，直到有一天，他们的班主任老师，他记得姓蔡，那时候大概才二十出头，活泼泼的，像是同学们的大姐姐，既教他们语文，也教他们算术，又教他们唱歌，也带他们做操，那一天，蔡老师跟同学们在河边做游戏——那个乡村小学没有围墙，迈出操场不远就有一条小河，蔡老师说不玩“老鹰捉小鸡”，大家都来当老鹰，她当带头的大老鹰，我们是一群小老鹰，大家一起飞飞飞——就是她身后的那个同学拉住她衣裳的后襟，然后其余同学一个接一个地拉住前面同学的衣裳后襟，大家步调一致地沿着河边的草丛跑呀跑、跑呀跑，笑语喧哗，快乐非常，蔡老师高声宣布:“注意注意，老鹰要休息啦!”然后逐渐放慢脚步，最后停了下来，后面的一些“小鹰”仍免不了失去平衡，跌倒在地，蔡老师就回身检阅，关切地问:“跌疼了吗?”跌倒的和没跌倒的就嚷成一片:“不疼不疼!”后来蔡老师就跟同学们一起在河边小土坡上坐下休息，就在那个下午，蔡老师亲切地跟同学们说:“要学会看

风景啊！不要光往岸上看，要懂得看倒影啊！看呀看呀，小风吹过来啦，河里的倒影怎么样啦？……”S君强调，蔡老师指点倒影的那一刻，对他来说，是生命中最宝贵的审美启蒙，从那一刻起，他开了“眼窍”，能够发现现实世界里，可以被称作“美丽”的事物了。当然，这种理性的归纳，是多年以后，才提炼出来的。而且，蔡老师的这种审美启蒙，也不是每一个同学都能理解与吸纳的。S君承认自己早慧，他说当许多同学仍然懵懵懂懂的时候，他就不仅能飞快地领悟蔡老师的指点，而且，还能主动地去求教：“蔡老师，除了河里头的倒影，还有什么是好看的呀？”

他至今还记得蔡老师跟他说的话：“那些一般人没感觉的东西，你要产生感觉才好呀！比如我宿舍外头的那架丝瓜，有的人看见，他会想着，瓜棚好遮阴啦，嫩丝瓜好做菜啦，老丝瓜成了丝瓜囊好拿来用啦……你出去细看看，你看那瓜藤上的嫩藤尖，它好想往竹竿上攀呀，它在微风里颤悠悠呀，它多可爱呀，多耐看呀……”他就真的跑出蔡老师宿舍细看那瓜藤尖，他说，那半透明的带有小绒毛的最尖端凝出一粒细水珠的丝瓜藤的嫩尖，第一回唤起了他作画的冲动——虽然老早就有美术课也画过许多给老师去评分的东西，他意识到那些都不是“美术”，也算不上是“画儿”……

他说蔡老师相貌平平，但有时候蔡老师让他觉得很美，比如有一次蔡老师教他们算术，做一道例题，忽然蔡老师脸红了，连连摆手说：“哎呀错啦错啦，不好意思，算错啦！”于是再从头做起，还告诉同学们，她为什么算到那一步出了错，提醒同学们吸取教训——蔡老师纠正自己错误的那几秒钟，在他心里产生出一种不光有颜色、线条、光影、动感的形式美，还有一种更深层次的美感，当然这也是他多年以后才提炼出来的感悟。

我问：“这位蔡老师教你们的时候，该是改革开放初期吧？那时候她就能注意对学生进行美育，真不简单呀！又过去快三十年了，她已经桃李满天下了吧？”S君说，他小学毕业以后，到镇子上初中，毕业前回老家小学去找过蔡老师，人家告诉他，蔡老师考上大学，离开好几年了，究竟是哪所大学，谁也说不清，这让他无比惆怅。后来他到县里上完高中，到省会读完大学本科，毕业后又到国外闯荡了几年，一直没有忘记蔡老师的启蒙之恩。现在他画这么

一幅《倒影中的启蒙者》，正是为了抒发胸臆中的一汪情愫。

我和S君探讨，蔡老师的美学意识，是她读了一些美学著作产生的，还是天性中自发的？她对学生进行美育，是自觉的，还是无意的？S君说他无从判断，但他将在那幅大画里表达这样的意蕴：这样的一个生命，必是快乐而有福的！

客厅里的嗡嗡声

高耸的塔楼，窗外是车水马龙的环路——这是京城新居住区的典型景象。春风吹绽了楼下绿地的白玉兰，灰喜鹊跳跃在水池边，孩子们尖叫着荡秋千，老人在桃花与迎春花之间摆开棋阵……有人在问：云老怎么不露面？

云老前些时不慎摔倒在卫生间，还好，无大碍，只是扭肿了脚踝，到医院检查处理完，在家中静养。

最近云老家中，时不时有关于什么是真正的朋友的议论。

议论之始，自然是因为得知云老脚伤，有上门探视的，有电话致慰的，一时间，家里又热闹起来。儿媳妇就说，老爷子还真算人离了，茶未凉。儿子说，礼数而已；望望在南窗边躺椅上闭目养神的老爷子，又补充说：那年请老爷子当评委，主办方把老爷子的一幅画儿也列入参评之作，结果，一位评委打头炮，说举贤不避亲、选优不讳友，力主老爷子拔头筹，其他评委一听，哄然称妙，就让那奖杯，成了咱们家一个装饰品，陈列到如今，可是，半年以后，背靠背评一个级别更高的奖项，老爷子那幅画，仍被提名，评委呢，主体还是那几位大仙，结果怎么样呢？……说到这儿，老爷子也没睁开眼睛，就从南窗那儿掷来爽朗的笑语："也不过是，少拿回一个装饰品罢咧！"儿子儿媳妇就跟着笑。

孙子从他那贴着大幅跑车手海报的屋子里，一身运动装走出来，他妈就问他："又会网友？你就不怕上当受骗？"那孩子不屑回答，他爸就嘱咐他："想想爷爷那天说的！"孙子临出门回应道："先加才能后减，是不是？"

孙子这样回答，是因为那天餐桌上，爷爷有所感叹："不要轻易地朋友长朋友短，你们说的朋友，其实，仔细想想，有的只不过是同窗，有的只不过是同事，有的只是熟人，有的只是利益伙伴，有的不过是爱好相同……朋友这两个字，分量很重，嘴吐此二字，务必多掂量。我原来也总觉得朋友不少，后来，自觉做减法，仿佛在胸膛里设一面心筛，筛下多余的，留下最珍贵的……当然啦，过去有职务，人际交往，需首先顾及工作需要，反倒是不能把朋友跟工作混淆起来，甚至有时候还应该回避朋友，以求行权公正，但是，现在退休啦，公事莫找我，享受友情正当其时，有那主动将我从人际交往中删却的，说真心话，感谢！他也省事，我也快活！我自己呢，筛去减掉一些，剩下的，多乎哉？不多也！但余生之中，也足可沐浴真情厚谊了，快哉！快哉！"那天老爷子话多，孙子头回没觉得厌烦，下午爷爷铺纸作画，孙子难得地去给爷爷研墨。

孙子在互联网上与他的朋友网聊，儿子却还在用信纸给外地的朋友写信，儿媳妇呢，有空就跟她的朋友煲电话粥，且听她怎么说："你们小旺也是那样？你说这互联网，真让人揪心，可我也不能对儿子实行专政呀？毕竟现在是这么个时代啦……还好还好，他品位倒高，主要是跟他的网友聊体育，看盘嘛，最近看的是《通天塔》，好像还能理解……我那口子呀？他表面上比我开通，还跟儿子讨论过什么'后街男孩'的歌，其实呀，私下跟我谈，也够焦虑的，怕哪天孩子冷不防踩歪了难挽回……是都得注意呀！……老爷子吗？还硬朗，基本上不再参加抛头露面的活动……他的画嘛，凭良心说，我觉得跟来客一样，也是少而精了！……"

那一天，孙子、儿媳妇、儿子陆续回家的时候，刚打开门，就都听到了一种嗡嗡的声音，定睛一看，是很少露面的胡爷爷，在他们家大客厅里，给倚在沙发上养伤的云老抖空竹呢。抖的和赏的，偶尔交换一个眼神，脸上全放着唤回青春的红光。

孙子记得，爷爷说过，跟胡爷爷是贫贱之交，就去取数码相机，来把两个人都照进去。儿子就再下楼去买二老爱喝的二锅头酒和酱肉。媳妇到厨房里，一边系上围腰一边琢磨今晚该添些什么菜……

鸟瞰夜晚京城，万家灯火，环路上黄前灯红尾灯形成两条逆动的彩带，红尘滚滚，繁华落尽，云老家中景象，不过是沧海一粟，但尝滴水可知海味，敢问春风楼群：真情且向何处寻？

空　　盒

李涓是大学二年级学生，她每周去崔钢家辅导一次算术。崔钢现在进入六年级了，家长为他请的家庭教师已增加到四个，除李涓外，还有语文、英语、钢琴方面的教师。

中秋节后不久的一个晚上，李涓去了崔钢家，一进崔钢的屋，便吃了一惊：钢琴边上，用许多的盒子，垒成了一座比钢琴还高的塔。胖嘟嘟的崔钢拍手笑着，命令李涓："你快说：一共是多少个盒子？不许一个个数！要马上说！"李涓说："总有十多个吧！"崔钢哈哈大笑，蹦着脚说："还辅导我算数呢！真没眼力见儿！一共是二十三盒！"

真是二十三盒。都是月饼盒。最底下的，盒面比脸盆还大；然后依次缩小着个头；有扁圆的，有多棱多角的，有长方的，有正方的，还有心形的……最上头的一个是提篮形的；绝大多数是铁皮彩印的，金碧辉煌，也有木制的、竹制的和瓷器的……

如今的中秋节，一户人家有好多月饼本不足为奇，可是，崔钢家的月饼盒竟能垒成一座高塔，这不能不说是一个奇观！

"这么多月饼！你们家才这么几个人，咋吃得了啊？"

"吃它？我们才不吃这些玩意儿呢！"

"不吃，买来做什么？"

"买？"崔钢斜着眼笑，"我们家还用得着买这个？！"

李涓心里便明白：都是送的。崔钢的爸爸是个官。当官的，总有人给送东西。这也是中国社会的实情。李涓望望那座塔，不由得说："你们自己不吃，

总可以送给别人吃呀，比如附近的鳏寡孤独，残疾人……也可以直接送到幼儿园、敬老院嘛！……”

崔钢脸上现出一种他那个年龄实在不该有的表情，直愣愣地望着她，毫不拐弯地说：“李老师，你心里头其实一直在想，既然你们家有这么多的月饼，怎么中秋节那几天我来家教，你们也不端出一块半块的给我尝尝呢？……”

李涓感觉一股热血冲到了脸上，她气得几乎挥手打崔钢一记耳光……她咬咬嘴唇，忍住了，并且把冲到喉咙的一句“我才不稀罕呢”也吞了进去……她觉得眼前这个学生说这些无礼的话时，神态表情酷似他的妈妈……孩子毕竟是幼稚的，她需要耐心地予以调教……稍平平气，她问：“你妈呢？”

往常崔钢的妈妈这时总会出现，叨唠些自以为有用其实无用的话，今天怎么不见身影？

崔钢这时脸上现出顽皮的神气，仿佛李涓不是老师而是他的姐姐，踮起脚凑拢她耳朵小声说：“她文眉去啦！……”

文眉？李涓从未特别注意过崔钢妈妈的眉毛，似乎并没什么缺陷嘛，文什么眉呢？

“……那家美容院，连我妈也得预约才行……预约到这个时候，我可开心啦！我妈让唐姨今晚就别来了，给了我二百块钱，让我在麦当劳吃个够……”

二百块钱吃麦当劳，不得把肚子吃爆！

“……我回来，闷得慌，想玩，就垒了这么个塔……好玩吗？……不过，咱们先别上课，你得帮着我，把这塔拆了，盒子都再搁到阳台上去……不能让我妈看见呀！……”

看见了又怎么样呢？这又不是偷来的，不都是人家自己送上门来的吗？中秋节嘛，送盒月饼按说也算不上多大的问题……

崔钢拆上了那塔，李涓拦不住他，只好帮他拆……她发现盒子都很轻，都空了，不由得问：“你说你们没吃，又没送人，那怎么会……都空空的？”

崔钢很亲昵地说：“嘿，我告诉你，你可别跟别人说啊，这些个月饼呀，都让我妈她一个人……”

“一个人都吃了？！还不吃出病来？……”

“……那些天，她天天晚上，等唐姨跟老师什么的都走了，就坐在饭厅餐桌那儿，一盒盒地打开，一个一个月饼地掰开切碎了检查，还把所有的衬纸什么的都翻个透……”

“怕有毒？”

“不是！……妈妈说，前几年的经验，有的月饼里，藏着金戒指，还是镶水晶的啦！……有的那衬纸底下，搁着美元……这样的月饼，能送幼儿园、敬老院什么的吗？……”

“会是这样？”

“……妈妈说，这都还不算珍贵呢，最珍贵的，你知道是什么吗？……嘿，有一个‘七星伴月’的大月饼盒里，藏着几张照片！……”

“谁的照片？”

“……是一男一女，光着身子，搂搂抱抱的照片……”

“月饼里怎么还藏黄色照片？”

“不是黄色照片，是跟我爸争位子的那个家伙，他一不留神，乱搞的时候让人给偷偷用照相机留下证据了！……我妈我爸得了这照片可乐坏了！后来他乖乖地给我爸让了路……送我们家这盒月饼的叔叔，头年不是跟我爸欧洲七国考察去了吗？……”

李涓心里头直翻秽气。她问：“今年怎么样？这些月饼盒里都有些什么？”

“嗨！把我妈气疯了！”

“为什么？”

“都是只有月饼，除了月饼还是月饼……”

这时忽听有人在用钥匙开崔家单元那防盗门的锁，一定是崔钢他妈回来了。崔钢慌作一团，跌坐在空月饼盒堆里不知所措；李涓直起腰来，等待那面对面的一刻，并迅捷地做出了决定……

老袜皂

棠棠家要从小单元搬大单元了，一家好高兴！

棠棠爸妈都是“70后”。都是大学本科学历。都凭一门专业技术在社会上立足，扎扎实实地奔小康。尽管现在房价不菲，经过多年积累、精心挑选，棠棠爸妈还是把从过世的爷爷奶奶那里继承来的一个没有厅的小二居出脱，买下了一套两室一厅的宽敞二手房。

这天全家做搬迁前的最后一些事情。常年在小区里设点收废品的胡叔叔，来帮忙搬走一些废弃物品。

妈妈让胡叔叔先把两大包旧衣服搁到楼道去，跟他说：“知道现在你们不收购衣服了。不过这些旧衣服当垃圾扔掉实在可惜。你跟你爱人挑一挑吧，能留着穿的就当工作服吧。我知道你们孩子也是要买新衣服穿的，棠棠的这些衣服其实也没旧到哪里去，只是她抽条穿不了啦。你们尽量利用吧。实在无法利用再帮我们扔垃圾站去。谢啦！”爸爸一边收拾东西一边感叹，“如今连农民工也不穿补丁衣服了。电视上出现还没脱贫的农村景象，房子破旧，但人们衣服总还看得过去，小姑娘也有穿木耳领子的连衣裙的。改革开放的好处，从衣服不再属于废旧回收物资这一点上，也能体现出来啊。”妈妈就笑：“你别光歌德。现在咱们这儿缺德的事少吗？你看小胡身上的阿迪达斯T恤衫——假名牌满天飞！”胡叔叔也笑，还拍拍自己的裤子：“这KAPPA裤也是假的！嘻嘻……您还别说我大摇大摆，比起那些贪官奸商来，我心里头踏实多了，对不？”

爸爸正检查一大匣子药品，把过期的药瓶子里的药片胶囊哗哗倒进大垃圾

袋里。胡叔叔就说："您费那个事干吗？连瓶子扔不得了？"妈妈帮着解释："怕有人捡去当好药骗人。也怕那没钱到医院看病到药房买药的人捡去乱吃。"棠棠也说："咱们楼下人行道上贴着好些小广告呢，写着'高价收约'，还有手机号码。我懂，不能让那样的药贩子捡到带瓶子盒子的药！"胡叔叔抬杠："真要黑了心，他就不怕麻烦一粒粒归总起来再装进瓶子里，卖给黑诊所害人去！总有那图便宜的糊涂蛋上他们当！"爸爸就说："能黑成那样吗？真不敢想象！不过，反正这么处理总比连瓶子扔强！"

妈妈处理厨房里的东西。胡叔叔装起一口袋瓶罐。胡叔叔抱怨这金融海啸连废品收购也深受影响，比如啤酒瓶易拉罐什么的，收购站降价一半。妈妈就说全白给他。胡叔叔把妈妈捡出的接近过期的酱油瓶醋瓶料酒瓶直接往垃圾袋里放，妈妈说还是要把瓶里剩余的液体倒进地漏才妥，胡叔叔边笑边往外挪那垃圾袋，说："现在没有连你这剩醋也捡去喝的穷人。"但是，他把垃圾袋扔在楼道时，不知里头什么瓶子磕破了，一些褐色的液体很快渗了出来。妈妈赶忙过去看。胡叔叔让棠棠闻是醋味儿还是酱油味儿。妈妈有点生气了，说："小胡，你还乐！棠棠，快把拖把拿来！"棠棠给妈妈取来拖把，妈妈就挪开那垃圾袋，认真地把渗出的污渍尽量擦净。胡叔叔说："咳，这是楼道，又不是单元里头！再说，你们明天不就彻底搬过去了吗？"爸爸也到单元门外来了，听了就说："改革开放这么久了，经济上起飞了，大家都分了些好处，可是，遗憾呀，公德心还是进步不大啊！"胡叔叔不大高兴，但一时没说什么。

胡叔叔搬了几趟淘汰的旧家具，包括淘汰的旧电脑显示器什么的，付了钱给妈妈。又帮着扔了几趟垃圾。他见有一纸匣里头是些废掉的电池，就要顺手也给扔到楼下垃圾车里，爸爸制止住了，说："前两年那边商场大门里头还有个专门接收废电池的圆桶。现在到处都不见专门的接收器物了。只好先带到新居去再说。"妈妈也说："现在人们又多半把废电池跟一般垃圾一起扔。这东西的污染恶果怎么形容也不过分。咱们家要守住这个公德！"棠棠注意到，胡叔叔这时脸上的不高兴消失了，露出了钦佩的神色。

棠棠带胡叔叔到卫生间去洗手。棠棠递给他一样东西——是旧袜子里塞满

若干肥皂、香皂的剩核儿，跟他说：“胡叔叔，这是爷爷奶奶给我们留下的好传统——老袜皂。我们家总把洗烫干净的老袜子，装起剩下的皂核儿，浸湿了拿来当液体皂用！”

胡叔叔把那老袜皂举在眼前观看，心里想：“嘿，这家人的文明，有根基啊！”

两规相遇

婷婷过生日，约了三个女生两个男生中午到快餐店聚会。事前她征得了爸妈同意。爸妈头天晚上已经在家里为她庆生，丰盛的大餐后，有好大的蛋糕。爸爸说，她越过十五岁，可以有一点儿自己的社交活动了。妈妈说，暑假里，白天跟同学聚聚，天黑前回家，当年自己也有过类似的行为；何况那几位同学，都知根知底，可以放心。

下午三点多，婷婷妈妈手机上来了婷婷的短信："我很快活。会按时回家。"妈妈习惯性地给她回拨电话，手机却关机。妈妈当时在医院上班，抽空给婷婷爸爸打去电话，那边的回应是："我马上要进会议室开研讨会，你别疑神疑鬼。"婷婷妈妈倒也没有再分神，忙着自己担负的医务工作。但是四点半以后，忽然来了个电话，打电话来的那位妇女声音急促，情绪激动。婷婷妈妈原以为是哪位患者或患者的家属，虽然一开头简直听不明白对方说些什么，也依然蔼然回应："您别着急，慢慢说，我听着哩……"对方却好几分钟点不到题，只听气喘吁吁地说："……坏人能不防吗？你是要负责任的！"婷婷妈妈如坠云里雾中，不得不问："您是怎么知道这个号码的？"对方迸出一句："亏得他们汪老师告诉了我！"再耐心交流，才弄明白来电话的是跟婷婷一起去聚的玲玲的姥姥，玲玲也是发回去一条短信，说"今天很快活，会按时回家，放心"，然后也是关机。婷婷妈妈就说："他们说好七点回家的。现在还不到五点。估计他们六点以后会打开手机。"玲玲的姥姥却无论如何不能安心，宣布："你不管你闺女，我可不能不管我孙女，我这就去那快餐店找他们去！"接完这个电话，婷婷妈妈心也乱了，就拨爱人手机，也关机。想了想，就搜索出婷婷他们班主

任汪老师的电话号码，打过去，汪老师听了，劝慰说："孩子们给家长发短信后再关机，享受他们的青春时光，恰好是成熟的表现。当然，玲玲姥姥的担心也是可以理解的。还有康雄他爸爸，也从他那公司打电话来，要求提供婷婷爸爸或您的手机号码，经我劝说，后来他又放弃了跟你们通话的打算。不过，他提出一个建议，就是让学校组织孩子们学习《弟子规》，他说他就专门请人去他那公司讲了《弟子规》，强调下要服上的规矩，效果很好。"婷婷妈妈坦白："我还真没读过《弟子规》啊。"汪老师说："我们也还没讲这个。要先研究一下。不过我们都先看看《弟子规》还是有必要的。"最后商定如果到六点半孩子们还集体关手机，再通电话看怎么处理。

那天到了五点四十，事情闹大了。玲玲姥姥找到那家西式快餐店，冲进去找了一圈，全无婷婷玲玲等的身影，问值班经理，回答说中午是有六个中学生来过，而且确实预定好座位的，但是前面那拨从十点开始聚餐的人本应在十二点半离去，却拖后了，于是那六个中学生就表示放弃，离开了。问是不是有争执，闹了个不愉快？回答是绝对没有，店方一再道歉，经提醒前面那拨人也开始吃甜点，可是订座的人还是自己放弃了在那里面就餐，是说说笑笑地离去的。问究竟去了哪里，值班经理只能耸肩摊手。于是，玲玲姥姥就打 110 报警，说是孩子失踪。

事实是，婷婷自己忽然改了主意，她说："昨晚吃了好大的蛋糕，现在真不想再吃这些。"康雄说："咱们在这种地方聚过多少次了，还这么过生日，不是太小儿科了吗？"婷婷就说："我想去划船！"于是，六个孩子就欢呼着去了附近的公园，他们买了些饮料面包，两位男生充当勇士登船掌舵，每船两位公主安享和风拂发……起航前，他们相约给家长发去"安民告示"的手机短信，争取起码有五个小时的"绝对只属于我们自己的不受干扰的浪漫时光"。划完船他们又在岸边花荫下随意漫谈，那本是他们记忆中最完美的一个片段……

他们在六点钟纷纷开通手机，玲玲的手机率先爆响，不久，竟有警察叔叔和玲玲姥姥出现在他们面前！第三天，五个孩子家接到了康雄爸爸快递过去的精印小册子《弟子规》。

那晚，正当每家的家长展读《弟子规》的时候，忽然他们手机前后脚发出

提醒音，打开看短信，是六个孩子攒出来的《父母规》："爱我心，深领之。爱勿溺，禁勿宽。子女包，莫乱翻。手机信，勿搜检。我渐大，非囫囵。父母教，虽敬听。有意见，容探讨。虽关爱，莫纠缠。自尊心，尤莫伤。问必答，答可简。偶沉默，勿躁恼。忌攀比，少叨唠……"还注明"未完待续"。唉，两规相遇，家长们反应不一，后事如何，笔者不敢贸然分解。

六瓣梅

他热爱文学，但从事的是最不需要文学想象力的一种偏僻的技术工作。他很忙，没有时间阅读任何文学作品。但他会在难得的休闲时间里，同妻女侃文学。也不是对文学进行评论，而是对小说进行复述。他复述的小说，都是几十年前出版的。他的复述极有可听性，甚至可以说具有特殊的魅力。他不单是复述那些小说的情节，他会把细节、对话，乃至某些描写上的精致处，全复述出来。

他承认，他复述的某些小说，自己并没有读过。是当年他的老师复述给他的。

他在南方一处穷乡僻壤度过从少年往青年蜕变的生命时段。他所上的那所镇上的中学根本没有成型的图书馆。但是有位曾老师，是从北京去的，曾老师的宿舍里也见不到多少书，但是曾老师肚子里有个图书馆，会把一些书的内容复述给学生。除了在课堂上有所复述，曾老师还常给他“开小灶”，复述一些小说给他听。

他长大了，要去省城上高中。他伯伯在省城工作，可以给予他经济上的资助和生活上的照顾。他还会考大学，争取考进曾老师就读过的那所大学。跟曾老师告别时并不伤感。那是在曾老师宿舍外的葫芦棚下。结出的葫芦形状很奇特，曾老师说叫作“鹤首”，仔细观赏，从下面膨胀部分往上面细长的部分去联想，确实像是鹤头和鹤喙。曾老师说要送他一件礼物。他本以为是要摘一个“鹤首”给他。没想到却是另外的礼物，什么礼物呢？复述一篇他从未听到过的翻译小说。师生二人对坐在葫芦棚下的小竹椅上，他听了终生最难忘

的一篇小说。

他貌不出众，却娶了一位美丽的妻子。妻子后来跟长大的女儿承认：他追求自己的最大俘获力，就是他对小说的复述。女儿也就坦言：爱爸爸，最爱的是复述小说时的爸爸。

他的妻子从事会计工作，并不阅读文学杂志和文学书籍。他的女儿和他一样，选择了一种无须文学想象力的科技行业。那么多年过去，他所能复述的小说早已讲尽。但是重温熟悉的小说仍是他们生活中的一大乐趣。有时候面对电视机，把几十个频道全搜索过，还是觉得无一可观，于是他们就关闭电视机，往往是女儿求爸爸再复述某篇精彩的小说，爸爸复述起来，当中被女儿打断："不是这样的，那只跑过草地的狐狸是跛脚的……"爸爸就微笑："跛脚的吗？对，跛脚狐狸它就……"虽然听过很多遍，女儿还是觉得跟才绽放的鲜花一样芬芳，而妈妈也在一旁边织毛衣边惬意地颔首……

女儿交了个男朋友。那小伙子不仅喜欢读小说，自己也写小说，写了就搁到网络上任人点击阅读。小伙子希望女朋友从网上在线阅读，女朋友却总让他复述，他试着复述，效果很糟，女朋友说："你讲出来都不精彩，读起来能有味吗？"小伙子就说："讲和写，看和听，是不能互相取代，也无法类比的。"

他女儿从网上下载了小伙子的小说，读过以后复述给爸妈听，爸妈很满意。"其实他写得很糗！"女儿说。"真的吗？"妈妈不信。

有一天小伙子跟他女儿说："你爸给你们讲的，有的是经典，有的算得精品，有的只不过是他个人偏爱。"他听女朋友把从未来岳父那里听来的几篇小说复述给他以后，到网上去搜，没搜出来，就跑到图书馆去借，借到了一篇，印在一本很久没有再版的老书里，那本相当厚的书当年定价居然是 0.68 元。小伙子把那本书呈现在女朋友面前，拍着封面说："你自己看吧！人家写的跟你爸和你的复述不对榫啊！"

他女儿翻书细读，读完发愣。后来想办法借到不少旧书，书里的小说，跟爸爸的复述，差别都不少。简单来说，是他的复述，似乎更精彩，所增添的，所省略的，所夸张的，所渲染的，所回避的，所凸显的，似乎都是写那小说的作家——有的是人类公认的文学大师——该那么写而竟没那么写的。

女儿把这个发现告诉妈妈，谁知妈妈早就晓得："梅花只有五个花瓣，你爸开的是六瓣梅。他不过是给亲人讲讲，算不得问题。不仅不是问题，实对你说吧，我当年相中他，这么多年喜欢他，能开六瓣梅，是个关键哩！"

不久前曾老师故去了，曾老师儿子根据父亲生前的嘱咐，给他寄来了一个"鹤首"葫芦，上头刻着这样的句子："不必去当优秀的作家，却一定要当优秀的读者。"

楼道里的笑声

老苗心神不定。开头还不过是忐忑不安，在屋里转悠了几圈以后，越寻思越觉着邪乎，以至于一把抓起电话，仿佛捻死臭虫似的按着键……

电话很快接通了，那边老魏问："怎么样？你都准备利落了吗？"

他一直羞于把那念头说出口，可事到临头，他不能不说了："……哎呀老魏，飞机这玩意儿……要不，咱们还是坐火车去吧！……"

老魏不以为意："你开哪门子法国玩笑？……你怎么回事儿？是你说的那个'恐机症'又翻腾上来啦？"

这回出差，一起头老苗就跟老魏嘀咕过："我可比不了你，坐飞机跟坐公共汽车似的……我可有'恐机症'！一想起来离地面那么老远，魂儿飘得那么老高，心里就发怵……要不是这回事儿急，又非我跟着去不可，我可不冒那个险！……"可是，毕竟这是工作需要，一般情况下，领导还不批你坐飞机呢！当时老魏听了只是笑笑，机票什么的都是他一手办妥的，约好了今天各自去机场，在候机厅里会合。

老魏那边似乎就要挂上电话了，老苗急吼吼地跟他说："哎呀你别不当个事儿！安全第一嘛！把机票退了，改坐火车，也就晚到一天罢了，能误多少事儿！我这可真不是跟你逗！实说吧，这几天我一直在查资料……就是命运测算……在街上买的……不非法！是有名有姓的国家出版社印的嘛……还有挺有名的人给作序呢！……你等我说完嘛！人家指出来，不能光信西方的那些个理性科学，东方的神秘主义也是个知识宝库嘛！……你听我说，我查了嘛，今天是个凶日，大凶，'诸事不宜，尤忌远行'！……迷信？人家是有根据的嘛！

是干支、星宿、建除、飞星、属相……多种因素综合起来，很慎重地做出的判断嘛！……哎，宁可信其有，不可信其无啊！……”

那边老魏生气了：“你怎么回事儿？没想到你竟然真的相信那一套！……你是什么意思嘛！难道你真的不去飞机场了？你像话吗？有你这么对待工作的吗？……”

听了这些话，老苗心里不是不惭愧，可他心里塞满了大凶不吉的预感，总觉得这一回如果去坐飞机，不是个凶多吉少的问题，而是个必定会“赶上”的问题……从电视里所看到那些飞机失事的镜头，快速、杂沓、重叠却又凝酽、明晰、生动地飞动在他的心头，撞击着他的魂魄……他嗫嗫地说：“……我确实产生了严重的心理障碍嘛……我跟你讲出来，正是对工作……负责嘛……我真的憋不住了，不能不跟你打这个电话……特别古怪的是，我收拾完箱子，想把那本书找出来，再研究一下，嘿，邪门儿了，怎么也找不着它了！……你知道我爱人孩子这一阵子都在我丈母娘家嘛，家里就我单拨一个嘛，你说这是怎么一回事儿？……不由我不唯心嘛！……”

老魏在那边叹了口气，反而不那么生气了，然而语气严肃起来：“……既然这样，那你自己给王局长打个电话，说明你的心理障碍，改坐火车赶着去吧……你那张机票我到机场给你退了吧……不过你哪天坐火车？今天零点以前的是不是也不能坐？……如果你那本预测书上标明这好几天都不宜出行，那你就干脆甭了！……真没想到，受了这么多年教育，愣让这么本新攒出来的皇历给唬住了！……”

老苗又犹豫起来：“我……我也不是说……绝对不能……只是我心里头实在闹腾得慌……你先别批判我嘛……你知道全世界都有那么一些个人，不管受过多么好的教育，到头来还是害怕坐飞机啊……”

老魏跟他说：“时间不多了，你自己快拿主意，我也不勉强你……”这时老魏从听筒里忽然听到一种很突兀的声音，那是一种背景音，虽然模糊不清，却很明显，不由得问：“你哪儿怎么了？有人来了吗？怎么好像在笑？……”

老苗当然也听见了那声音，就在他那单元门外；天热，没关上原有的密封门，只锁着有镂空花栅的防盗门；声音就爆发在门外的楼道里，是笑声，很响

亮，很真率，很开心，也很好听的那么一种银铃般的笑声……

谁？谁在那儿笑？为什么笑？

是老凿邻居家的闺女，一个长挑身材，而貌娇俏，穿着时髦的女郎；她平时很少出现，只有在自己轮休的时候才偶尔回来看看父母；她是个“空姐”，也就是民航班机上的服务员；这天她出了电梯，往父母家单元走去时，忽然脚底下踩着了一本书，不知是谁不小心掉在了那儿；她拾起那书，随手翻阅，原来那是一本所谓讲“预测学”的书,后头附着好厚一沓当年逐月逐日的吉凶预测；她拿眼睛一扫，便看见若干“不宜出行”“诸事不吉”“是日大凶”的字样……当她再一细看，那几个标明“不宜出行”的日子，恰是她在飞机上值勤的日子，往往一天里要在两三个空港里来回穿梭两次……她回忆起那几天里的情况，恰恰是气候最好，航行最顺，不晚点，不延时，空中颠簸度最小……而某个标明“是日大吉，利出行嫁娶入伙”的日子，那天分明是因为受暴雨影响，光北京天竺机场就有十多个航班停飞……可这书印得好漂亮啊！是谁的？还给包上了书皮，有些个地方还画上了圈圈杠杠……她本已忍俊不住，当她翻到自己已定下的那个结婚日期下面用粗黑的字体注明“不驻吉时，诸事勿用”时，便实在憋不住，笑出声来，并且一笑而不可遏止，终于，那银铃般的笑声充盈于整个楼道中，形成一派欢悦的共鸣音……

楼前白玉兰

他特别喜爱玉兰花。除了迎春，玉兰大概是北京初春最早开放的花了。迎春比较常见，玉兰相对而言要金贵得多。以往北京人时兴开春以后到颐和园去看玉兰花，那里乐寿堂侧院里有两株极品玉兰树，春来花开，玉雕神琢一般婀娜，香气淡雅而氤氲，观之沁腑爽心。这些年玉兰树种得多些了，长安街中南海红墙外，以及许多公园里，初春也都有白的或淡紫的玉兰花开放。

他这些天忙于一篇学术论文的最后定稿，但观赏玉兰花的心理需求，依然是“当春乃发生”。从报上看到记者拍的新闻照片，说是中南海红墙外的玉兰花苞已然绽开了，引得春阳中的路人欣喜观望；他家离那里颇远，但他家附近的公园里，近年来栽种了几株白玉兰，每逢初春花期，他总是要去瞻仰一番；于是他两次抽空去了公园，但也许是因为这公园的地气还不够苏暖，或与中南海红墙外的品种不同，竟都只还是枝头上刚刚冒出毛笔头般的花芽；他这天在整理论文的间隙里，伸腿舒臂，听着窗外骤起的风声时，脑际不禁闪过这样的念头：啊呀，玉兰花的花期是非常短暂的啊，说不定我这儿一忙，顾不得再去，这风再一吹，那玉兰花便都香消玉殒了啊！……

他确实没工夫再去公园。那天他应邀去参加一个学术会议，会议假座于一所公寓式宾馆。那地方很不好找，他下了公共汽车，绕了好一段冤枉路，才终于找到。进了那宾馆大门，绕过堆得并不怎么好看的太湖石屏障，他寻找那大院落中的三号楼，学术会议便租的是那楼里的会议室。他边走边观望，忽然，有美丽的东西落入他的眼睛，令他惊喜不置——那是三株虽不算大，但非常秀气的玉兰树，就栽种在某座楼大门的侧面；三株树的花都烂缦地开放着，有一

株枝头上的玉兰花完全可以称之为怒放！他激动地走过去，在那楼前的玉兰树边贪婪地鉴赏着那些洁白、光润、秀挺、芳馥的花朵，他都几乎忘记了自己所来为何了！

忽然，他听到有人大声地招呼他，他转身定睛一看，啊！原来是大秦！大秦是他中学时的同学，他早知道大秦“下海”发了大财，并且前些时他还在公园边上，一个高档俱乐部门口，十分凑巧地与大秦邂逅；进那个俱乐部的人，据说是一个晚上从吃潮州菜起，到看夜总会表演，再洗桑拿浴，全身按摩，最后到KTV包房喝洋酒，享受跪式服务直至凌晨四点离去，最低的消费额是一万二千元！当时他只同大秦随便寒暄了几句，分手后也便“相忘于江湖”。他对大秦既不羡慕，也不鄙夷。他觉得只要大秦是按正当的“游戏规则”赚钱，那么大秦怎么消费他所赚的钱，便只是大秦个人的私事。

他没想到在那儿会又遇到大秦。大秦问他：“你怎么在这儿？”他同时也在问大秦同一问题。两人便互相解释。原来大秦在这个宾馆里常包了套房，就在他们所站的那栋楼里，并且大秦伸手一指，所包的套房简直就在那三株玉兰花后面的窗户里头。他不禁艳羡地说：“大秦你可真有福气！有玉兰这么守着你！”大秦显然是把玉兰听成一个女子的名字了，跟他说：“咳，别提她了！……我也用不着她守着我！……她跟着个老外远走高飞啦！跟你说吧，别指望这号娘儿们能跟你动真情，全是逢场作戏！……”他便笑说：“你说些什么啊！我是说，你这窗户外头……”大秦便说：“是呀，这一楼的房确实不够理想，窗户外头老有汽车发动的声音……我们院里各人自己的车，多一半是大名牌，那还好说，讨厌的是外头开进来的，尽有那十几万一辆的低档车，噪音实在大！……”他说：“我是说你那窗户外头，这楼前的三株……”大秦竟还是听岔了，回应他说：“我没把这楼全租……租一套，一天是七十美元，算相当优惠了……等我公司再扩大，那我可就不在这儿租咯……我得挪到高尚点的地方去……”于是他便指点着，更大声地说：“你看呀，我说的……是那个啊……难道你不觉得……非常美丽吗？”这回大秦的目光确实对准那三株玉兰树了，可是大秦瞳孔的焦距却越过了那些玉兰花，落在了所租用的房间的窗户上，那玻璃窗里，显露出大秦挂在窗边的一个很大的镀金的吉祥物，那是一

个把“招财进宝”四个字写成一个字的菱形挂件……大秦说：“美丽吗？……这是我从香港带回来的……你以为这边也有卖的？跟你说吧，这边的都是铜皮做的假玩意儿，我这可是实打实镀了金的！……”

他觉得心里发堵。正在这时又有人过来招呼他。大秦便告辞，奔自己的那辆宝马车而去了。来招呼他的是学术会议的工作人员，跟他说：“都在等着你啦！快，跟我去吧！”

他边走边忍不住回望那三株玉兰花树……开了好几天了吧？就在楼前头，就在那套房窗外啊！……

领他去三号楼的人以为他是在回望大秦，便对他说：“常住这里头的人，听说个个都是大款啊！……那是您熟人吗？……他一定也非常有钱吧？”

他扭回头，闷闷地说：“不，他其实很穷很穷……”

轮椅第一天

霍兄女儿霍琪来电话，说她爸爸第二天就要从医院回家，开始轮椅生活了，请我一定去一下。

霍兄本来身体不错，却突遭车祸，经医院救治，虽然活了下来，却从此只能凭借轮椅活动。他住院期间，我去看望，那时已经脱离危险，却十分嗜睡，见我去了，霍琪要将他唤醒，我忙制止。霍琪不想详细叙说爸爸伤情，我也自觉绝不多问，活着就好，大家保重！

第二天起床后，我边洗漱边想，去霍兄家，见他坐在轮椅上开始余生第一日，该怎么安慰他呢？他本是个喜动不喜静的人，“人是地行仙”成了他的口头禅。霍嫂前三年去世时，他虽悲痛，半年后依然参加旅行团去游览了柬埔寨的吴哥窟，他说曾和霍嫂一起看电视里介绍吴哥窟，当时霍嫂说了句：“要能在那里头捉迷藏该多好！”他没言声，心里发愿，霍嫂的病好了，一定去那里返老还童，捉一番迷藏！同游嬉戏的愿望未能实现，但霍兄游了吴哥窟，用数码相机拍了许多照片回来，我去他家，他打开电脑让我欣赏，我说：“空镜头居多啊！”他告诉我：“没有一张是空的，你也许看不出来，我就都知道，她藏在了哪儿，从那个缝隙里跟我眨眼呢！”……但是，现在霍兄坐上轮椅了，虽说坐轮椅周游列国的例子世界上也是有的，但霍琪跟我说了，医生很明确地告诉她，她爸爸今后再不能各处旅游，必须习惯轮椅上的小半径生活。

我决定给霍兄带去非同寻常的礼物。营养品，水果，想必别的亲友都会给他送去，多半会出现供大于求的局面。想来想去，我去了西单图书大厦，我精心挑选了一批编印精美的旅游类图书，还有若干这类光盘，我大体上知道他以

前旅游过哪些地方，哪些地方则想去还不曾去过，我尽量选择那些跟他还没有去过的地方相关的图书光盘，我想他一定会非常喜欢，他虽然坐在轮椅上已经不能身体力行亲履其地，但他在“坐游”中一定也会产生出飘飘欲仙的感觉！

我拎着一大口袋礼物去了他家。

霍琪开门把我迎了进去。我还没看见其人，声音已经响起：“画家来啦！欢迎欢迎！”这开的什么玩笑！我虽然业余偶尔画两笔，哪里称得起画家！我看清了轮椅上的霍兄，他比以前瘦了很多，车祸连他脸上都留下了痕迹，他伸出双臂表示要拥抱我，我忙弯腰搂住他，我感觉到他拥住我的手臂柔如柳枝。他剩余的生命是多么孱弱啊！我有些鼻酸，但站直了以后，我忍住了泪水，怕他看出，忙环顾四周，我有些惊讶，从房间布置上说，怎么有些跟过生日似的？餐桌上分明有个蛋糕！霍兄把一位四十来岁的男子介绍给我，黑黑的，一看就是来自农村的，原来那是家政服务员小张，霍琪两口子虽然跟爸爸同住，但是他们各有各的工作，霍琪先生已经去上班了，霍琪一会儿也要去公司，她告诉我：“张哥在医院就是爸爸的陪护，照顾得非常好，我们非常感谢他答应来我们家，继续照顾爸爸。”霍兄先对我说：“新生活！新开始！你是见证人！”又对小张说：“你先别推，让我自己来，人是地行仙，我要先周游列屋！”他就启动轮椅，让我们跟着，在单元里巡游起来。霍琪提醒他：“医生说了，一般情况下，都应该让护理推着您！”霍兄就哈哈笑着说：“今天是特殊情况！是开学第一天！是开业大吉！是新长征的第一步！是生命新篇章的第一页！”

回到客厅里，霍琪跟我说，爸爸立下了个志向，就是要从这轮椅生活第一天开始，尝试画油画！之所以特特地把我请来，霍兄接过去说：“因为你画过油画，不是要你费好多工夫教我画，你看，画架画布，调色板，画笔，修改刀……全准备齐了，只需要你就最基本的技术性问题，耐心回答我的可能是非常愚蠢的咨询……”我惊呆了！眼前这个人，经历了那么严重的生命危机，他在轮椅上的第一天，竟然要开启一支新画笔！他满心欢喜，一脸憧憬，他的声音点化着我的灵魂：“我要凭印象先把游历过的五十个美景画下来，第一幅：在吴哥窟捉迷藏……”

马尾巴

蕙表妹比我小五岁，是搞文学翻译的，这个星期天下午忽然给我来电话，我一接听她便问我：“你有空吗？我想多占用你一些个时间……”令我很惊异，我一边告诉她恰巧没什么事儿，请她尽管说，一边飞快地猜想，她遇到什么难题了呢？是那作为交流学者的表妹夫在美国得了病？是浸透她多日心血的译稿被出版社以难以获利的理由退了回来？……听她主动提到了博飞，我不由得急着问：“大卫他出什么事了吗？”

博飞是她的儿子，我的表外甥。表妹夫姓考，给儿子取名考博飞，不消说，是受到了英国古典作家狄更斯那本著名的小说《大卫·考伯菲》的影响，因此，虽然他们并没再给儿子取小名，我却总打趣地叫博飞大卫。大卫头年已经上了大学，学理工，那个专业据说将来很容易进外企。他们一家在我们大家族中应该说是最圆满的一例。

我这表妹家可谓改革开放的急先锋，尤其在对外开放，引进西方种种生活时尚方面，真是处处领先一步，事事令人刮目相看。比如说，家中墙壁天花板上都不安装灯具，照明只用台灯或戳灯；排斥一切假花，而室内恰到好处地放养着喜阴观叶植物；餐厅里总氤氲着现磨现煮优质咖啡豆的香气等等。当然，这和表妹及表妹夫两口子都搞文学翻译有关。博飞受他们熏陶，还在上中学时就在自己住屋的墙壁上贴满美国球星的巨幅照片，穿印满英文字母的T恤衫，放送蓝调和摇滚乐，我虽去他家次数不多，留下的印象很深。我不曾羡慕过表妹家的洋气，但也不曾对之有过腹诽。中国人的生活趣味多样化了，只要不对他人形成妨碍，各家各人爱怎么过就怎么过吧！

表妹在电话里说，最近她很苦恼，是为博飞的事。大卫究竟怎么啦？交上女朋友，不认真念书啦？沾染不良嗜好啦？心理状态明显地不健康啦？或者，是身体上出了什么毛病？……显然，表妹对这诸方面都很悬心，但又说不出个所以然来，我细问了半天，她能以指明的，只有这么一项："他……脑门后……扎了一个马尾巴！"

嗨！我当出了什么泼天大乱，闹了半天，不过如此！忙对表妹说："你叶公好龙了不是？这些年，你们对大卫熏呀熏，不就是往全盘西化上熏他吗？在西方，包括香港台湾这些地方，男性留长发，扎马尾巴，女性留短发，甚至剃板寸，这些年不是一直在时髦吗？大卫他现在上了大学，不比中学生时候了，可不是想扎马尾巴就扎它个马尾巴吗，这算得上个什么问题呢？……"

表妹却在电话里大吐苦水："……问题并不是那马尾巴本身……你知道我是最主张个性解放的，何况他已然十九岁，我不想干涉他什么……可是他毕竟还没有正式离开我这个家啊……最近，每周他回到家，倒也不是跟我没礼貌，也不是懒得跟我说话，甚至也会说，妈咪，你做的色拉真好吃……可是——"说着竟是不胜唏嘘的声气。

"那不是一切都正常吗？你究竟还希望他怎么样呢？"

"他就一直没有问过我一句：妈咪，你看我这发型，怎么样？……"

"你怎么会忽然有这样一种企盼？"

"是的，我就是有这么一种企盼！……他刚刚出去，约着他的朋友，一起去什么地方打保龄球……临出门时，他晃动着他那马尾巴……我多盼他问一句：妈咪，我这马尾巴，帅吗？……当然，更好是这样问我：妈咪，我这样，你不介意吧？……我会回答他，我不介意，只要你自己喜欢！……"

"不，你其实是想跟他说，这马尾巴难看，它并不适合你，真的不适合！你为什么非扎这么个马尾巴呢？这是模仿什么人吧？为什么要盲目模仿呢？……你是想给他提建议，建议他换一种对他更合适的发型……"

"是的，我心里最想说的，是这些话……"

"那你为什么不直截了当地对他说出来呢？"

"我总希望着，由他主动引出这个话题……可是，两个多月了，每次他回

来又离开，我的期盼总是落空！……”

“这说明他长大成人了，或者说，他在生活意识上已经全盘西化了……我没想到，你的大卫的这种状态，竟会在你心头引出这样的酸楚！”

我使用的“酸楚”这个文绉绉的词儿，显然她不仅听清楚了，而且马上感到了难堪甚至不快，她与我通话的兴致竟顿时衰减，改换口气问了问我的近况，以示关怀与礼貌后，便挂断了电话。

在这个急剧转型的大时代中，表外甥脑后的马尾巴以及他母亲内心的苦闷，实在连一朵浪花也算不上吧，可是放下电话以后，我默坐很久都做不了事。

卖指甲的老人

那天到一家老字号的，称“堂”的药房去买药。原先这样的药房叫中药房，柜台后面，几乎整面墙都是装中药材的小抽屉，抽屉上贴着白色的标签，标签上用墨笔字写出些中药材的名字。中药材都是天然的东西。买化学合成的药剂，则应去西药房。西药房柜台里则多半摆着些玻璃柜子，柜子里是些大大小小的玻璃瓶，玻璃瓶上也贴标签，但上头净是些洋文。现在药房都中西合璧了，也有不少药是天然材料与化学合成制剂混合配制的。那天我去的那个“堂”，算是中药房老字号里，最有古风的一家，它仍有一大面墙，安放着嵌有重重叠叠小抽屉的药材柜，抽屉上的那些写着药材名称的标签，氤氲出一股浓浓的传统文化的气息。

这家老字号信誉历经百年而不减，来这里持方抓药的人不仅有本地的，也有大老远坐火车乃至乘飞机而来的，只要是营业时间，那中药柜台上总铺开着些包药的纸，里面的配药师不停歇地在开合抽屉、用十六两制的小秤称分量；配好一份，又总要耐心地再照着方子检验一遍；偶尔缺某味药，便向抓药的人说明，或者建议以另外的相近的药材替代；有一回我还听见一位抬头纹密密的，瘦高的老师傅对取药的人谆谆叮嘱道：“童溲不能要晚上的，要一早的；不要用塑料碗接，一定要用瓷碗接；兑入不要过量，以一酒盅为度……”我一旁听了暗笑，中医疗法真是什么都可入药啊，这家老字号的“堂”，它的抽屉里也真是无奇不有，倘若童溲能保存，它一定也会卖的！

我那天要买的，是一种西药。买完了，顺便转身到卖中药的那边看热闹。一眼又看到了那位抬头纹密密的，瘦高的老师傅，穿着雪白的大褂，戴着雪白

的圆筒帽……啊，他像是在柜台一角，又在跟哪位顾客叮嘱着什么……还是在提醒童溲要早不要晚、不能用塑料碗接？……

我凑过去，伸长脖子一看，呀，那师傅和顾客之间的柜台上，打开的纸包里，是些……乍看不明其所以，再看，兼听他们对话，啊，是些人指甲！不是完整的指甲，是些指甲长长了，用剪刀铰下来的，新月形的指甲边……这也是药材呀！……再一细听，敢情不是药房在配药，是那柜台外的顾客要把那些指甲卖给这个“堂”，那抬头纹密密的老师傅，正在验货呢！

这回我不是暗笑，是忍不住笑出了声来。指甲入药，倒不算太可笑；可笑的是那卖指甲的人，你拿这么些个指甲——倘是完整的指甲也罢，却不过只是些指甲边儿——即使用十六两制的小秤来称，又能称出多大的分量，能卖出几个钱来！唉，唉，人想挣钱，钻缝觅隙到了这个份儿上，真真是，让我怎么说好呢！

蓦地回忆起，“文革”当中，当时我所在的单位，有位老陈，当时大约接近花甲的年纪，他一非当权派，二非“反动权威”，没有历史问题，更没有“现行反革命”的言论行为，平时也无民愤，可是，却也在斗争最狂热的阶段，给揪出来游斗了；为什么呀？就因为有人揭发出来，他每回剪下手指甲，都细心地留着，用纸包好，攒起来，拿去卖给中药铺……他对此供认不讳，立即激起万丈民愤，在批斗他的会上，一位“红卫兵”边扇他耳光边义愤填膺地喊：“你这个资产阶级唯利是图的小丑！你这个暗藏的复辟资本主义的炸弹！……”虽然对那样折磨他的肉体，当时是不以为然的，但也觉得他灵魂丑恶内心卑琐，确实应该深批痛斥……

难道真是“三十年河东，三十年河西”？昔日的卑琐行为，如今竟堂皇重现……我不禁细看那卖指甲的人，是位年逾花甲的老人……咦，怪，难道，他是……老陈？那眉眼儿，活脱脱的……可是，掐指一算，不对，老陈到如今，该是九十岁的人了啊……那柜台里的瘦高的师傅，经检验后，把那些指甲过了秤，付了款——似乎很少一点儿——那卖指甲的老人转身离开了柜台，我尾随着他……到了药房门外，我招呼那卖指甲的老人：“您可是……贵姓陈？……”他停住脚步，上下打量我，客气地回答：“正是，免贵姓陈……”我于是提起

那位当年曾同过事的老陈来。他现出一个吃惊的表情："正是先严……"啊，那老陈已然作古了！我道了几句致悼的话，便不由得好奇地问："您家……好像有个……到药房卖指甲的传统？"

那老人便耐心地对我说："正是。晚清时，先祖曾患一急症，药方里非配足人指甲三钱，要剪下一月以上的，遍寻内外城各堂，未能凑齐，只能以家中诸人现剪下的充数，结果不幸过早仙逝……由此，我家就形成个大小人等剪下指甲都留存下来，定期卖给药房的传统……除了'文革'中一度被迫中断，可以说几十年如一日……"

我心中的暗笑戛然而止。可还是忍不住问："人指甲真能当药治病吗？"

他很认真地回答："那是《本草纲目》上写的有的……"

我知道问这样的问题不太礼貌，但骨鲠在喉，不能不一吐为快："指甲能卖出几个钱来呢？如果觉得自己和家人的指甲能当药材，捐献给药房不就得了吗？"

他竟并不生气，娓娓地给我解释："先严也曾捐献过，后来发现，你捐献，他就不大检验了，也不认真分类保存……还是卖比较好，双方就都比较认真……你看刚才那师傅，他就很懂行，哪些是不大健康的，要细心地用镊子搛出去；手指甲和脚指甲要区分开；童指甲又要专门归类……统共是多重，一一较真，这样逢到要配药的病人，就能保证那药力恰如其分，阴阳调燮起死回生……这也是咱们中华文化传统的一部分啊，能不继承吗？……"

跟那卖指甲的老人握手告别以后，我彳亍在街头，心里盘算着：回家后是首先翻查《本草纲目》，还是坐在沙发上，翻查一下以往所忽略的，陈氏父子那样的，最普通的中国人心底里的，那些能养育我们民族生命的，最细微的元素？

没　问

社区的老年大学开张八年了，他退休后已经上过书法班和绘画班，如今在家里挥毫，号称是自修完硕士、博士进入博士后阶段，但是听说老年大学要开个识字班，不由得又去从头学起。

那个识字班，招生广告很有意思，是把头几天的报纸头版贴出来，把几条新闻里的词语画上红线，问怎么读，什么意思。他只看了“三审定谳”一个词语，就决定报名进班。说起来他有大学本科文凭，当过几十年的工程师，但直到现在，还是搞不清“定谳”究竟该怎么读，究竟是个什么意思。

老年大学许多班是要多少收些费的，这个识字班却完全免费。俗话说“免费无好货”，但上得第一堂课，他就觉得实在是快乐无涯。千金难买一刻乐啊！

那老师比他大不了几岁，胖墩墩的。见面就在黑板上写出自己的姓氏：亓。问学员们：“怎么称呼我呀？”一位老大姐就乐呵呵地高声唤出：“卞老师！”他带头大笑，纠正说：“要叫齐老师！”他大学同学里恰有姓这个的，他知道“亓”要读成“齐”。亓老师就说：“中国人姓名里怪字最多。比如去杭州，在岳庙，跟秦桧夫妇一块儿跪在那里接受千古唾骂的，有叫这个——”在黑板上写出三个字是“万俟卨”，问大家：“要叫着这位奸臣名字骂他，怎么出声？”包括他在内的学员全傻眼了，亓老师就教给大家，“万俟”是复姓，发音是“莫其卸”。

亓老师说，这个识字班主旨还是解决大家平日在读书看报、听广播看电视里遇到的那些疑难词语。于是他明白“定谳”不能读成“定献”要读成“定验”

是定准罪名的意思。又明白“差强人意”不是“让人觉得差劲”的贬义而是“大体上还让人满意”的褒义。

亓老师从第二堂课起，就让学员自带疑难问题来，由他解答。虽然每次上课都带着一摞字典，却很少翻查，差不多总能脱口而出地教大家发准读音理解对词语含义。亓老师失去了一只手掌，往黑板上写字的那只手挥洒出的笔画具有独特风格。几堂课过去，大家熟了，课前课后也就有先来后走聊上一阵的，于是知道亓老师是从外地一所大学中文系语言专业毕业的，1962 年分配到北京一所中学担任语文教师，退休后一直在撰写一部内容冷僻的语言学著作，尚未完稿。

但是亓老师的这个识字班的学员越来越少，离约定的三个月结业考试还差一个来月的时候，能坚持来上课的就只剩五个人了，他是其中风雨无阻坚持得最好的。在家里，跟老伴，他时常炫耀从亓老师那里学来的。比如电视里播《红楼梦》的节目，老伴问：“贾琏，字典里‘琏’只有一个读音‘脸’啊，怎么电视里总‘贾连贾连’的啊？”他就得意地解释：“亓老师说了，国家文字改革委员会有一个关于读音的规范，当一个词语是两个第三声相连时，允许第二个第三声的字轻读，所以，贾琏可以读成‘贾连’的！”老伴笑：“你学来这么些细腻的学问，究竟有多大用处啊？”他就答：“起码我不会得老年痴呆，劳累你伺候啊！”老伴抬杠：“那我要脑萎缩呢？”他笑：“你搞的那十字绣，越绣越细腻，除了咱们家儿女家摆满了，亲友家几乎送遍，你更不会脑萎缩！”

虽是免费课程，跟小孩子过家家似的，结业考试那天，五个学员自带纸笔陆续到达，亓老师在黑板上郑重写出试题，第一题就问“三审定谳”怎么读怎么讲。他是第二个进入考场的，一进去，只听见一位学员大姐正在跟亓老师热情地表达关于安装假肢的建议，直到学员们到齐，亓老师宣布考试开始，那位大姐才终止她的热情表达。

考完后亓老师当场阅卷，他得了满分。别人都散去了，只剩他和亓老师两个人时，亓老师忽然跟他说：“我要特别感谢你……”他吃了一惊。只听亓老师幽幽地说：“你是来上课的人里，唯一的一个，始终没有问我，为什么失去

了一只手掌的……在我一生里，到目前为止，能跟我在相处里刻意不问这个的，很稀少，你是第三位。”说着主动用那独一的手掌，把他的两只手掌拢到一起，紧紧地握住。

回到家，他对老伴讲完这件事，低下头，惭愧地说：“其实，跟他告别前，我那问他究竟怎么失去一只手的话语，都涌到喉咙口了啊！”

没用的故事

一个母亲带着八岁的儿子，坐在公园的长椅上。母亲疲惫地仰靠在椅背上，身边是竖靠在椅背上的提琴盒，她拼命抑制自己，却还是把养神变成了沉睡。儿子坐在她身旁，另一边是一个大画夹子。儿子轻轻推推母亲，母亲没有反应，他跳下长椅，四面张望，仿佛一只小鸟，想飞，却不知道往哪边飞好。

那是星期日的中午。公园里人不多。一个老爷爷恰好散步到那里，看见了那睡熟的母亲和就要跑开的孩子，一瞥间，老爷爷意识到，这对母子肯定是上完了上午的特长班，还要赶下午的特长班，因为家住得远，所以只能到这公园里来小憩一下。

小男孩就要拔腿跑开，老爷爷轻声叫住他："小弟弟，别跑远了！"

小男孩仰头望望老头，心想你管得着吗？我要能飞，飞得老远老远的，天那边，才好哩！

老爷爷指指长椅上的东西："别让人顺手牵羊呀。"

小男孩歪歪头，意思是：哼，都让人拿走了才好哩！

老爷爷笑了。他把小男孩引到对面花丛中的甬道上，指着那些花跟小男孩说："你把最美丽的一朵，找出来吧！"小男孩问："那有什么用呢？"老爷爷说："不是为了用。你能找吗？"小男孩就找，他指着一朵，快活地宣告："那朵那朵那朵，它最美最美最美！"老爷爷点头。两只蓝喜鹊叽喳叫着，掠过花丛，升腾到那边大柳树上去了。老爷爷说："你知道它们为什么这么高兴吗？因为那边湖里，新来了一对野鸭。""那跟它们有什么关系呢？"小男孩问。"朋友多了呀！"小男孩还问："野鸭能给它们什么好处？"老爷爷眯眼俯瞰

小男孩，小男孩仰起的脸上，一双黑眼睛很亮。老爷爷就让小男孩跟他坐到甬路上的没有靠背的石凳上，隔着花丛，斜对着小男孩母亲打瞌睡的那个长椅。

老爷爷说，他要讲些故事，不过这些故事没什么用，也给不出什么好处。老爷爷讲了起来，小男孩开头精神不集中，可是，没多久他就越听越入迷，“后来呢？”“还有呢？”小男孩正缠着老爷爷再讲，那边他妈妈忽然惊醒过来，先是左右一望大惊失色，然后就跳起来锐声叫唤他。

小男孩回到他母亲身边，那母亲不由分说拍了他脖子两下，指指手表说：“晚啦晚啦，快走快走！”母亲背起提琴，小男孩背起画夹，匆匆往公园外头走去。老爷爷望着他们背影，小男孩并没有扭过头来张望。

一个多月过去了。又是个星期日的中午。公园附近派出所来了个报案的母亲。她一个肩膀上挎着提琴，另一个肩膀上挎着画夹。她哭着报告，儿子丢了！情况是：带儿子上午去提琴老师那里上完课以后，到麦当劳里吃午餐，准备休息一下以后，下午好去美术老师那里上课；为了防止自己犯困，她还特别要了一杯咖啡；谁知到头来自己还是趴在小餐桌上睡着了！以前是吃完麦当劳以后到公园里去休息，后来觉得公园里的安全性不如快餐店里，没想到快餐店里也出问题！……民警只能先安慰这位母亲，她一把眼泪一把鼻涕地大哭诉：每星期六上午是带孩子去补习英语、下午去补习电脑，每到“双休日”她是比上班还累，为的还不是这孩子的前途？没想到这孩子竟越来越难管教，根本不懂得做母亲的一片苦心！而社会又是如此险恶，拐子竟拐到快餐店里去了！……

她的宝贝儿子究竟哪儿去了？原来，他和妈妈在麦当劳里坐在靠大玻璃窗的座位上，妈妈打盹的时候，他忽然看见了那回在公园里遇见的老爷爷，正从窗外走过，他犹豫了一下，就溜了出去，尾随着那老人，原来那老爷爷就住在附近的居民楼里，他一直跟着老爷爷进了那楼，眼看他开锁进了自家的单元门。孩子在那门外歪头想了想，就踮起脚尖去按门铃。门开了，老爷爷看见他大吃一惊，他大声提出要求：“我想听您讲没用的故事！”……

正在派出所里一筹莫展的那位母亲，她的手机忽然响了起来。不久就在派

出所里呈现了大团圆的场面。当天晚上，那孩子把他记得的那些没用的故事讲给母亲听。母亲惊异万分。为什么这些故事孩子会记得那么清楚？孩子睡熟后，母亲还在枕上琢磨，一时也理不清头绪，但那些故事里的那些小鸟、云朵、伸长缩短的树影、飘落在湖心的鹅毛、抱着毛栗的松鼠、只露出半个脸蛋的狸猫……却分明粘在她的意识上，让她疲惫的心，感受到一种意外的温柔与熨帖……

没有拒绝

“还听得出我是谁吗？”

虽然作家K如今最讨厌来电话的用这类话打头，一般碰到这种情况，他甚至会粗暴地应声答曰：“我没有时间猜谜！请你也节约自己的生命！”但这回他却马上热情地回应：“苏姐！哎呀，好久没听到你的声音了！你怎么样？好吗？……”

苏姐是区教育局的副局长，十年前她还在一所重点中学当校长的时候，K为了让自己的儿子上那所中学，托关系找过她，后来儿子很争气，考分够录取线，所以虽赖苏姐的关照，率先录入了该中学，却也算不上“走后门”，大家都很坦然。那一段常来常往的，K和苏姐颇谈得来，双方彼此都留下了不错的印象。K觉得苏姐挺懂文学，苏姐感到K富有平民意识。岁月匆匆，K的儿子如今已在美国一所大学攻读硕士学位，苏姐忙于本职工作，基本上已不阅读文学作品，他们好几年不曾联系，没想到苏姐突然给K打来了电话。

苏姐给K来电话，是希望他能到他儿子母校，采访一位优秀教师，写一篇报告文学。那是一位在中学岗位上，默默无闻地工作了三十多年的数学老师，苏姐一提那位李老师的名字，K也就想起了李老师那黑瘦而抖擞的风貌，儿子考大学前，还专门请李老师来给儿子“吃”过几回“小灶”，K和爱人要给他一些报酬，他晃着“骄傲的头颅”，爽笑着说：“为那个我就不来了，不过我也还是有所图……”原来他是一个集邮迷，他要求K在他带来的首日封、邮折上签名，K当然乐于效劳，其实，在签名时，内心里也很为自己具有“名人”价值而欣悦……

虽然K和苏姐在电话里言谈极欢，临到最后，他还是没爽快地揽下这个“瓷器活”，他跟苏姐说，他过两天就得外出，跑老远的地方，那是早约好的，他答应回来后再跟苏姐联系。苏姐满怀希望地说：“你可别贵人多忘事啊！”

他确实过两天就去了远方。那里接待得极好，宴请、参观、游览、卡拉OK、桑拿浴……不过，回来他得完成五千字以上的报告文学，人家一次性付他五千元，这等于他按常规给国家级出版社写一部严肃的二十万字的长篇再扣掉税款的收入，写一部长篇得用去多少生活积累，用多少精力构思，吭哧吭哧写多久啊，再按部就班地让编辑部审阅，碰上多事的总编辑，你还得改这儿删那儿，就是一次性通过，都发排，有了校样了，你还得等新华书店的征订数字，等来等去不够三千，人家就不给你开印，好不容易印了，发行了，稿费左等右等终于发出来了，你也差不多精疲力竭、意趣全无了。现在人家请你，借你大名，好吃好喝好玩，不过要你大笔一挥……还付款在先，何乐而不为？

有的同行说，这种文章“不过一个晚上的活儿”！ K却是个认真的人，他不仅保证达到人家提出的内容上要求，还尽量把结构、文采弄得有一定的可读性。当然，写这样一篇东西，他也用不了三天以上的工夫。

从远方回来一周，他便把那“订货”寄给人家了。但所拿到的五千元也很快“送出”：三千多元“送”给了卖台式音响的商店，所买的虽是日本原装货，却只是中低档次，不过是为自己增加了欣赏CD唱盘的乐趣。另外一千多元“送”给了几家高档购物中心，两口子买了几件名牌服装，也只是“大众名牌”而绝非“高级名牌”。另外的几百元买了点速溶咖啡、洋点心，吃了回“必胜客”的比萨饼，兼来回打“的”，也就荡然无存。正当他喟叹“哪儿能再挣个三千五千的就好了”时，忽又有人找上门来，这回约去另一个方向，“老规矩”，也是写一篇五千字以上的报告文学，题目材料都现成……

所以当苏姐又来电话时，他真是厌烦不忍、应承不欲、拒绝无词、强颜实难……

不过，他说他忙，千真万确是又要外出……对苏姐在电话里所举出的李老师的几个事迹，他说确实值得写，如采访深入一点儿，会激发出创作热情来的，他怎么会拒绝写这样的一个在“清水而非衙门”中竭诚奉献的普通园丁呢？

他又从外面回来了，又把“订货”完成寄去了……一天他参加一个活动回到家里，爱人说苏姐来过电话，可能过一会儿还会来电话……他在屋里转悠了一阵，坐下，给一位熟悉的编辑打电话，他说他要写一篇关于中学教师的报告文学，对方不等他讲完便说：“哎呀，现在离教师节还早着啦……你是怎么着？孩子要转学到人家那儿呀？……”他刚具体化了几句，对方又截断他说：“哎呀，你要是写个偏僻山村的领不上工资的穷教师，也许还能招人看，你这个……”他急了：“你们就知道猎奇！”对方一点儿没脾气，坦然地说：“现在我们确实欢迎两种报告文学，一种是爆冷门的，一种……怎么说呢？当然也不是瞎来，搞赤裸裸的‘有偿’……”他叹口气说：“是呀是呀，明白明白……是‘三点式’的，哪能赤裸裸呢……”搁下电话，他也不想再试别的地方。

一晚上他不舒坦。他在心里头组织着跟苏姐通话的逻辑：“……文学创作是不能出题作文的……恕我现在只写自己选定的题材……有的素材，听起来很动人，写出来，不一定有人爱看……我这阵对报告文学的兴趣也开始转移了……现在真是越写越难了呀……我这也不是拒绝……文章本天成，等‘文缘’到了，你不找我，我还要上赶着找你们呢！……”

可是，那晚上苏姐并没再来电话。直到今天也没再来。

美丽的胡萝卜

亲爱的女儿，今天是你20岁的生日，继你爸爸上周出差，今天我也要出差，我把这封信留在生日蛋糕旁边，这样你一回家就可以先读它了。你上月整整一个月没有回家，却来了封信，你在信上问：妈妈，究竟什么是爱情？你是大学生，你们这一代人有些是不屑于向我们这一代人请教这类问题的，但是，从你闪烁的字句和颤动的笔触中，我感觉到了你的困惑和焦灼。我亲爱的女儿啊，你一定是遇到了任何书本都没专为你准备的现实问题……

什么是爱情？老实说，我答不出。但我想到了20岁时候的自己。那一天，我在师范学院的大门口转来转去，活像热锅上的蚂蚁。我在等他，可他没有在预期的时间范畴里出现。我觉得太阳是绿的，而树木是红的。从我身边经过的熟人或生人全都惊异地望着我，有的还过来说几句询问或打趣的话语，但这一切对于我来说都没有丝毫的意义。在那一段时间里，我心头充满不祥的预感，我想他搭乘的那一趟长途汽车肯定半道翻车了……我觉得自己心里空空的，我突然前所未有地痛楚地意识到他对于我的极端重要性。

他竟突然出现了。我感到太阳依然是红的，树木依旧是绿的，我的心因为过分充实而显得有些憋闷。我把他引到校园的一角，他从挎包里，取出一根胡萝卜，塞在我手中，对我说："原谅我，原谅我，原来是三根，可只剩下这一根了……"

他高我一届，毕业后分配在远郊县一所农村中学教书。他乘长途汽车进城途中，汽车抛锚了，那车足足修理了两个多钟头才重新行驶。当乘客们坐在路边田坎上等候时，有个妇女晕倒了，是饿晕的。亲爱的女儿，那年头在我们共

和国历史上被称为“三年困难时期”，因饥饿而浮肿而晕倒的事并不罕见……当人们摇醒她以后，他给了她一根胡萝卜，而她立即嚼着吃了，脸上恢复出一个笑容……没想到另一位看去并不虚弱的老人伸手向他要胡萝卜，他不愿给，他说：“您知道吗？我们一个月只发十五根胡萝卜，这是我带进城……给我妈的礼物。”他妈妈其实早去世了，他是为我带来的。但临下车时，他心里过意不去，又主动把一根胡萝卜给了那老人，而那老人也就道谢着收下了。他只剩下一根胡萝卜给我，那真是世界上最美丽的胡萝卜……亲爱的女儿啊，对于我来说，爱情是和三根胡萝卜联系在一起的，而后来所出现的爱情结晶，你猜到了，就是你。

你成为一个独立的个体了。你们一代对于爱情一定有许多新的发现和新的理解，然而，依我想来，既然自古就有爱情这么一种东西，那么，它那最恒定的内核，一定是单纯而质朴的，犹如一根通红秀美新鲜结实饱含汁液的胡萝卜。

女儿啊，掀开蛋糕边盘子上的餐巾纸吧，希望你不但细细地看，深深地想，而且希望你吃上一根，那本是可以生吃的，富有特殊的营养……

米　　宝

这对夫妻在炎夏来临时，相互间的感情都降到了冰点以下，从赌气沉默、恶声拌嘴，发展到摔砸东西、肢体揪撞，那天雷雨将至时，竟至于在詈骂后相继冲出了家门。

丈夫在雷声里拿IC卡给妻子指认为情妇的那位打电话，话筒取下放回再取下，磁卡插入拔出再插入，倒腾好多回，就是没人接，于是把话筒一扔，青着一张脸冲进了那边一家饭馆，还没坐下就让上整瓶的白酒……

妻子淋着雨茫然疾行，头脑里一片空白。有个在街头推销简易雨衣的小贩先在她身旁叫，再跟在她身后追着喊，最后甚至跑到她身前请她买，她两眼直直的没有任何反应，小贩只好跺下脚，叨唠着“精神病精神病”，另去招徕顾客……

半小时后，饭馆里那位丈夫独占的餐桌上面，菜只一盘，啤酒瓶却已空了半打，而一大瓶白酒也只剩了个底儿，值班经理在收银台那边小声嘱咐服务小姐：“他再要酒，你就含含糊糊应付吧，这人就是扛着金元宝来的，咱们也别赚他的了……”

三刻钟后，疾行的妻子全身湿透，终于不得不停下脚步，因为她鼻子前是一面灰皮剥落的老墙，上头还有围着大白圈的一个“拆”字。她是走到一条死胡同的尽头了。她愣愣地瞪着鼻子前面裸露的旧砖，费力地问自己：这是哪儿？我找什么？……

他们居然都忽略了一个重要的存在——米宝。

米宝是他们的儿子。马上要十岁了。他们相互詈骂时，米宝正在自己那间

小屋里做作业。他们相继冲出去时，都把单元门摔得仿佛地雷爆炸。前些时，他们夫妻冲突还是尽量地避着米宝；一般是在他们那间卧室里开战，把门关得紧紧的。后来，战场渐渐扩大到厨房，但争斗中他们中的一方，也还会在瞥到惊怕发呆的米宝后，火力稍减，转身把米宝轰进他的小屋，嘴里连珠炮似的命令“去去去去做你的功课去”，接着就把小屋的门重重地拉上。再后来则会在厅里爆发激战，甚至一家三口已经坐在饭桌周围，不知怎么就忽然战火纷飞，比如这天，先是言语冲撞，米宝还没听懂那些古怪的争吵，父亲站起来就把一碗热面猛地扣到地板上，母亲随即暴跳起来，冲过去要跟父亲拼命……米宝钻到饭桌底下，想哭，没哭出来，父亲母亲就都在地雷般爆炸的摔门声中相继消失掉了。

大约一个小时以后，母亲想到了米宝。她的心头蓦地浮现出米宝惊恐的面容时，也就仿佛自己扎了自己心口一刀。她往家里小跑。跑了一段路，恍然大悟地到路边拦了辆出租车，坐进去以后，司机侧目，心存疑惑，到了她家楼下，她才发现自己没有带钱包，司机立刻表示免费，她也没道谢，下车以后就直奔自己家。到了单元门前，才又发现她也没带门钥匙，立刻按门铃、敲门板，居然不见米宝来开门，她觉得自己的心爆裂开并且堵住了喉头……

父亲竟然一直没有想起米宝。他招呼饭馆服务小姐埋单，但小姐走拢后他也发现自己并没有带钱包，值班经理马上过去表示不要紧不要紧，把他扶到门口，他用臂肘把经理推开，理理衣领，郑重其事地宣布：“我没有醉！我明天会把钱送过来！”

夫妻二人在楼门口迎面相撞。都没有想到会这样地相撞。丈夫是本能地大步流星往自己家里去，妻子是叫不开屋门绝望地往楼外跑，脑子里的念头是去找公用电话打 110。这一撞把两人都吓了一跳。妻子认出冤家，攥紧拳头大叫：“米宝没啦！”丈夫意识里立刻仿佛有滴浓墨洒入，顷刻洇润开来，凸现出一个米宝，不由得也大叫：“怎么啦？米宝在哪儿？”妻子歇斯底里地嚷：“他死家里啦！”丈夫立即冲进楼里，跳跃着经过楼梯，来到他们家单元门前，他带着门钥匙，立刻打开门，旋风般来到米宝房间，开灯一看，啊，米宝和衣睡在床上呢！一口气还没落下，妻子从他身后扑到了儿子床边，跪在地板上，搂着

儿子失声痛哭……

夫妻那晚再没过话。妻子去卧室睡，丈夫在厅里沙发上睡。米宝在他们回来后一度醒来，但似乎不是清醒而是迷迷糊糊的，只能算是半醒。母亲给他脱衣、盖被，发现他右手里捏着张报纸，费大劲才把那张报纸拉离他的手指。把报纸扔到一边，也没太在意。

妻子一夜没睡好。天从黑变灰时就起来了。本能地去厨房坐壶开水。眼睛觉得灶台柜有点生。愣了愣，发现菜刀没有了。奇怪。

丈夫半夜还打了呼噜，但天从灰变粉时坐起来，只觉得自己浑身疲惫。跟妻子对了个眼，马上扭头，讪讪的。明知水开了，也不去冲热饮。打开冰箱取出一纸盒牛奶一块面包一罐果酱，打算就着冰奶吃面包片，习惯性地到饭桌的盘子里取西餐刀，咦，哪儿去了？

妻子紧接着发现了更奇怪的事情——还没睡醒的米宝，右手里又紧紧捏着那张报纸。一定是他半夜醒过来以后，重新抓回去的。这是为了什么？

天从粉变白以后，儿子彻底醒过来了。分别问儿子，儿子并不能用完整的话语把心事讲清楚。那张报纸他们分别看了，促使儿子紧紧抓在手里的是那篇占据半版的社会新闻——夫妻之间的冲突发展到动了刀子，酿成血案，家庭毁灭，无法挽回。儿子仰面对他们说："你们别……"那双眼睛像谁的？都像都不像，更像天使……

于是，都明白，是儿子把菜刀和西餐刀藏起来了。明白以后，两个人眼睛对视的时间稍长些了，眼里的怨恨凶戾衰减，胸臆里有些温柔的东西涌了出来。都跟儿子说："怎么会呢？……别胡思乱想！……"都问："你藏哪儿了？过日子还要用啊……"

儿子开始不愿意说。一再地保证，一再地问，这才说："你们给我取的什么名儿啊？"

米宝！那是还把他怀在肚子里的时候，夫妻俩逛商场，发现有一种用无毒也无任何副作用的合成材料制作的，水桶般的储存大米的容器，叫米宝，立刻买回了家，很喜欢，并且决定孩子出生后就叫这样一个很朴素很有生命内涵也很有趣并且不容易与别人重复的名字……

丈夫去到家里那米宝跟前，揭开盖子，眼里全是莹白的大米，拨开面上的大米，露出了那两把刀。刀子露出后，夫妻对望，这回眼光仿佛被黏住了，充满了和解的愿望……

儿子米宝仰望着他们，问："妈，爸，今天早点咱们吃什么？"

蜜月后礼物

他边走边问："今天你妈又会给咱们做些什么好吃的？"

她微嗔："什么？谁的妈妈？光我一个人的吗？那你干吗跟着我走？"

他便笑："瞧你！都说'蜜月一过，老婆吆喝'……果不其然！"

她便伸手打他，他便躲，两人嘻嘻哈哈地跑动起来。

他们的新房在3号楼，她的妈妈即他的岳母在4号楼。这真是"最佳布局"！

跑拢4号楼了，他说："我猜妈妈今天准给咱们烧了一条她最拿手的豆瓣鱼！"

她娇喘微微，用小手帕揩着额上细汗，噘着嘴说："那是我妈，你算老几！烧了豆瓣鱼也不喂馋猫！"

……两人便牵着手进楼去。

她妈妈守寡几年了。就这么个宝贝闺女。送走了老人，又送走了丈夫，终于女儿也出了阁。当妈的在厨房里煎着鱼，听着锅里吱吱的声音，不知怎么搞的，忽然几十年来的生活浓缩在了心头……她为一家人煎过多少次鱼啊！……她觉得自己心脏里满是热乎乎的豆瓣辣酱……

小两口进得妈妈家，不由得欢呼："万岁！豆瓣鱼！好香好香！"

妈妈把烹得的豆瓣鱼移到长圆的盘子里，说："别忙……"她问女儿，"你说得出这条鱼烧出来的工序吗？"

女儿说："看也看熟了！忘记点什么……反正可以请教您呀！"

妈妈又温和地问女婿："你呢？"女婿坦然地说："抱歉，我只会冲方

便面！”

妈妈淡然一笑。暂且不说什么。

这一餐大家都吃得很香。

吃完，小两口自觉地说：“妈，您歇着，我们来收拾！”

妈妈却说：“且不忙。”问，“你们忘了吗？……你们旅行结婚，临走的时候，我说过的……？”

女儿马上拍手说：“对呀！对呀！妈妈你说过，我们度完蜜月回来，你要送我们‘蜜月后礼物’！……哎呀我们都回来一个礼拜了，居然把这么一件天大的好事忘记了！……”

女婿便说：“其实妈妈不必再送我们什么了！妈妈给我们的已经太多太多了！……我们单位里那些个人，对我真羡慕死了！把新房换到了妈妈旁边，随时能到妈妈这儿来蹭饭……还是这么香的饭！……我们也能就近照顾妈妈……这真是难得的福气啊！”

女儿却催促：“妈妈妈妈……快快快……快把那‘蜜月后礼物’拿出来！”

妈妈便进里屋去。小两口交换眼色，都在猜，猜得不一样，可……妈妈出来了——他们都没猜对！

妈妈提出来好大一个藤篮，往饭桌边的空椅子上一放。篮子里是些什么？妈妈一一指点着对他们说：“这是食用油，这是酱油，这是醋……这一罐是盐，这一罐是糖……这是花椒，这是八角大料什么的……这是辣椒油，这是香油，这是色拉酱，这是番茄酱，这是芝麻酱，这是豆瓣酱……这是料酒……这是几种不同用途的锅铲……这样的大长筷子是不能少的……还有，这是一本家常菜的菜谱，还有一本是厨房小窍门一千例……”

女儿心里仿佛被撞击了一下：“妈妈！……”

女婿望着篮子里的东西，傻呵呵地说：“这里头……有的我们厨房里有呀……”

妈妈便坐下来，语重心长地说：“我知道你们厨房里差不多都有……可你们认真地用过吗？……你们成家了，你们有了自己的家，你们就该从此自己开伙……当然你们忙的时候，来不及自己做的时候，尽管到我这儿来，事先来个

电话更好，没打电话就来也好，我都会保质保量地供应你们……节假日，或者你们来，或者我到你们那儿去，要么我们一起下馆子……但那种自己永不正经开伙的生活方式，随着你们蜜月结束，也该结束了！……所以我要送给你们这样一篮子礼物，我是祝福你们，真正开始了独立的家庭生活……”

女儿望着妈妈眼角的鱼尾纹，忽然开悟。她再望望那一篮子厨房用品，心里说不出的感动。她觉得那是第二次断脐。是的是的，一种新的，平凡而扎实的生活，该有个正儿八百的起点了……

女婿说：“妈，确实，我们不该还把您这儿当作食堂……您太辛苦了！”

妈妈微笑着说：“我虽然是一个人，又退休两年了，可我觉得自己也还是一个完整的世界……你们开始了独立的生活，我呢，其实，送走了他们，又分出去了你们，我这也才又获得了独立……在这世界上，没有亲友、群体的照应、扶持不行，可没有独立自持的精神那就更不行……孩子们，你们接受我的这‘蜜月后礼物’么？”

小两口真诚地点头。

明星泪

听说那位她从小崇拜的大明星也迁到这个新建居民区来了，于是萌生了拜访之念。心想大明星那里一定是门庭若市，而且凡明星架子必大，自己这么一个区区售货员，能让进门么？

不过童心未泯，有一天饭后便对丈夫和已经上初中的儿子说：“我想去见见那位明星哩！我拿着那本电影画报去，她兴许能让我进门吧？”那是一本快满 30 年的旧画报，封面上正是那位女明星，当年不时兴妖艳奇特的化妆和服饰，一派青春焕发的本色面目，画报虽已陈旧得发黄发脆，那凝固住的青春却依旧鲜花般开着……

丈夫和儿子是棋迷，不好电影，尤其不好老片子，丈夫虽说也熟悉那位女明星，但估计该人早已“人老珠黄”，所以对妻子的怀旧只是微笑；儿子却只知道时下的歌星名字，对那位年近花甲的女明星简直毫无印象。

她便去闯明星府。楼下没停着小轿车。单元没装防盗门。怯生生地按了门铃，门开了，也并不是保姆什么的——而是明星本人。那么多年过去了，明星的容貌竟与那旧封面上的玉照无大差别！而竟想不到的是明星对她的“突然袭击”一点儿也不愠怒，拉着手亲切地把她引进了客厅……

到底是明星之家！她环顾着四周，东西嘛倒不见得比自己家的那些个值钱——例如彩电还是二十寸鼓面卧式的，而非平面直角二十一寸的时髦样式；但色调淡雅，格调高档，还有些个显见是出国访问带回来的纪念品，更有许多便装照和剧照，嵌在原木色的相框里，挂在墙上、摆在各处……

她们竟谈得十分投机！从三十年前那期电影画报，谈到那时候各自的生

活——明星那时正一部接一部地拍戏，她刚刚上中学；她们回忆起那时候社会生活当中许多给她们留下印象的种种事情，还情不自禁地共同哼起了那个时代流行过的歌曲《俺是个公社的饲养员》……

她不由得艳羡地说："您多了不起啊！不像我，一辈子站柜台……"

没想到大明星却突然一脸愁云，而且竟至于满眼泪水，向她倾诉说："唉，你哪里知道，我内心好痛苦！算来我已经拍过四十多部片子了，可是，你替我想想看，哪一部能算我的代表作！像白杨，一提她名字，人们就能想到《一江春水向东流》、《祝福》；一提谢芳，人们就能想到《青春之歌》、《早春二月》。可我呢？我呢？……"

她愣住了。她头一回受到一种意想不到的震动——她原以为明星们不会有事业上的痛苦和烦忧。

"……我是一个没有代表作的明星，替我想想，多可怕！你会劝我——赶紧拍出一部代表作来，可谈何容易！得有合适的本子、好的导演……更重要的是机遇！"明星拉住了她的手，一滴泪水落到了她的手上。她头一回顺着那样的思路去想。于是，她也悚然地有所悟。"更何况，我已经老了！"明星的泪又滴落到她的手上。

回到家中，父子的棋局正战犹酣，她赶紧回到里屋，把那女明星刚签过名的画报放在床头柜上，坐下来，细细消化这人生中头一回大出意料的遭际。

摸　书

去医院看望佟兄，在他那单人病房门口，正遇见护工大康，大康把我引到离门较远的地方，告诉我：“老爷子昨晚受刺激啦，到今天血压还高！”我不免责备：“怎么搞的啊？你们就不能注意一点儿吗？”大康一脸无辜地跟我解释，我才大体上明白，既不是他，更不是医护人员，是电视得罪了佟兄！佟兄视网膜早就脱落，根本看不清电视画面，他有时让大康打开电视，只是听，他曾跟我说：“眼福没有了，耳福要保住！”他老伴早已仙去，抱养的儿子儿媳对他挺孝顺，在病房里给他安置了一套音响，他每天至少要听一小时音乐，我也曾给他带去过几种版本的《二泉映月》，还给他推荐波切利和苏珊大妈，他的耳朵并不只是怀旧，也还能接受新的音韵。我询问大康，昨晚看的什么电视？大康记不清，只是说熄灯前发生的情况，老爷子忽然大怒，提高声量让大康“快给我关了”！

我进屋去，佟兄合眼斜倚在大靠枕上，也不睁眼，也不招呼，他听气息就知道是我，也不等我问候，叹口气嘱咐我：“快拿几本书来，我要摸摸。”

我跟佟兄是同代人，他只比我长三岁，我们读过同样的书，唱过同样的歌，沉浸过同样的狂热，怀有过同样的困惑，经历过同样的反思，收获过同样的憬悟，我们在任何生命时段都不追随极端，我们自信对时下杂驳的世相还有较强的消化能力……我们算是发小吧，几十年保持着联系，可谓心有灵犀一点通。没交谈几句，我就全明白了。

昨晚那个时段，我也在电视机前，看完预定要看的戏曲节目，偶然转换到某省卫视的相亲节目，正遇上一个小片段，出场待众女挑选的男嘉宾表达对今

后的生活向往时，说要在居所的书架摆满了书，一位所谓美女竟勃然变色："别跟我提书，我听见书就烦！"佟兄在医院，我在家中，同时受到刺激，好在我身体尚好，气愤中关闭电视，去窗边望望夜色，也就依然淡定。佟兄可是患绝症的人啊，哪还经得起导致血压升高手冰凉的刺激！

我不跟佟兄谈那档节目。我跟他漫忆当年我们喜欢的那些书。我们的青春期里，当然会遇到许多只具有短时宣传功能的书籍，但是，我们善于淘书，发现了某本超越宣传功利具有恒久欣赏品质的书，就互相推荐。我们还常读"冷书"而热议，其乐无穷。记得佟兄借给我一本叶永蓁的《小小十年》，作者把自己亲身参与上世纪初大革命的体验融汇在质朴的文本里，读后使我们深切地意识到个人在时代洪流中的渺小。我还买到一本只印了500册的《罗曼·罗兰革命戏剧集》，其中那出《罗伯斯庇尔》，令我们讨论了很久：为什么推崇极端的人最后会被极端浪潮葬送？这样的书，时下谁还记得？以至于堂堂省级卫视节目，还是先期录制可以剪辑的，却偏偏要把"美女"那"别跟我提书，我听见书就烦"的"豪言"特写播出，似乎到了今天，不管是什么书，骂杀为快，不以为耻，反以为荣。

佟兄说要给儿子儿媳打电话，让他们给他送书来。但是他估计儿子儿媳妇至今还不熟悉他的藏书，难以找出，因此托付我去帮他顺利找出带来。佟兄入院前，我确实熟悉他那些书架，但我不好跟佟兄说破，实际上他入院两个月后，因为知道他是难以从病房返家，而且他也明确表示把住房及附属物品悉数交由儿子继承，他儿子儿媳就已经把他们原来合住的单元重新装修了，有一回我遵佟兄之嘱去他家看望因小病在家暂养的那儿子，未进门之前，发现门外过道里两边堆满了捆扎得很整齐的待处理的一摞摞图书，从地板一直堆到天花板，蔚为大观。我随意看了几摞的书脊，颇有当年我和佟兄钟情的旧书。我在他家获得了热情接待，小两口"叔叔"不离口。他们把那单元装修得无论哪个细部于我都完全陌生了。书柜只剩一架，随意一瞥，赫然呈现的是一大排精装厚重的《谋略大全》。他那抱养的儿子是个生意人，倒也不难理解。后来我再没去过他家，估计那些捆扎好的一摞摞的旧书早被处理净尽。我望望病房里佟兄儿子儿媳看望他时提来的满坑满谷的水果和营养礼盒，就告诉佟兄我会把

他提到的旧书取来让他尽情地抚摩。

第二天，我从自己的藏书里选了几本给佟兄拿去，他只以为是他自己所藏的，闭着眼，用布满老年斑的双手动情地抚摸着，脸上现出无尽内涵的笑容。

母鸡吃蛋

小杨在我家服务已经六年多了，她三年前回乡结婚，一年后生下个胖大小子，今年又来我家，继续帮助我们。她动身前来电话，说要给我们带东西来，我们一再嘱咐她千万不要客套，路上安全第一。但是，我们估计她还是要带来表达心意的东西，记得四年前春节后，她曾提来一篮柴鸡蛋，估计这次还会是那样的礼物，她一定记得我们说过，柴鸡蛋就是比工业化养鸡场的那些蛋吃起来香。

那天小杨到了，她这回给我们带来的不是一篮鸡蛋，而是一只活鸡。她把那只鸡装在一个蛇皮包里，拉紧拉锁，但在包上挖了一个洞，让鸡能探出头来透气，以免闷死在长途大巴上。她把那只鸡连同那只包搁到了我们阳台上，又告诉我们，这老母鸡是她出嫁时的嫁妆之一，特别能下蛋，她坐月子时和儿子聪聪成长时，每天都离不了这只柴鸡的蛋。老伴就说，我们阳台上可不能养它啊。小杨笑，说那当然，我把它带来不是让它下蛋，我明天就宰了它，给你们炖老母鸡汤补身体！老伴眉毛动了动，我知道，她最怕宰鸡的场面了，但小杨已经把那鸡老远带了来，我们也不好再说什么。

小杨仿佛看出我们有疑虑，就说，为了让这鸡不再拉屎，她上路三天前，就不给喂食了，所以现在那蛇皮包一点儿不臭，鸡也饿得只知道睡觉，如果我们怕鸡半夜饿死，她今天就先宰了它。我们就说不必。

那晚小杨在她那屋里睡得很香，从门缝里传出吟诗般的鼾声。我们却睡不踏实，因为那只鸡晚上忽然折腾起来，好像是在那蛇皮包里拼命挣扎，咯咯乱叫，稀里哗啦乱响，我们也不敢擅自去处理，只好等到天亮再说。

第二天小杨很早就起床了，情绪特别好。我们因为一夜失眠，临晨才终于迷瞪过去，都起晚了。小杨见到我们就报告，说快去阳台看看，真好玩！我们就跟她到阳台。那只蛇皮包已经完全敞开了，小杨指点里面让我们细看："这家伙，几天不喂它，它还下蛋！昨晚下的这蛋，它饿极了，就自己啄开，给吃了！"我们俯身细看，破裂的蛋壳内外确实没剩多少东西，那只已经奄奄一息的老母鸡微张的喙上，还挂着一缕蛋清！老伴见状紧紧捏住我的手，可是小杨却笑得几乎喘不过气来。

那天早晨下楼遛弯，老伴就说她无论如何不能喝那只老柴鸡炖的汤。我说这可怎么跟小杨解释呢，我们跟小杨处得很好，但我们生活在不同的文化里啊！

我们回到家里时，小杨已经宰了那只鸡并且清理完毕，只等下锅炖了。老伴就支使她下楼去买青菜。小杨走后，老伴就把那只在生命最后关头，不得不吃自己下的蛋的老母鸡的尸体，像处理一位不幸去世的亲人那样，先用保鲜膜包起来，再搁进一个空蛋糕盒里，扎上彩绦，暂存进冰箱，说等天黑了，拿去葬在楼下小花园。我说，小杨回来，怎么跟她交代呢？老伴就说把咱们冰箱里的西装鸡搁锅里炖上，能混过去。

小杨买菜回来，说遇见她表姐了。老伴随口问：她不是在远郊鸡场打工吗？小杨就笑，说原来鸡都是一样的呀！表姐那天干活，不知道为什么那天有只鸡没给电死，扑腾着满车间飞，一翅膀把她眼睛差点扫瞎了！表姐就说什么也不在那儿干了……

后来呢，老伴把小杨带来的老母鸡也炖来吃了。我也再不说什么我们跟小杨他们属于两种文化了。

拿破仑蛋糕

开饭了，三菜一汤，三样菜三个人的手艺三种风格，青椒肉丝是爸爸的杰作，妈妈的素烧茄子这回并非最高水平，朋朋的西红柿炒鸡蛋色泽艳丽，汤是用现成的汤料冲出来的，聊胜于无；朋朋正布筷子的时候，姐姐菊菊回来了，一脸的疲惫，一身的辛劳，一进门便歉然地笑着说："又是我一个吃现成的……"

爸爸、妈妈、朋朋都绝不埋怨菊菊晚上回来吃现成饭。她工作的那所医院离家太远了，上正常班，下班紧往回赶，怎么也不可能赶回来做饭，她能正常地吃饭就好，谁忍心让她忙了一整天再回来张罗晚饭呢？

菊菊洗完手，坐到饭桌边，瞧，又没胃口！这就让一家人犯愁了。

爸爸说："青椒肉丝最开胃，我用的全是最青最尖的南方椒，在锅里一煸就铲出来了，你先夹一点儿吃，吃了这个，就想吃别的了。"

菊菊夹了一口，吃下去，却依然扒不下几粒饭，别的菜，也不能积极地吃。

朋朋有点生气了："我的西红柿炒鸡蛋，难道有什么缺点吗？姐姐你自己炒，不也这么个水平？以前我吃你炒的，哪有你这么大架子？"

妈妈便叹口气说："今天病房里头，又有那血里乎拉、恶心巴拉的新病人进去吧？你看你，非上卫生学校，当护士；当时我也没大反对，总以为学护理，跟学医疗也差不到哪儿去；现在你分到医院，我去看过几趟，才明白过来，医生接触病人，不过是诊断、手术、查房那么一阵，你们当护士的，越是不忍看、不忍听、不忍闻、不忍接触的病人，越是要没完没了地护理，难怪回了家，连饭也吃不下……菊菊，你就别想病房里的那些个情景了，快吃，我

今天烧的茄子，太烂了一点儿，但味道是绝对的好，你尝尝……”

菊菊终究还是提不起胃口。

菊菊一天天瘦下去。

爸爸有一天，打电话给医院的院长，反映了菊菊厌食的问题，提出来希望院长给她调换个岗位，比如换到药房或者化验室。

菊菊那天回到家，满脸的不高兴，吃饭的时候，使劲地多吃，尽管咽起饭菜来挺费劲儿，但大有“谁说我不能吃”的赌气架势。喝完汤，她宣布说：“院长找我谈了，说考虑调我去药房，我拒绝了，理由很简单，我在学校里，就立志专门钻研病房护理业务。这项业务，就是要面对血里乎拉、恶心巴拉，有时候便要面对狰狞的死神，我想我得有一个适应的过程，一时心理上不适应，导致一点儿生理上的不适应，就打退堂鼓，那怎么行呢？我要努力，争取拿到南丁格尔奖！”

朋朋就问：“什么奖？”

菊菊告诉他：“你不是喜欢文学吗？一天到晚吵吵，怎么还不把诺贝尔文学奖发给中国作家！南丁格尔奖，那荣誉就相当于文学上的诺贝尔奖，专发给我们这一行中的优秀分子，我们中国，已经有好几位护士得到了这个奖。”

“但愿你以后也得到这个奖。”爸爸说。

“但愿你以后别再往医院打那么糟糕的电话！”菊菊回答。

妈妈和朋朋就都朝爸爸望去，爸爸只是低着头嘿嘿地浅笑。

菊菊不愿总受照顾，总上正常班，她也开始值夜班了。

有天晚上，爸爸从海南岛出差回来，带回来四只大芒果，因为是坐飞机从海口直飞北京，所以芒果金灿灿的，没生黑斑。妈妈说留一只给菊菊，存在冰箱里大概坏不了，爸爸顺口说那难说，搁冰箱也可能出现黑斑，因为那芒果熟透了，朋朋便自告奋勇，骑自行车给菊菊送去，爸爸妈妈同意了，妈妈还用一只提盒，盛了半盒新煮的皮蛋瘦肉粤式粥，说一并带去当菊菊的夜宵。

朋朋去了医院，才知道医院跟演通宵电影的电影院差不多，多晚都有顾客，急诊处灯火通明，朋朋只穿过一道走廊，便目睹了好几个血里乎拉不住呻吟的车祸受害者，躺在担架床上待做进一步处理；他转到后面住院处，找到了菊菊

她们护理人员值班兼休息的房间，见到了菊菊的同事，却不见菊菊，说是菊菊正在病房里，处理一桩紧急情况，朋朋不听劝阻，搁下带去的东西，钻到病房找菊菊去了。

那是一间安置危重病人的病室。靠墙的那位病人，脑栓塞一个多月，始终处于昏迷状态。栓塞在大小脑之间的脑桥处，所以在点滴中加了许多最先进的化瘀药，也还是化不掉那关键的一块。病人现在已处于非常危急的状态，呼吸道又受到感染，痰堵，满脸痛苦的痉挛，虽有家属陪住照料，但他们不能正确使用那电动吸痰器，所以吓得六神无主，菊菊闻讯赶来，正在亲自踩动那吸痰器，做正确吸痰的示范……

朋朋随菊菊回到值班休息室后，问："姐，那病人看上去，就跟我在电视上看到的，非洲饥民的那种皮包骨头、活骷髅的样子差不多，怪吓人的！你们天天见着这种形象，难怪吃不下东西！这样的病人，还能治好吗？你们为什么还要费尽心机，给他吸痰什么的呢？"

菊菊说："这位病人刚送来的时候，体格还很健壮呢！病魔就是这般的无情！说实话，以现在的医学状况，就是在医疗条件最好的国家最好的医院，这病到了这个份上，也很难说还能痊愈，可是我们医生护士，还是要为他尽到最后的责任，这也正是我们工作的神圣之处：对于生命，我们充满了最博大的爱，哪怕是垂危之中的生命……"

菊菊喝了皮蛋粥，那芒果，她剥开皮后用小勺子把果肉分成了三小份，让另外两位值班的护士跟自己一起分享，因为她们也都没吃过鲜芒果哩。那两位护士都赞菊菊有个好弟弟，朋朋却在心里想：我姐姐真不错！

菊菊的二十岁生日就要到了。菊菊不那么厌食了，但她胃口依然没有恢复到工作之前，她还是显得偏瘦。爸爸、妈妈、朋朋在菊菊不在家时一起商量，给菊菊的生日宴究竟该准备些什么，爸爸说他可以烧个嫩嫩鲜鲜圆圆大大的狮子头，妈妈说她可以烧条川味豆瓣大鲤鱼，另外还可以配些现成的熟食和素菜，像全素斋的素什锦和月盛斋的酱牛肉，栗子白菜和清炒通心菜等等，汤可以烧一钵粤式粟米羹；朋朋的主意，则是要买一个好的生日蛋糕。爸爸妈妈听后都说："生日蛋糕当然要有，你这算什么新鲜主意！"朋朋就说："姐姐最不喜

欢吃饼干点心什么的，一般的生日蛋糕，不论真奶油的还是麦淇淋的，她准都没胃口。我记得，有一回在姑妈家，表哥过生日，我跟姐姐去了，吃的是一种巧克力生日蛋糕，烘得酥酥的，一层层像云母片似的，外头还粘着好多花生渣，看上去没有奶油和麦淇淋那种油腻腻的样子，到嘴就化，味道特别好，那回姐姐一气儿吃了两块，显然她很喜欢。所以，我想，这回一定要给她买个那样的蛋糕，我记得表哥说过，那叫作‘拿破仑蛋糕’，法式的！”

“我怎么没见着过？”爸爸说。

“哪儿有卖的呢？”妈妈问。

朋朋就打电话去问姑妈和表哥，他们说当年他们去的那家店，如今拆了正盖新楼，还没盖好；别的什么地方还卖，他们不知道。

朋朋来劲了，他说不怕，他将骑上自行车，转遍全城，为二十岁的护士姐姐，为中国下一批南丁格尔奖获得者之一，去寻觅拿破仑蛋糕。

朋朋一定能找到！

1991年8月31日

那天，你丢失了什么？

没有呀，你说，那天参加完“派对”回家，什么也没丢失呀！钱包、手机、项链、手表……一样也没少，就连以往最容易忘记带走的太阳镜，这回也没落下啊！

可是，你确实丢东西了。

就在那个“派对”上，你对阿莽说：“包在我身上！我叔叔就是个大公司的总经理，他们那儿正招聘你这样的人才，我去跟他一说，准行！”你并没有那样一位当总经理的亲叔叔，你家住的那栋楼里有一位邻居，倒是个总经理，但你平日只是在楼门前，见他从小轿车里出来，跟他打个招呼，叫他一声叔叔，他也就对你笑一笑，那么点交往罢了，你怎么可能介入他公司的人事，他又怎么可能轻易接受你对阿莽的推荐？

你对阿莽说大话。你丢失了诚恳。

阿莽把你的大话当真了。第二天他就把自己的简历用“伊妹儿”发给了你，从附言里看得出，阿莽对你的承诺充满期盼，他焦急地等候你或那公司给他佳音。

面对阿莽的“伊妹儿”，你有些尴尬。

你给阿莽回“伊妹儿”。从实招认，那是酒后大话，这个念头在你胸臆里转悠来转悠去，却最终被你抛弃。你在“伊妹儿”里对阿莽说，嘿，急什么，我叔叔出国了，下个月才回来，下个月包给你喜讯！

你从贸然吹牛，发展到公然撒谎。你彻底丢失了诚信。

这类的丢失，如果自觉、及时地把它捡拾回来，不仅可以使他人脱离迷雾，

更可获得自己内心的慰藉与平静。

你不是一个故意要误人的坏蛋。但从那天起，你的丢失接二连三。阿莽给你来电话，告诉你一个消息，他发给一家小公司的简历，有了回复，让他去面试，他问你，你叔叔接收他的可能性究竟有多大，如果是百分之九十以上，那么，他就不去那家小公司面试了。“嗨，你去试试有什么坏处？骑着马找马，岂不更好？”这话已经到了嘴边，你却又咽下去了。事后你也曾后悔，倘若阿莽面试成功，去了那家公司，你前面的丢失虽然不能算作找回，但也总算告一段落，不至于越丢越多。但你在电话里回答阿莽的话却是：“去那小公司干什么？多寒酸啊！我叔叔那边的可能性？我让我爸也跟他说啊……我爸是大股东哩……百分之九十？九十九都不止！……”关闭手机以后你有点心慌意乱，但喝了一杯星巴克的卡布奇诺咖啡，你竟又把此事忘在脑后。

你的丢失越来越惨重。其中最珍贵的一样，是善良。

绝不能再丢失下去。离那天的“派对”，渐渐快一个月了。阿莽这些天一定会来问你：你叔叔回来了没有？什么时候你能带我去见他？如果正式地面试，该再准备些什么？注意些什么？……

你要设法把所有丢失的，都尽力找补回来。

是的，这已经很难。但不能再犹豫，这是生命的必需。

你信不信

很晚接到一个很古怪的电话。

“喂，您好！我是一个司机，出租汽车司机，上个月您打过我一次‘的’，您肯定把我忘了，我可还记得您，您坐在我旁边，一路跟我聊天，我说我在电视里看见过您，您起头还愣说我是认错人了，可后来，我连着说出您好几篇小说来，您看我是个读过您几本书的人，这才承认下来……您想起来了吗？对对，胖胖的，圆脸庞……真对不起，这么地忽然来打搅您，是这么回事儿，今儿个收车回家，出了档事儿，本来应当说不算什么大事，甚而至于，还得算是件好事，能给我带来表扬、奖励什么的……是在我那车的后座上，发现了一个挺高档的女士手袋，名牌货，我当然立马打开了，看里头都有些什么，好发现个线索，及时地送还失主……我后来没马上开车去找失主，也没去车队，您听着呀，我锁上车，拿着那手袋进家了，一进家门我就跟我老婆说，这事怪了，难办了……原来，那手袋里，除了一个化妆盒，一包揩面纸，并没有钱包什么的……您别误会，我能那么想吗？手袋里不放钱，这也是可能的，没放钱，光这包也值不老少，也该及时给送去，对不？可在屋里灯光底下一细查，我就傻眼了……那钱包里，还有张飞机票！是呀是呀，有了飞机票，那不就有失主的线索啦？我仔细地辨认，名字是英文，认不大准，航班呢，是今天下午七点多的，那班飞机早飞走啦！在我发现它的时候，想退票都退不了啦！您说这没关系？上交公司没关系？唉，要是没底下我跟您说的这条，那兴许确实没关系……

“您想得到吗？那张机票是撕成两半的！……没错，我哪儿顾得上吃饭，我老婆也陪着我瞎琢磨起来……当然，我们也是那么估计，准是有人劫了那机

票主儿的手袋，来打我的‘的’，他那里头的钱，兴许还有首饰什么的，全取走了，又把机票撕了，然后下车的时候，存心把手袋留在了车上……那么，是哪位打‘的’客干的这缺德事呢？我老婆说多半是最后的那一位，那最后一位我倒还记得，是个老头儿，知识分子模样，挺面善的，不会是他！当然，知人知面不知心，这事也难说……可就真是他，现在到哪儿去找？再说找窃贼也不是我的事儿，我要决定的是，要不要马上把这手袋送到有关部门……老婆劝我吃了饭再说，倒也是，又没钱，没首饰，机票也过期了，急什么呢？可胡乱地吃着饭，老婆忽然问我：今天打‘的’的，全是男的吗？我说，全是男的怎么样？她说，全是男的，那就赶紧去交，因为，显然只有那么一个可能，就是有男的，劫了那女的……我想了想说，不，也有女的，有单个的女的，好像，还有点妖里妖气的……我老婆就把碗一撂，用筷子拍着桌子，连说‘不好’……

“……您不明白吗？到底女人家心眼儿细，我老婆说，这很可能是那女的搞个诈骗，你上交了这个手袋，根据那机票找到了她——其实她正等着找她呢——她会说，那里头原来有多少钱，多少首饰，机票倒在其次……到时候你跳进黄河也洗不清啊！所以，咱们万万不能上交！当然咱们也别留下，干脆把它扔进护城河算了！……是呀，我也跟她说，要是那女的记下了车号，通过公司找上门来，那怎么办呢？我老婆就说，咳，那还不好办！就说没发现，你想，你一直坐前头，跟后头用隔离屏隔着，她又不是最后的客人，后来又拉了那么多拨人，肯定是后来有人顺手牵羊牵走了呗，找不着你！……

“就这么着，我就直到现在，也没上交这手袋，当然，也还没扔护城河……都几点啦？深更半夜的了，可我怎么睡得着呢？明天去交？我怎么解释？人家能信吗？特别是，机票为什么撕成了两半？怎么证明那不是我撕的？……可要真不上交，我良心上又过不去……就这么着，我忽然想到了您，你们作家，最能理解人，帮助人，又有威信，说话一句顶一句的，大伙儿听了都不疑的……是呀是呀，我是要您给我拿主意……您说得不错，我是产生了心理危机，是，是信任危机，就是呀，这日子头，谁相信谁呀？特别是钱财上的事……当然当然，无论怎么着也还是该交上去……可要是真招来怀疑，您能帮我说说话吗？……”

听到这儿，我没做出肯定的回答，我很犹豫。我说："毕竟，我其实并不了解您……我们只见过那么一次……"而且，我忽然生出一个很大的疑团，并且非常地不痛快起来，我有点严厉地问："对了，你是怎么知道我这电话号码的呢？我总不会在打'的'的时候，把这号码告诉你呀？"

他在那边说："就是您告诉我的呀！当时，我说，您以后有急事要用车，您就呼我，我就把呼机号跟您说了，当时您还笑，说这号码真够吉利的，就也把您的电话号码说了……"

我像被烫了一下，眉头拉钩，这可能吗？我会记他的呼机号吗？怎么我现在一点儿印象也没有？更离奇的是，我会把自己的电话号码随口告诉他？告诉一个萍水相逢的出租车司机？而他根本也没拿出笔来记，开着车也不可能记呀……

这件事，发生了，就在昨夜。你信不信？

拧床单

按响门铃，门一开，开门的潘大姐身后，照例传来先到客人的笑声。

潘大姐是出版社的老编辑，经她手发出的书稿能堆出一座小山，经她手签出的稿费累计已在百万元以上，许多作者给她送去稿子的时候只是个无名小卒，书出来一两年之后俨然已成社会名流，然而潘大姐却永远只是个没有社会知名度、只靠有限的固定工资过生活的穷编辑。她那两室一厅的单元里永远是那么些老旧家具。我也是潘大姐调理出来的社会上称为“新秀”的人模狗样的那么一位。尽管这一二年我稿子净往别处送了，人却还是常往潘大姐家跑。

这天我一进到厅里，立马发现了一位英国剑桥《世界名人录》年年修订辞条的知名人物，还有两位好眼熟的陌生人——坐到潘大姐家那弹簧塌陷的木扶手沙发上，随着身子往下一沉，我猛孤丁意识到——这二位不是时下轰动京城的电视连续剧里的角儿吗？瞧，潘大姐家的客厅真是蓬荜增辉。尽管她家的茶水只是粗淡的香片，在那儿一坐、一聊、一听、一笑，收获能小吗？

虽说是“谈笑有鸿儒”，倒并非“往来无白丁”，那天在我之后，就有一位大冷天额头上满挂汗珠子的小青年上门来，把一摞已经是第三次修改的长篇小说稿子递到潘大姐手中，潘大姐乐呵呵地招呼着他，又把他组织进我们已经开展的谈话中。我提到一位“白眼狼”，经潘大姐费老大劲帮助，出了书、成了名，前些天的一次茶话会上却只顾往主桌前凑，装成不认识潘大姐的模样；潘大姐听着拊掌呵呵大笑。

潘大姐就是这么爽气。前年她老伴突发心肌梗塞去世之后，我赶到她家吊唁，一屋子的人在安慰她，她痛痛快快地大放悲声，任泪水像小溪般往下

涌流，等到有那心软的陪她落泪，她却又擦干泪水来劝人家：“他这样去倒也没受大罪，是不？”

几位客人陆续都走了，潘大姐留我多坐了一阵，她忽然对我说：“小严，我想再找个老伴哩！”我嘴里说：“对呀！”心里嘀咕：“她这日子不也热热闹闹的吗？要说追求情爱，儿女都自立门户了，关起门来结一点儿露水姻缘也没人干涉，何必再自我找约束？”潘大姐仿佛看穿了我的心思，就对我说：“以往洗完床单，总是我跟老伴，一人一头拧床单；有了洗衣机，不用拧水了，可还得一人一头抻着抖平才好往绳子上晾……我现在越来越觉着，生活里缺个站在对面跟我抖平床单的人……”

回到家，我把这事跟爱人说了，她先一愣，又忽然眼一亮，微微一笑。我在想：怪不得潘大姐有那样细腻的文学感觉；爱人在想什么呢？不得而知了。

1992 年 11 月 8 日

僻路上

从音乐厅回到我们那个楼区，天已经黑净了；从汽车总站拐了几个弯儿，进入我们那个楼区深处，我回味着那晚音乐会上的曲目，悠悠自得地朝我住的那栋楼走去。忽然，一种刺耳的声音冲击着我的耳膜，我不禁驻足张望。

离我驻足的地方不远，有一条僻静的道路，我望过去，昏黄的路灯光下，有人正在练习骑自行车。那刺激我耳膜的声响，不过是骑在车上的那位未能控制住车子，狼狈地摔倒了而已，帮助练习的那一位，自然马上赶过去扶起前者——一种完全不值得大惊小怪的景象。

也许是刚听过清丽动人的音乐的缘故，面对这僻路上平凡的一景，我忽然不能掉转头去，不愿拔步前行，我竟痴痴地望定了那一辆旧车的两个人影，心中荡开环环的涟漪。

在这楼区已经住上八年了。连这条僻路我也感到异常亲切。七年前，我教女儿骑自行车，也是在这样一个静静的夜晚，在这条静静的僻路上，我也是一会儿扶把，一会儿抓紧车座，一会儿当她的“拐棍”，一会儿撒手让她自己前行，一会儿耐心地告诉她如何掌握平衡，一会儿不由得焦躁地跺脚向她嚷：“你蹬呀！蹬呀！越蹬越不会倒！”一会儿她偏因为不继续往前蹬而“叭哒”连车带人摔个结实，一会儿她兴奋地尖叫：“我能往前骑啦！”一会儿她又因为不会刹车而“唉哟”连天，一会儿我又紧跑几步上去帮她定车……我还记得那几天里她腿上摔出的青紫和擦破的肉皮，还记得我比她更急切地期望能驾轻驭熟的心情……眨眼间我女儿已经从一个稚气的小学生成长为一名秀丽挺拔的大学生了，如今她能从很远的西郊自如地蹬车回家，还扬言要在暑假里跟几位同学骑

车到白洋淀那边去搞社会调查!

我脑中闪过的这一串回忆是平凡无奇的，却令我觉得如美好的乐曲般甜蜜。瞧，又有一对男女在这僻路上练车了，静夜中，路灯下，一会儿扶一会儿放，免不了的摔倒和一定会有的再次尝试……岁月悠悠，人生如流，而练习骑自行车的两情相依相助，却意味着某种人世的永恒……

骑的人摇摇晃晃地骑过来了，护车的人气喘吁吁地跑近来了，我一眼认出护车的原来是同楼的老郑，不由得招呼他:“老郑，帮闺女练车啦?”

我这一招呼差点把骑车的吓得横摔到地，幸好老郑一把扶住了，我听见老郑和骑车的都发出一阵意味深长的笑声。

老郑招呼我说:“你好呀！吓我们一跳！你细瞅瞅，我有这么大的闺女吗?”

我一细瞅，忍不住也笑了，原来骑车的不是他闺女，是他奔五十去的夫人。

不管怎么说，这晚上回到家，我还是把听到的乐曲，同七年前我自己和女儿，以及当晚僻路上的一景，交融到一块儿细细地品味……

1992 年 11 月 1 日

“泼水节”

不是傣族的那个民俗节日，所以要加引号，而且，那只是他们老两口独享的节日。老两口跟我很熟，我眼看着他们把独生女儿送进大学、送出国去，并且终于传来喜讯，他们把她“泼出去了”，说到这事，外孙女都能跳芭蕾了，老两口还是眉飞色舞的，几次我都在场，他们跟新客人说，先有意提到海峡两边两位红星，说到她们所嫁的，“到头来还是中国人”，意思就是其丈夫无非是持有洋护照罢了，而他们妞妞呢，说到这里总会取来镶在镜框里的照片，递到来客手中，不等来客开腔，先就笑了：“典型的洋男是不是？乍见他那把大胡子，我们也吓了一跳，其实妞妞披婚纱跟他进教堂的时候，他还不足三十岁……呵呵呵……”

他们第一次出境，是去参加妞妞的那场完全洋式的婚礼，回来乐滋滋地拿出一摞照片给我看，尖顶教堂，彩色玻璃镶嵌的玫瑰花窗，管风琴，拖地白纱，鲜花，草坪上的餐棚，码成塔形的香槟酒杯，独栋洋楼，客厅里的三角钢琴……确实美不胜收，我真为妞妞获得幸福，为老哥老嫂心满意足，由衷地高兴。

但是嫂子不在场的时候，老哥对我讲起，他们飞到那边，女儿女婿开车来接，他们以为是接进那栋小楼，却不曾想车子停到了一个连锁旅馆门口，让他们住进客房，当然啦，安顿下来，老哥就对嫂子解释，洋人婚礼，时兴到时候父亲把女儿交到女婿手中，从这里前往教堂，比从那栋小楼里出发，更合理。嫂子开头也觉得无所谓，因为男方的母亲和继父，以及另外几位亲戚，自己开车到达那个小镇后，也是住进那个绿树鲜花掩映的旅馆里。但是，婚礼结束后，男方的亲戚很快全开车走了，女儿女婿也还是没把他们请到家里去住，只是请

他们去喝了一次下午茶，他们那栋小楼起码有四个卧室啊！女儿女婿给他们买了乘大巴旅游的票，让他们到风景名胜地转悠了一圈，回到那个小镇，倒是请他们在家里客房住了一夜，但第二天一早就把他们送往机场，飞回中国。

老哥不在场的情况下，嫂子也曾跟我讲起，妞妞嫁给洋人，确实变洋了，比如他们没觉得那是什么重要的日子，女儿会半夜打来越洋电话，问他们平安，后来才知道那是女婿那个民族祖传的一个吉日，而这边春节，女儿竟会全然忘却其重要性，你再忙，偷闲来个电话总不难嘛，就是没音信，初二看着邻居家女儿女婿拎着大包小包"回门"，多少有些觉得自己家里冷清。外孙女苏珊出生后，他们老两口总希望她能具有双语能力，女儿却说："我在这边不去唐人街，不进入华人圈子，今后苏珊也一样，不吃双语饭……"说着说着，夹几句洋文，他们跟女儿的交流变得不那么顺畅，而女儿女婿带着苏珊回国探亲，苏珊完全不会中文，祖孙之间的交流只能是微微一笑。那时老两口刚大大改善了居住条件，尽量布置得"跟国外不相上下"，为女儿女婿和外孙女准备了两间舒适的住房，坚持要来探亲的三口住进来，谁知住进来的第二天，女儿一家三口去看长城，老两口在家里厨房大动干戈，准备了一桌色香味酽的中国菜，三个人回来，吃得也还高兴，第三天早晨却宣布要去住旅馆，女儿跟他们解释：丈夫和苏珊都受不了中国式厨房派生的大煎大炒的气味，说是晚上睡觉被头上都是那种"令他们窒息的气息"……唉！虽说叹息很深，但嫂子仍然为自己闺女嫁给了"地道的洋男"自豪。

他们的心理状态，其实也满复杂。那天请我去喝酒，落座后老哥对我说："今天是个节日。"我说："都退休了嘛，哪天都能当节过。"后来知道，那天是妞妞十三年前披婚纱入教堂的日子。"真是泼出去了啊，三个月没来一个电话了！"老哥呷一口酒，长太息。

去年我出国旅游，在一个派对中邂逅了妞妞，万没想到她主动告诉我，其实三年前她就离婚了，她意态优雅地右手举着饮料杯、左手托住右臂肘，嘱咐我："别对国内的人说，尤其是我父母……没有什么故事，很平静地分手，苏珊跟他住……在这边是最常态的生活……"她又叽里咕噜说了几句洋文，我没听懂，咳，不懂也罢！

附录

刘心武文学活动大事记

1942年

6月4日生于四川省成都市育婴堂街。

后在重庆度过童年。

父母兄姊均热爱文学艺术，深受家庭熏陶。

1950年

随父母迁居北京，从此定居北京。

在隆福寺小学上小学，在北京二十一中上初中。

1958年

在北京六十五中上高中。

给若干报刊投稿，屡被退稿。

8月，在《读书》杂志发表《谈〈第四十一〉》一文，是投稿第一次成功。

1959年

在《北京晚报》“五色土”副刊陆续发表一些儿童诗、小小说。

为中央人民广播电台少儿部《小喇叭》（对学龄前儿童广播）编写若干

节目；其中快板剧《咕咚》经编辑加工、录制后大受欢迎；“文革”中录音带被销毁；1991 年重新录制播出。

1961年

毕业于北京师范专科学校，分配到北京十三中任教。

至“文革”前，在《北京晚报》《中国青年报》《人民日报》《光明日报》《大公报》《北京日报》《体育报》《儿童时代》《大众电影》等报刊上发表了约 70 篇小小说、散文、杂文、评论等文章。

1966年—1976年

“文革”中，因 1964 年曾发表过一篇关于京剧的文章，被以“反江青”罪名冲击。

1974 年后再试写作，曾写一关于“教育革命”的长篇小说，由出版社联系获准脱产修改，但终未达到当时出版要求。

1976年

写出一个大院里孩子们同坏蛋斗争的中篇小说《睁大你的眼睛》并得以出版（北京人民出版社）。

按照当时政治要求写出一些短篇小说、散文，有的到次年才收入多人合集中出版。

调到北京人民出版社（后恢复“文革”前社名：北京出版社）文艺编辑室当编辑。

1977年

11 月，在《人民文学》杂志发表短篇小说《班主任》，产生重大影响——被认为是“伤痕文学”的开山作，也是“新时期文学”的发端；从此成名。

从《班主任》后，写作冲破懵懂，沿着认定的方向跋涉，穿越风云，锲而不舍。

1978年

参加《十月》杂志（开始以丛书名义出版）创刊工作，在创刊号上发表短篇小说《爱情的位置》，经转载和广播，影响巨大。

在《中国青年》杂志上发表短篇小说《醒来吧，弟弟》，反应亦极强烈。

《班主任》《爱情的位置》《醒来吧，弟弟》均被改编为广播剧，由中央人民广播电台多次广播，《醒来吧，弟弟》被搬上话剧舞台；此年发表的短篇小说《穿米黄色大衣的青年》亦由电台播出。

1979年

在首届全国优秀短篇小说评奖中《班主任》获第一名。颁奖会上，从茅盾先生手中接过奖状。

参加中国作家协会第三次全国代表大会，被选为中国作家协会理事。

成为中华全国青年联合会常务委员，至1993年卸任。

9月，参加中国作家代表团访问罗马尼亚，此系“文革”后第一个作家出访团。

在《人民文学》杂志发表短篇小说《我爱每一片绿叶》，写作技巧有长足进步。

1980年

调至北京市文联当专业作家。

《我爱每一片绿叶》获1979年全国优秀短篇小说奖。

《看不见的朋友》获1954—1979年第二届全国少年儿童文学创作奖。

在《十月》杂志发表中篇小说《如意》，其弘扬人道主义的追求引起争议。

出版《刘心武短篇小说选》（北京出版社）。

1981年

在《十月》杂志发表中篇小说《立体交叉桥》，引起更大争议，一些评论

家认为“调子低沉”是步入了写作上的歧途，另有评论家则认为此作标志着刘心武的小说创作在反映现实、探索人性及艺术功力上均达到了新的水平。

5月，应日本文艺春秋社邀请访问日本。

1982年

应导演黄建中之请，改编《如意》;北京电影制片厂拍成彩色艺术片《如意》。

1983年

11月，参加中国电影代表团赴法国，在南特“三大洲电影节”上，《如意》在开幕式上放映，获好评；后陆续在法国、西德电视台播出。

1984年

冬，应邀访问西德，参加“中德大学生会见活动”，并在波恩大学、波鸿大学与威尔兹堡大学介绍中国当代文学。

年底，参加中国作家协会第四次全国代表大会，再次当选为理事。

在《当代》文学双月刊第5、6期连载长篇小说《钟鼓楼》。

1985年

出版长篇小说《钟鼓楼》(人民文学出版社)，并获第二届茅盾文学奖。

因《钟鼓楼》获北京市政府嘉奖。

7月，在《人民文学》杂志发表纪实小说《5·19长镜头》，反响强烈。

11月，又在《人民文学》杂志发表纪实小说《公共汽车咏叹调》，引起轰动。

1986年

年初，应当代文艺出版社邀请访问香港。

6月，调中国作家协会《人民文学》杂志社，任常务副主编。

在《收获》杂志设《私人照相簿》专栏，进行图文交融的文本尝试。

散文集《垂柳集》出版，冰心为之作序。

1987年

1月，被任命为《人民文学》杂志主编。

2月，《人民文学》杂志1、2期合刊发表马建写的小说《亮出你的舌苔或空空荡荡》违反民族政策，承担责任，停职检查。

9月，复职。

冬，应邀赴美国访问。参观《美洲华侨日报》；在哥伦比亚大学，三一学院，哈佛大学，麻省理工学院，康奈尔大学，芝加哥大学，旧金山大学，史坦福大学，加州大学伯克利分校、洛杉矶分校、圣迭戈分校等处演讲，介绍中国当代文学，并参观耶鲁大学；参加爱荷华大学“作家写作中心”的纪念活动；游览华盛顿等地。

1988年

3月，应香港《大公报》邀请，赴香港参加五十周年报庆活动；在《大公报》安排的大型报告会上作关于改革开放与文学创作的报告。

5月，应法国文化部邀请，参加中国作家代表团访问法国，除在巴黎活动外，还访问了西部港口城市圣·拉扎尔。

《私人照相簿》在香港出版（南粤出版社）。

《我可不怕十三岁》获1980—1985年全国优秀儿童文学奖。

以上数年中，若干小说、散文还分别获得过《当代》《十月》《小说月报》《小说选刊》《中篇小说选刊》《儿童文学》《北方文学》等杂志，《人民日报》《文汇报》等报纸副刊的奖；拍成电视剧播出的有《没工夫叹息》《熄灭》（电视剧名《火苗》）《今夏流行明黄色》《到远处去发信》《非重点》《公共汽车咏叹调》和八集连续剧《钟鼓楼》；若干作品被英国、美国、西德、苏联、日本、法国、意大利、瑞士、瑞典等国翻译为英、德、俄、日、法、意、瑞典等文字出版；自1987年起被世界上有威望的英国欧罗巴出版社《世界名人录》收入辞条。

1989年

春，应香港中文大学翻译中心邀请，与妻子吕晓歌赴香港访问。

1990年

3月，以任届期满，免去《人民文学》杂志主编职务。

香港中文大学翻译中心编译的英文小说集《黑墙与其他故事》出版。

秋，以“鱼山”笔名在《钟山》杂志发表中篇小说《曹叔》。

1991年

出版小说集《一窗灯火》。

除小说外，开始发表大量散文、随笔。

1992年

长篇小说《风过耳》在内地（中国青年出版社）、香港（勤+缘出版社）分别出版，反响颇为强烈。

长篇小说《四牌楼》完稿，交上海文艺出版社出版。

《献给命运的紫罗兰——刘心武谈生存智慧》由上海人民出版社出版，受到读者欢迎。

在《收获》杂志发表中篇小说《小墩子》，后由中国电视剧制作中心改编拍摄为电视连续剧。

至该年，在海内外出版的个人专著按不同版本计已达43种。

在《红楼梦学刊》1992年第二辑上发表论文《秦可卿出身未必寒微》，在“红学”界和读者中均引起注意;另有若干《红楼梦》人物论和《红楼边角》专栏文章发表。

冬，应瑞典学院邀请（斯堪的纳维亚航空公司赞助）赴北欧访问；在挪威奥斯陆大学、瑞典斯德哥尔摩大学和隆德大学、丹麦哥本哈根大学和奥胡斯大学的东亚系汉学专业以《九十年代初的中国小说》为题作学术报告;12月7日，

参加诺贝尔文学奖有关活动，听1992年得主德里克·沃尔科特发表受奖演说。

1993年

华艺出版社出版《刘心武文集》(1—8卷)。

出版长篇小说《四牌楼》。

1994年

1月，应台湾《中国时报》邀请赴台参加“两岸三地文学研讨会”。

《四牌楼》获上海优秀长篇小说大奖，到沪领奖。

1995年

出版随笔集《人生非梦总难醒》(上海人民出版社)。

出版小说集《仙人承露盘》(华艺出版社)。

1996年

出版长篇小说《栖凤楼》(人民文学出版社)。至此，由《钟鼓楼》《四牌楼》《栖凤楼》构成的“三楼”长篇小说系列竣工。

应《南洋商报》邀请赴马来西亚访问并顺访新加坡。

1997年

应日本国际交流基金会邀请，与妻子吕晓歌访问日本。长篇小说《钟鼓楼》、儿童文学作品《我是你的朋友》、短篇小说《王府井万花筒》等此前已相继译为日文在日本出版。

1998年

建筑评论集《我眼中的建筑与环境》由中国建筑工业出版社出版，在建筑界产生影响。

应美国科罗拉多大学邀请，赴美参加金庸作品国际研讨会，在会上提交关

于《鹿鼎记》的论文《失父：一种生存困境》。

1999年

出版纪实性长篇小说《树与林同在》(山东画报出版社)。

出版《红楼三钗之谜》(华艺出版社)。

赴新加坡出席国际环境文学研讨会。

2000年

应邀访问法国,并应英中协会和伦敦大学邀请,从巴黎赴伦敦讲《红楼梦》。

至此年底在海内外出版的个人专著(不含文集)按不同版本计达101种。

2001年

出版包含建筑评论的随笔集《从忧郁中升华》(文汇出版社)。

在北京电视台录制播出《刘心武谈建筑》系列节目。

2002年

出版小说集《京漂女》(中国文联出版社),自绘插图。

应澳大利亚雪梨华文写作协会邀请赴澳大利亚访问。

2003年

以马来西亚《星洲日报》世界华人文学“花踪奖”评委身份赴吉隆坡参加相关活动。

台湾联经出版社出版小说集《人面鱼》。此前台湾已出版过刘心武多种作品,如皇冠出版社出版了《钟鼓楼》,幼狮文化事业公司出版了《四牌楼》《为他人默默许愿》(散文集)。

2004年

赴法参加巴黎书展活动。书展上展出了译为法文的著作有小说《树与林

同在》《护城河边的灰姑娘》《尘与汗》《人面鱼》《如意》与歌剧剧本《老舍之死》。

建筑评论集《材质之美》由中国建材工业出版社出版。

小说集《站冰》出版（人民文学出版社），自绘封面插图。

2005年

出版集历年研红成果的《红楼望月》（书海出版社）。

应CCTV-10（中央电视台科学教育频道）《百家讲坛》邀请，录制播出《刘心武揭秘〈红楼梦〉》系列节目23集，反响强烈，引起争议。

《刘心武揭秘〈红楼梦〉》第一、二部相继出版（东方出版社），畅销。

2006年

应美国华美协会邀请，赴纽约在哥伦比亚大学讲《红楼梦》。

应邀参加香港书展。

出版《刘心武揭秘古本〈红楼梦〉》（人民出版社）。

2007年

继续应邀到CCTV-10《百家讲坛》录制节目，并出版《刘心武揭秘〈红楼梦〉》第三部、第四部（东方出版社）。

访问俄罗斯。

2008年

出版随笔集《健康携梦人》（中国海关出版社）。

自1986年出版《垂柳集》，至此所出版的散文随笔集已逾三十种。

2009年

在《上海文学》杂志开《十二幅画》专栏，每期发表一篇写人物命运的大散文，并配发自己的画作。

4月，妻子吕晓歌病逝，著长文《那边多美呀！》悼念。

2010年

再应CCTV-10《百家讲坛》邀请，录制播出《〈红楼梦〉的真故事》系列节目。至此在《百家讲坛》录制播出关于《红楼梦》的个人系列讲座累计达61集。

出版《〈红楼梦〉的真故事》(凤凰联动·江苏人民出版社)，在争议声中畅销。

4月，应台湾新地文学社邀请赴台参加“21世纪世界华文文学高峰会议”。

出版《命中相遇——刘心武话里有画》(上海文艺出版社)。

加快《刘心武续〈红楼梦〉》的写作。

至本年底，在海内外出版的个人专著，《文集》不算在内，重印亦不算，按不同版本计达182种(按不同书名计则为141种)。

年底，筹备编辑《刘心武文存》。

2011年

由江苏人民出版社出版《刘心武续〈红楼梦〉》。

至2011年底在海内外出版的个人专著以不同版本计达193种(《刘心武文集》不计算在内)。

2012年

江苏人民出版社出版散文集《人生有信》。

漓江出版社出版《刘心武评点〈金瓶梅〉》。

法国伽里玛出版社出版《尘与汗》《护城河边的灰姑娘》法译版的袖珍本。

江苏人民出版社出版《刘心武文存》40卷，收录1958年至2010年所能搜集到的全部公开发表过的作品。

2013年

漓江出版社出版散文集《空间感》。

2014年

漓江出版社出版长篇小说《飘窗》。

台湾学生书局出版宣纸线装本《刘心武评点全本金瓶梅词话》。

人民文学出版社出版“刘心武长篇小说系列”包括《钟鼓楼》《四牌楼》《栖凤楼》《风过耳》《刘心武续〈红楼梦〉》(修订版)五部作品。

2015年

漓江出版社出版《跨世纪的文化瞭望——刘心武张颐武对谈录》增订版。

至此年4月，不算《刘心武文集》《刘心武文存》，以单本著作计，已达227种，再剔除同一书名的不同版本，则有160种。

漓江出版社出版自2013年以来未入集的作品汇编《润》。

2016年

出版《刘心武文粹》26卷。

图书在版编目（CIP）数据

第八棵馒头柳 / 刘心武著．— 南京：译林出版社，2016.1
（刘心武文粹）
ISBN 978-7-5447-6000-3

Ⅰ．①第… Ⅱ．①刘… Ⅲ．①小小说－小说集－中国－当代
Ⅳ．①I247.8

中国版本图书馆 CIP 数据核字（2015）第 288911 号

书　　名　第八棵馒头柳
作　　者　刘心武
责任编辑　王振华
特约编辑　陈思华
出版发行　凤凰出版传媒股份有限公司
　　　　　　译林出版社
出版社地址　南京市湖南路 1 号 A 楼，邮编：210009
电子邮箱　yilin@yilin.com
出版社网址　http://www.yilin.com
印　　刷　三河市天润建兴印务有限公司
开　　本　710×1000 毫米　1/16
印　　张　19.25
字　　数　175 千字
版　　次　2016 年 1 月第 1 版　2016 年 1 月第 1 次印刷
书　　号　ISBN 978-7-5447-6000-3
定　　价　29.80 元